U0933782

珍藏版①

深海里的星星

独木舟 著

江苏凤凰文艺出版社
JIANGSU PHOENIX LITERATURE AND ART PUBLISHING, LTD

图书在版编目（CIP）数据

深海里的星星：珍藏版．1 / 独木舟著．-- 南京：
江苏凤凰文艺出版社，2020.3
ISBN 978-7-5594-4224-6

Ⅰ．①深…　Ⅱ．①独…　Ⅲ．①长篇小说－中国－当代
Ⅳ．①I247.5

中国版本图书馆 CIP 数据核字 (2019) 第 267837 号

深海里的星星：珍藏版．1

独木舟 著

出 版 人　张在健
责任编辑　张　倩　王　青
特约编辑　石　颖　李璐君
装帧设计　棱角视觉
出版发行　江苏凤凰文艺出版社
　　　　　南京市中央路 165 号，邮编：210009
网　　址　http://www.jswenyi.com
印　　刷　湖南新华精品印务有限公司
开　　本　880mm×1230mm　1/32
印　　张　9
字　　数　256 千字
版　　次　2020 年 3 月第 1 版，2020 年 3 月第 1 次印刷
书　　号　ISBN 978-7-5594-4224-6
定　　价　45.00 元

序

《深海里的星星》第一版在 2009 年的秋天出版，在那之前，我只写过一些发表在杂志上的短篇小说，那些故事大多都是以校园为背景，人物较少，角色关系也比较简单，对于长篇小说的写作，提供不了太多经验。

很多年后，我还能清晰记得当初自己是如何战战兢兢地摸索着做这个故事的人物设定和故事梗概，过程中有许多废弃的想法，反反复复，不得要领。这样的心情，在我后来写其他书的时候也不断重温过。

我从来都不是天分高的写作者，也不算勤力，只是脑子里一直有些故事，有些想借由角色来完成的表达，有些想象和憧憬，而小说正是这一切最好的载体。

这个小说最初成型的时候，作为作者我的想法也很简单：一个普通的女孩子的青春里能够遇到和发生的事情，有友谊和友谊之间的破裂，有爱情，爱情也会带来失望和痛苦，有最初的人生和对人生模模糊糊的理解。

很多写作者的第一本作品其实是某种意义上的自传，我对这句话的理解并不是指书中的情节都曾经真实地发生在作者自己身上，而是说，在技巧和经验到来之前，你写出来的文字只能来自自己的感受和发现，这是由作者天然的心性决定的。

我在那个阶段的心性，自指间流淌出来成为书中的程落薰。

她是我之前写过的所有短篇小说女主角的集合，也是我之后要写的所有女主角的雏形，这样重要的一点，我在当时并没有意识到。

初版时，这个故事的背景设定在长沙，这座城市独有的城市文化给这部小说注入了强烈的能量，使《深海里的星星》因此有了属于它自己的个性：闹哄哄，热腾腾，生机勃勃中蕴含着市井气息。很多读者读了这部小说之后喜欢上了长沙，这虽然是我最初没有预想到的，但又实在让我感觉欣慰。

十年之后再读它，许多情节已经有了明显的时间印记，比如书中角色使用最多的按键手机已经被更智能化的触屏手机所取代。比如其中的一些场景，随着城市的兴建和商业迅速发展，已经不复存在……诸如此类的细节，虽然并不影响小说的核心，但如果不做出相应的调整，始终会影响读者在阅读中的沉浸程度。

《深海里的星星》出版五周年的时候，我已经从头到尾认真地修订过一遍，但现在看起来，仍然不够深入。一方面是因为当时我还是有点儿年轻，经验不足，另一方面，我想或许也是因为我和它对照的时间还不够久，许多东西在那一刻还没有彻底沉淀。

这次我用了写一本新书的心情和精力，几乎将它重新写了一遍，剪去了一些多余的边角料，在保证内核不受损害的前提下尽量做到精炼。

在这个过程中，我也萌生过好几次放弃的念头。我看到许多人在网上说，回头看自己小时候写的空间日志、博客和微博，总有种无法面对的羞耻感——在修订旧稿的每一分钟里，我心里都有这样的感受。

但我也知道，重修旧稿，是写作者了解自己和认识自己的机会。如果不溯源，你就不会知道自己过去有多少不足和缺陷。我常觉得，青涩就算再动人，但不能前行或是深挖，那就是白白浪费时间。哪怕对文学的审美再高，读别人的书一遍就能数出优点缺点，但不能够认识到自己的不足，就不是好的写作者。

过去这么多年，我的天分还是如此有限，但时间和成长令我安静下来，懂得了一些简单的道理，这也就很不容易。

说回到这个故事本身。

有人说，这世上没有什么复杂的故事是三句话之内说不完的。关于这个故事的这三句话大概是这样：程落薰遇到了林逸舟并爱上他，许至君遇到了程落薰并爱上她，不知道最后她究竟和谁在一起。

当初要定结局的时候，我也非常困扰该如何安置他们每一个人。这两个男生各自都有明显的优缺点，而程落薰，她性格中的缺点更是完全掩盖了优点，粗略一看，简直不明白她到底有什么可爱的地方值得被爱，但这就是青春的故事和命中注定的故事。

在这次修订中，我将程落薰和林逸舟初次相遇的场景做了改变，是因为经过这么长的时光，我感觉到，他之所以对她有着如此重要的意义，这其中一定有些区别于现实生活的浪漫和诗意。而一个人只有在心灵上震撼过另一个人，才能带来时间也无法稀释的力量。

除了这种具体的改动之外，整篇小说的语言风格也有变化，这也是时间的原因。通俗化的文艺作品总难免会受到当时创作的环境和思潮的影响，有大量词句在现在读来的确是显得有些不合时宜，我也一并做了修改。这些笨重的功夫，是我在这十年写作过程中累积下来的真诚心意，我想将它们传递给读这个故事的读者。

最初写《深海里的星星》时，我对于未来既没有预感，也没有计划，只是被动地接受了命运的安放。我会有进步吗？我能够一直写下去吗？我能够越写越好吗？还是会变糟糕呢……到如今，我已经不会追问这些问题了。

我只是想一直写下去，将这个动作持续下去，而它究竟能够带来什么，不是作者自己能够决定的事情。

《深海里的星星》是我作为写作者真正的开始。它固然有这样那样的不完满，但是它带领我在这个世界上找到了我的第一批读者，在我孤单而感觉不到自己有任何价值的青春岁月，这件事的意义，胜过世间所有。

希望它能安慰你，也被你喜欢。

独木舟

2019 年秋

目　录

CONTENTS

楔子

在幽深暗蓝的海底，我屏住呼吸。

如果说记忆会像繁星璀璨，最明亮的那颗一定是你。

让我闭上眼睛，回想你的音容笑貌。

你是我寂寞永夜里的唯一光明。

你是无垠深海上空，唯一的星星。

我一步一步往越来越冷的水里走去。

黄昏时，天空呈现出一种壮烈的红，晚霞仿佛着了火。

一呼一吸之间，温柔的江水包裹着我，像迎接从远方归来的游子的母亲。

身体在水中沉沉浮浮，脚下渐渐失去了依托。手里握着的是一把小刀，锋利的刀刃划破皮肤时，我已经感觉不到疼。

这是幻觉吗——我看见殷红的血液在水里一圈一圈地洇开，很快便失去了鲜艳。

终于，江水一齐灌入我的眼耳口鼻。

在沉浮之间，我恍惚地看到，那么多张面孔一层层重叠起来。

无可逃避的窒息涌来。

孔颜眼神幽幽："也不是只有我和周暮晨……不如去问问你最好的朋友康婕，看看她会怎么回答你？"

周暮晨——他的无奈里透着冷漠："如果你真想为我做什么，就是再也别来打搅我。"

父亲的声音低沉晦暗："我当没有你这个女儿，你也当没有我这个爸爸。"

封妙琴挑着一边的嘴角，仰起脸来，笑得极轻蔑："程落薰，你有什么立场讲我贱？我们半斤八两好不好啦？"

这些噪声充斥在我的脑子里——不过没关系，很快我就再也不会想起这一切了。

"你是我在这个世界上最在乎的人之一了……但尽管这样，我也不知道，这算不算是爱。"

这是林逸舟的声音，在明明灭灭之间，我又看见他破碎的脸。

"落薰，好好生活，没有什么事情比这个更重要。"

这是另一个人——为什么想起他的时候，我的心像被某种巨大而尖锐的利器刺穿了一样——许至君，即便在这样的境地中，我仍然记得他紧紧捉住我的肩膀，几乎是从自己的灵魂里逼出声音来对我说："好好地，生活。"

即使我紧闭双眼，也仍不断有眼泪涌出。

乱七八糟的声音交织混杂在我的脑中，头顶最后一丝光线也即将消失。那一刻，我忽然很想说声“再见”。

可是要和谁说?

再见，再也回不去的岁月。

再见，不可预知的未来。

再见，那些从我生命中疾驰而过的人。

在幽暗的水里，消失了的最后一线光芒。

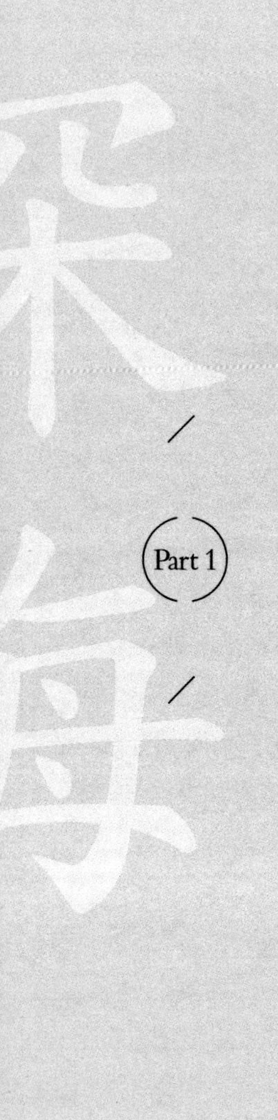

Part 1

我醒来的时候，素白的房间里一片寂静。

这是死后的世界吗？这个疑问刚刚冒出来，我便看见窗边站着一个人。这情景结结实实地吓了我一跳。

仅仅一两秒钟的停顿，我便知道了，这是许至君。

我还活着。

他背对着窗户，静静地审视着我。在逆光中，我看不真切他的神情，也许我们的眼神已经撞上了而我还不知道，只是感到了一种无声无形的压迫感。

他走过来，在床边的椅子上坐下，离我这样近的距离，虽然一言不发，却也足够我读懂他眼底所有的失望。

不知道这样沉默了多久，我出于极度的羞愧，只能别过脸去。

“你就那么想死吗，没死成是不是很遗憾？你要是真死了，我还是会把你捞起来送回你家，告诉你母亲，您的女儿殉情了。”很奇怪，他明明就坐在我身边，可是声音听来十分遥远，像穿过团团迷雾才传到我的耳中。

“殉情”这个词刺痛了我——一时之间，我难以分辨刺痛的是我的情感，还是我的自尊。

我无言反驳他，藏在小毯子里的手死死揪住床单，我以为这样至少能让自己看起来平静一点，但这很徒劳，眼泪也不受控制。

从前我听说人在真正悲伤的时候是流不出泪的，既然此刻我还能哭泣，是不是说明我最悲伤的时刻已经过去了？

又是一阵短暂的沉默。

这次他的语气缓和了些许，可依旧没有温度："你这个样子，怎么去参加追思会？"

没有一点儿预防地，我的心剧烈地疼痛起来。顾不得难不难看，我像个七八岁的小孩那样哭了起来，眼泪鼻涕一起流，身体一抽一抽，喉咙里发出了小动物般的呜咽声。情急之下，我只能扯过小毯子包住头，可嘶哑的哭声还是从缝隙里传了出来。

我有许多想说的、想问的，甚至想要骂出来的话，可是我无法组织成一个完整的句子。

一只手隔着毯子在轻轻拍我的背，带着安慰的意味，这让我感到更痛苦。在这个时刻，我宁愿他尖刻一点，挖苦我、羞辱我，好过他安慰我。

"是后天。你好好缓一缓，我带你去。"他说。

这是我对那一天全部的记忆——我一直在哭，他一直坐在我身边，我们之间完全没有对话，却又像是把一切都说尽了。我希望他能原谅我、体恤我，不要轻视我、责备我，但我终究一个字也没有说出来。

可是为什么，内心深处我知道，他已经不和我计较了。他只是，比我更悲哀。

哭了许久，我迷迷糊糊又睡了过去，这一觉睡得很浅很不踏实，能听见轻微的脚步声，然后门关上了。过了一会儿，门又开了，我闻到了浓厚的咖啡的气味。

他一直坐在那把椅子上，连位置都没有挪动。

也许还有别的，但我也不知道了。翻过一个身，我跌入了更深的睡眠里。

两天后，我振作了许多。坐在他的车里，虽然有些尴尬，但还是能够勉强装作镇定自如。

我不知道举行追思会的具体位置，也没有心情与外界联络询问。许至君是言而有信的人，既然说会带我去送林逸舟最后一程，我便只需要相信他。他甚至连参加悼念时该穿的黑色衣服都替我准备好了。

他从来就是这样稳妥周全的人，我并不感觉意外。

在一个红绿灯路口，等红灯的时候，我忽然说："谢谢你。"

没有任何虚伪，是直觉让我道出了真心。

电子数字牌在倒数，还有二十秒、十九秒、十八秒……我以为他会一直这样不动声色下去，说完"谢谢"之后那一股紧张眼看就要消失了，还有九秒、八秒、七秒……

他换成D挡，放下手刹，以不易觉察的程度轻轻嗤笑一声。

车子驶出时，他说："对他，你连命都不想要；对我，你来来去去就只有谢谢。"

片刻后，我低声说："但我是你救回来的，这条命是我欠你的了。"

"程落薰，难道你到现在还不明白，你的生命是自己的，不属于任何人，你也不欠任何人。"他顿了顿，此时车子拐向左行，他又说，"我不想让你因为我而背负丝毫心理压力，你惩罚过自己了，不要再伤害自己。"

"如果今天林逸舟在这里，他也会这样跟你说。"

我笑了笑，好像已经很久没有做这个表情了，脸上的肌肉都有点儿僵硬。我故意说：“你怎么知道他怎么？。”

“你确实不够聪敏，所以你从来也意识不到……”如果是从前，我肯定是要和他吵起来的，但现在我只想安静地等他说完剩下的话。

“我们对你的心意是同样的。”他说。

如果不是之前流了太多泪，我想我此刻还是会哭出来吧。

真是无奈，我好像永远都说不过他。

一个人的人生无论发生了多么翻天覆地的变化，对于一座城市来说终究是微不足道的，它还是要向自己的常规轨道运行。芙蓉路上堵得水泄不通，公交车勇猛得像装甲车，从车窗玻璃看进去，几乎所有人都是低着头在看手机，大家看起来都很麻木了。

或许我们就是要这样忍受着，习惯着，变得越来越坚韧。

我从包里摸出一根烟，刚要点火，许至君便呵斥道：“不要在车里抽烟！”

我白了他一眼，决定当作没听到，但还是把车窗降下来散散气味：“我就抽一根，熏不死您。”

眼看快要到目的地了，我呼吸有些困难，身体里的血液似乎也停止循环。

“落薰，你不要一副如丧考妣的样子……”

就算我再怎么难受，这个地方还是必须纠正他，我深深呼出一口气：“你要是不会说话就闭上嘴。如丧考妣，是形容像死了父母那样伤心。”

接下来很长的一段时间，他没有再说任何话。

追思会办得很简单，在一个小小的礼堂，奏着哀乐，令人感觉肃穆、萧瑟。

我们进去的时候，人也不多，坐成三三两两在一起聊天，他们的脸上全然没有哀伤。

亲戚或余悲，他人亦已歌——我心里这样想的时候，似乎又失去了几分力气。正在这个时候，许至君握住了我的手，像是要传递一点力量给我，支撑住我。我轻轻点了点头。

林逸舟的遗照挂在礼堂的正中央。我在看到那张脸的第一眼就崩溃了。那是一张未经风霜的年轻面孔，他始终是我这一生见过的最好看的男生。

我们之间的前尘往事，到这一刻全都勾销了，我终于不得不面对这个残酷的事实——不管是爱还是恨，我们再也没有机会了。

我鞠了三个躬，咬紧了嘴唇，用尽力气吞下了喉头那声悲泣。

我没有见到林逸舟的双亲，事实上，在他出事之后的所有流程里我都没有参与，那个时候我只觉得我的人生也随之一起被毁灭了，至于他的家人从哪里来，得知这个消息时是怎样的反应，之后又是用怎样的意志力扛着巨大的悲伤处理自己的丧子之痛，我都不知道。

也许某一天，在大街上，在商店里，在飞往某地的某架飞机上，与我擦肩而过的一对中年夫妻就是他的父母，但我们彼此相对不相识，他们也永远不会知道，这个女生和自己的孩子，曾有过一段热烈的过去。

正是泪眼蒙眬时，一个熟悉又令我觉得恶心的声音从背后传来，我根本不用回头也知道这声音来自谁，是让我连提都不想提起的名字：封妙琴。

但不可避免地，我们还是打了照面。她看到了我和许至君，一时有些错愕，这让她原本泪流满面的脸看起来有点滑稽。她迟疑着，到底还是没有开口跟我说话。

我们像根本不认识一样，分别坐在自己的位子上，过了一会儿，我看见她悄悄地先走了。

许至君歪过头，轻声问我："就是她吗？"

我面无表情地点了点头。

从追思会回来，我像是好不容易完成了某项极限运动一般丧失了全部的力气，瘫坐在沙发上，与许至君面面相觑。

他去拉开窗帘，冬日的阳光从落地的玻璃窗里照进房间，光线里细小的灰尘在飞舞，从二十多层楼高望下去，江水泛着黄金般的光芒。

"你知道吧，那天我真的带着必死的决心。"我终于说出来了。

他看了我一眼，没有接话。

我走到他身边，紧紧地抱住他——很难解释清楚这个拥抱的含义，这无关于爱情，无关于背叛或是内疚，它比这些情感加起来还要复杂得多得多，或许最接近的是感激，不是程落薰感激许至君，而只是一个人感激另一个人。

我闻到他身上那种熟悉的，雪松混合着柏木的淡香——它的名字叫"回声"。

许至君，你便是我人生至今为止所得不多的全部美好事物叠加在一起的，经久不息的，回声。

是时候彻底打开我们的心结了。

“许至君，我从前跟你讲过，我和你以往认识的那些女孩子不太一样。我不是那种阳光、很积极的人，不是在富足、温暖的环境中长大。我没有很多亲人，也没有很多朋友，没有那么多载体可以承担我的情感。我的爱，可能太重了，我的占有欲，也太过强烈，我一旦付出，就是全部。”

“我这样沉重的一个人，你能不能受得了？”

他耐心地捋着我乱糟糟的头发，却一直没有回答我。我等着，等着，心也慢慢灰了下来。

“那天我在水里抓到你的手，脑子里就只有一个念头——把你好好带回来，尽我所能地照料你、安慰你。再往后会发生什么，我都没有想。

“落薰，你沉重的情感是你的珍贵之处，但你从来都不爱你自己。”

在夜色中，桥上的车辆川流不息，灯火通明的城市无处不散发着一种热腾腾的生活气息，城市是不会有情绪的，但人会有。

林逸舟就在我的眼前，他的眼神里有些什么，很深很沉。

我很想伸手去触摸他的脸，或是握住他的手，我想和他好好地谈一谈，他的问题，我的问题，我们之间的问题。

我听见自己断断续续地说：“搞成这个样子，到底是谁的错？如果你不是这么任性，我们就不会走到现在这一步。”

他没有狡辩，只是慢慢低下头去，这个样子的他让我真实地感觉到了心碎。

可等他再抬起头来的时候，那张脸似乎变成了周暮晨的样子。

我听见自己又在说话："你是一切的开始，是你让我在爱情里没有安全感，没有尊严，在我什么都不懂的年纪，你所做的事情，几乎摧毁了我对爱的所有向往。"

他也没有说话，只是冷冷地看着我，而我的眼神要比他更冷。

夜晚的风轻轻吹起纱帘，我在漆黑的房间里与自己的臆想对峙。时光轰然倒退，那个穿着白色衬衣、眼神清亮、表情倔强的女生，她是谁？

她还没有经历过真正的伤害和失落，一次也未曾在深夜里痛哭过。

所有的故事回到起点。

那是从前的程落薰，那是人生尚且素白的我。

把时间拨回到那一年，这座城市发生了很多轰轰烈烈的大事：一档盛况空前的选秀节目开创了一个全新的娱乐时代，一支经典老牌乐队的告别演唱会也在这座城市举行……但那些轰轰烈烈的大事情都跟我没有关系，我只是一个完全没有明星梦的普通高中生，每天都在为如何能在下一次数学考试中及格而头疼。

发生在我身上的，只是这世间最不值一提的琐碎小事。

下午六点，下课铃响，我早已经收拾好书包等待这一声铃。就在我冲出教室之前，谭思瑶慌慌张张地拉住了我，表情十分凝重。

"干什么呀？我赶着回家吃饭呢，饿死了！"虽然已经过了长身体的时候，可我每天还是觉得好饿哦，她不让我走，这让我感到莫名焦灼。

她东拉西扯地说着不相干的话，明显是要等其他同学都走完，直到教室里不剩几个人了，她才压低声音，急切地说："我今天去办公室的时候听见老师说要彻查'粉笔灰'事件。"

"什么意思啊？"我真的没听明白。

她推了推我："什么啊，你不记得了吗？上个礼拜啊！"

上个星期的数学考试，监考老师是从其他年级调来的，平时没有见过，但我们一见到她就觉得哪里不舒服。这么说吧，她就是那种全身都写满了"老娘可不好惹"的人。

明明是来监考的，她却穿着一双不知道几厘米高的高跟鞋，整条脚背都快要打直成 90 度，每走一步都是清清脆脆的"嗒"声，偏偏她还要到处巡视，踩得整个教室里都是"嗒嗒嗒"的声音。

真的很烦，我本来就做不出几道题，现在好了，我可能一道题都不会做了。

发试卷的时候，谭思瑶对我使了个眼色。

同样身为数学学渣，我们俩也不知道为什么会提前串通说"如果有机会，我们对一下答案"。后来回想起来，这有什么意义？最大的可能就是我们俩的答案都是错的呀。

但当她把那个眼神抛给我的时候，我还是心领神会地点了点头，可是当我转过头来——就有这么巧，我跟这位老师，正好对上眼。要不怎么说做贼心虚呢，我这贼还没做，脸色已经暴露了意图。

"这两个同学，你们打什么手势？"

"我们没有啊。"我立刻喊冤，真的没打手势啊，我们只是对了个眼神而已啊！

但从这一刻起，我就成了这位老师重点关爱的对象。到了考试的后半场，她也不走了，干脆把椅子搬到我身边来坐着。

“老师，你坐在这里，我压力大，做不出来了。”我抗议说。

“真的会做的学生没有你这么多废话。”

哦……她说的也不是没有道理，那我也不用再做无谓的抵抗了——后面整整半张卷子，我一个字也没写。

收卷之后，我和谭思瑶四目相对，这次应该又不及格了吧。向来好脾气的她趴在桌子上怒气冲天地说：“我完了！这次我爸真的要骂死我了！”

我倒是厚脸皮已经习惯了，反正我妈早对我不抱期望了。但是这并不代表我不生气，明明有可能再蒙几道题的，却因为她就坐在我旁边而导致心理素质不行的我连蒙一下的兴趣都没了。

“真的好想出口气哦，”我恨恨地讲，“想把她的水杯偷出来放泻药，拉死她。”

旁边还有其他几个同学，大概也觉得自己是这次过于严苛的监考的受害者，听了我的话纷纷表示同意。

但谁会真的去做呢，我当然也只是逞口舌之快而已。

今天，回家之前，我还有其他要紧事要去忙。

考试都过去一个星期了，分数在考完试的第三天就下来了，如我们自己所料，又是一次不及格。我早就把那件事给忘了。

谭思瑶突然提起，我不仅是不记得，我根本就是诧异——还真有人去干了？

但也不关我的事啊，拉着我干吗？我胡乱打发了她几句：“好啦，放心啦，又不是我们干的，不会牵连到我们。我走啦。”

我赶到久安中学门口时，康婕已经喝完两杯奶茶了，而且是最大杯的。

看到我的时候，她连着翻了好几个白眼：“你有没有点时间观念啊？你都迟到二十分钟了。”

她指了指自己手腕上的卡通表——她第一次戴的时候，曾经故弄玄虚地问我：“你知道米奇妙吗？”

是我孤陋寡闻，不仅不知道，我连听都没有听过。

她笑嘻嘻地把捂着手腕的手打开，露出了印着米奇图案的卡通腕表：“迪士尼的招牌，米奇妙，这都不认识？‘乡霸’！”

Excuse me？（请原谅，对不起）是米奇，米奇！哪来的妙啊？

“乡霸”是她专为我而创造出来的词语，因为她觉得我既土又凶。每当她这样称呼我，我心中都有种强烈的屈辱感。但是，我拿她没有办法。

当那个女孩从校门里走出来，跟同学挥手拜拜时，康婕推了推我，说：“那就是戴莹欣。”

对于我来说，今天比回家吃饭更重要的事，就是来谈判。

由于我临场发挥失败，康婕只好替我出头：“喂，我们找你有点事。”

名叫戴莹欣的女生看见我们，先是一脸茫然，继而便露出了十分嫌弃的神色，也许是一种本能——作为一个刚过十八岁的姑娘，康婕身上的社会气息确实是太重了。

“我不认识你们。”

她这就要走，又被康婕拦住，她往左，康婕也往左，她往右，康婕也往右，场面一时陷入僵持。

到了这个关头，我再不自己上也太不是人了。

“你，以后离周暮晨远一点儿！”不知道是从哪本漫画书里看来的，或是某个偶像剧里听来的台词，我鹦鹉学舌地说了一遍。

想了一下，我又补上一句：“否则，有你好看的！”

事后想想，其实我完全是色厉内荏，拉上康婕也不过是想占“人多势众”的便宜，稍微有些生活经验的人就不会被这一套唬住。可戴莹欣只是个普通的高中女生，比我还低一届，面对突如其来的“威胁”，她立刻就被吓哭了。

她哭了，就代表她真的害怕了，既然她害怕了，我的目的就达到了。虽然什么也没做，但我就像揍了她一顿那么开心。

晚自习下课出来，老远我便已经看到周暮晨站在校门外那棵梧桐树下，路灯的光从树叶的缝隙之间投射在他身上，明明暗暗，仿佛很浪漫的样子。

我知道他是来找我的，也知道他来找我干什么——所以，我只能先发制人。

我抢先说了：“我又没对她怎么样！”

比我高一个头的周暮晨，我要仰起脸才能跟他对视，这个姿势已经让我处于弱势了，而他竟然还故意就这样晾着我，不做出任何反应。

“我又没动手……”虽然嘴上这么倔强，但我心底里是很忐忑不安的。我真的是那种没出息的人吧，敢做却不太敢当。

“你，”他的表情终于松动了，“你其实是想动手的吧？”

连我自己也难以相信，我竟然哭了，哎，为什么会觉得这么委屈，明明是我去“威胁”了别人，怎么到头来反而像是我被别人欺负了？

“本来就是你的错啊，你去招惹小姑娘干吗？”我几乎要声泪俱下了。

这是周暮晨招架不住的事情，他只能说：“哎，你真的搞错了，那是我认识的叔叔的女儿。”

回家路上有个做夜宵的小摊，老板从我小学的时候起就在这里卖油炸食品——臭豆腐、花菜串、蘑菇串、香芋串、火腿肠……你能想到的食材，他都能拿来炸。

我站在摊子面前指点江山：“这个、这个、这个，还有这个……”

也许是为了补偿我，周暮晨老老实实付了钱。

他又变回了平常的样子，带着一点儿大人般的笑，先前的不愉快都放到一边：“吃饱了就赶紧回家吧。”

那天的月光分外明亮，看不见几颗星星。

在道别的时候，我陷入了一种无端的惆怅，明明是可以经常见面的人，却让我感觉像要长久地告别了。

“抱一下吧？”我说。

那是我们的第一个拥抱，我整个人都在颤抖，说不清楚来由，只觉得心间涌起一阵强烈的酸楚。

这是我人生中第一个喜欢的人，他不计较我的过错，不理会我的任性，却让我第一次了解什么是患得患失。往后的人生中，我还会像喜欢他这样喜欢另一个人吗？会因为另一个人产生嫉妒、怀疑和更深的痛苦吗？

在当时，我什么也无法预料，只是觉得如果时间能停止在今晚的月光中，也许就是圆满吧。

孔颜，如果，没有孔颜的话……

我是说，如果。

很久之后，我几乎都想不起我第一次见到周暮晨时的情形，却依然能够清楚地记得第一次见到孔颜时的感觉。

她在我面前坐下，我的脑子里立刻有了声音——这是我在现实生活中见过的最好看的女孩子。

后来我当然也看见过许多美女，小小的面孔，精致的五官，可是孔颜的特别之处便在于她有种属于旧时代的风情。头发不染也不烫，乌黑浓密，皮肤雪白，一颗多余的斑点也没有，睫毛长而密，眼睛一睁一闭之间连我都被勾得心神荡漾。

如果人只是一种视觉动物而不用考虑其他，我充分能理解周暮晨为什么会为她折服。

如果较真的话，那其实也不是我第一次见到她。

真正意义上的第一次见她，我其实只是看到了她的背影。

在医院里特有的消毒药水的气味之中，所有的旁枝末节被隐去，一个清晰、凸显傲慢却又孤零零的背影。

周暮晨这个人，如果非要给他一个标签的话，只能是纨绔子弟的标签。

他从久安中学毕业之前是学校里过分活跃的一员，组乐队、踢球、打游戏样样事情都做得不错，就是静不下来好好念书，但因为家境好，性格又实在讨人喜欢，老师同学倒是都不烦他。

他高三那年，我们认识了。因为不同校，聚少离多，但只要有空他就会带着我到处玩，从他身上丝毫看不到一点儿高考的压力。

我想哪怕是装，我也要装得比他懂事一点儿吧，所以反倒是我经常提醒他“你多少还是复习一下吧”，又或者是“少壮不努力，老大徒伤悲”之类的话。

但是这些话对于他来说起不到什么作用，到最后他都只会笑嘻嘻地回我说：“我知道自己是什么东西，我不是那种能干一番大事的料。”

他一说这种话，我就拿他没一点办法。

他笑一笑，我就没了理智。他如果说月亮是方的，我也会跟着附和：“每个角都是直角！”

我愿意陪他做任何事情，哪怕我什么都不干，就坐在他身边看着他，也觉得非常开心。

这可能就是“喜欢”最初的样子，盲目，短视，但是没有伤害，也没有亏欠和辜负，空气里都散发着蜜香，即便这只是我一个人的事情。

直到周暮晨接到那个电话前一秒，我都一直沉浸在这样的错觉里，以为再长大一些，便可以和他手牵着手走在街上，一直走下去。在年轻的我看来，那就是所谓的天长地久。

无知的我怎么能预计，在那通电话之后，我的青春便翻开新的篇章？从那之后，很多事情、很多人，都和以前不同了。

他的手机号码我一直倒背如流，可当时我并不知道，在我之前，早有另一个人对那十一个数字烂熟于心。当一切隐藏在幕后的情节逐一揭晓，我会回想起自己去找戴莹欣“谈判”的那天下午，只有到那个时候，我才会真正知道自己究竟有多么愚蠢。

那是一个短暂的周末假期，周暮晨带着我一起和几个好朋友聚餐。因为是我自己绝对去不起的餐厅，于是我所有的注意力都集中在食物上，就算肚子快要撑破了也还是努力再吃一口，又吃一口……

他放在桌上的手机屏幕亮起，刚响了一声，我尚未来得及偷看，他的脸色已经变了，一边小声接电话一边迅速走出了餐厅。

几分钟后，他又进来，神色极不稳定，眉头紧皱，有些抱歉地对大家说："我有急事要先走，账已经结过了，实在不好意思。"他又特意对惊愕的我说，"落薰，吃完早点回家，注意安全。"

我嘴里还塞着满满当当的食物，连声音都发不出来，更不用说追问他究竟是什么急事，他就已经风驰电掣地跑掉了。

其实我只是想问一问，究竟是多么重要的事情，你要一个人先走，把我丢在这群不太熟悉的人中间，完全不考虑我的尴尬？

吃得太撑了，又和其他人没有话讲，我只好借故去了趟洗手间。

回来时，我动了点儿小心眼，在拐角处偷听了一会儿他们聊天的内容——先前从他们不自然的闪躲眼神里，我直觉他们有些什么话是不方便当着我讲的。

"因为不同校啊，落薰又比我们低几届，她不知道也很正常。"这是我斜对角的那个女生的声音。

"她又不是傻子，老周接电话的那个样子，谁都看得出来不对劲吧。"这是经常和周暮晨一块儿打游戏的那个男生说的。

"那我们总不好跟她讲嘛，"这是那个男生的女朋友在说话，"我们要是多嘴，周暮晨回头不恨死我们啦！"

"哎，他也真是，"男生又说，"跟孔颜分分合合闹了多少次了，两个人脑子都有病。”

最先说话的那个女生咳了一声，说：“那可是孔颜哎，我们高中的时候，哪个男生不想追一追？你敢说你没动过心？”

“我没有！”男生听起来有些惊慌，像是转了个方向对着自己女朋友表忠心，“我真没有，我不喜欢她那个类型的！”

“她是哪个类型？太漂亮了的类型？”听来像是女朋友重重地捶了对方一拳。

…………

我已经听不下去了，如坠冰窖原来是这样的感觉。思维跟不上身体，好像不应该再回去坐下了——在他们眼里，我应该就是个傻子吧？他们明明知道是怎么回事，却碍于是周暮晨的朋友而不能告诉我。更让我觉得丢脸的是，我还吃得这么兴高采烈，浑然不觉自己被人蒙蔽，被人愚弄。

我悄悄地走了出去，没有和他们说，也不预备再见这几个人中的任何一位。

我是很迟钝，不够机灵，但我也有自尊心。

孔颜，那是谁？是个什么样的人？她和周暮晨之间有着怎样千丝万缕无法了断的故事？这是我最想知道的——我对此的好奇甚至胜过了被欺骗的愤怒。

夜晚躺在床上辗转难眠，脑子里乱成一锅粥，我知道我必须弄清楚整件事，否则我不及格的恐怕就不止数学这一科了……可是，心里有个小小的声音冒了出来——“如果真是最坏的那种可能性，你要怎么办？”

我还很年轻，对人生的未知还没有足够的恐惧，可也因为我还太年轻，我不知道很多事情不是你自己相信就有用的。

那个夜晚我似乎没有别的选择，我只能坚定地相信自己，也相信他。

我这番毫无根据的信任在医院里看见周暮晨的时候，彻底土崩瓦解了。

整晚没有睡的我，清早就去埋伏在他家附近。等了两个多小时终于等到他行色匆匆地从家里出来，拎着一个保温桶，上了出租车。我一路尾随——往后多年想起这个上午，恐怕自己都羞于承认——人竟然可以偏执到这个程度，卑微到这个程度。

我是从哪一刻开始隐约感觉到一切都完蛋了？

从他出来的时候，我发现他身上穿的还是昨天那件衣服起。我了解这个人，他注重外表远胜过内在，可以一年不翻几页书，却不能一天不换衣服。同一件衣服他连续穿两天，只能说明昨天发生了天大的事情。

我跟着他上车，下车，进医院，到住院部，上四楼。正是家属探视时间，我跟在其他病患家属里悄悄地混了进去，在他进入的那间病房门口，我停住了。

这一步，迈进去，就全结束了——没有人告诉我，但我就是知道。

我能听见里面的对话，他说："这是昨晚炖的汤，我对照网上教的一步一步做的，怕炖坏，守了整晚，时不时就揭开看看。你快喝。"

一个女声，听起来轻轻细细的："太烫了，放一放吧。你去帮我买点水果嘛，渴得很。"

从我站的地方可以看到她的背影，瘦瘦的，黑色直发——只是一个背影，却足够引起我的很多想象了。

逃无可逃，我和周暮晨在人来人往的狭窄走廊里四目相对，他惊慌错愕，我心如死灰，但我们仍然有默契，谁也没有吭声。

我们一直沉默地走出住院部，医院里到处都是人，好不容易才在某个角落里找到了一片清静。

不知为何，我感觉自己的头有节奏地一松一紧，浑身没有力气，呼出的气比吸的气要多。

"周暮晨，"眼泪马上就要掉下来了，我使劲揉眼睛，尽量克制，"我想不通是怎么回事，你能告诉我吗？"

他低着头，不知道是在看哪里，脚上穿的藏青色帆布鞋，还是我陪他一块儿去买的。

"你说是误会，我就信你。"我又说。

其实已经有答案了。在我说这些话的时候。可是我还挣扎着想要争取最后一线生机。

"落薰，你先回家吧。等我处理好，我会和你解释的。"

这句话一点说服力也没有，我赌气说："你现在就解释，不然我就去问她。"

我激烈的态度仿佛惊醒了他，他猛地抬起头，看着我——他知道我真的能干出那种事，千分之一秒的时间里，他的眼神变了。如果说先前他还有一些内疚和歉意，现在就只剩下恼怒了。

"我凭什么要向你解释？你是我的什么人吗？"

我在回家的路上，想起罗素然曾经在她的微博上写过一句话：爱情的本质是一场博弈。

那时我全然不能理解，现在，我或许能稍稍理解一点了。

在周暮晨向我掷出那支箭时，我便退无可退，一败涂地了。他问得很好，像精准地扇在我脸上的一耳光，我是他的什么人呢？

不过是觉得新鲜有趣，他正好有大把青春时光，又贪玩，生活里多一味调剂也不错。他没有把我看作是重要的人，更不觉得我的感情值得珍重。到这个时刻，我终于体会到了一种荒诞感——其实只有我自己挺拿自己当回事的。

太蠢了，程落薰，真是太蠢了。

不久之后，是孔颜主动找到了我，这让我更无法原谅自己。和她相比，我在这个闹剧里分明就是个小丑，在我一无所知的时候，她已经什么都掌握了。

她很大方，磊落坦荡地说："你想问什么，只要我愿意说的，我都会说。"

到这个时候，周暮晨的欺瞒和背叛已经不重要了，重要的是我充满了委屈。我自然知道不管问什么样的问题我都难逃被她嘲笑的命运，但不能不问，这是性格使然的倔强。

"你为什么住院？为什么周暮晨会去照顾你？你和他到底是什么关系？你们是不是一直在一起？关于我，你知道多少？"

一连串的问题让孔颜既惊讶又觉得很可笑，她拍了拍额头，差点笑出声来。

一定不是我的错觉，那笑容里有强烈的轻蔑。

"那天我急性肠胃炎，不想惊动家里，就直接找他了。因为要住院观察一夜，我也没有经验，所以我叫他第二天再过来陪我办出院手续。

"也不算是麻烦他，他自己讲过，无论我有什么事情希望我能第一个求助他。

“我和他的关系，三言两语讲不清楚，你就当我们两个是斯德哥尔摩综合征吧。

“我仅仅知道你的名字和学校，其他的我什么都不知道，也没有兴趣知道。因为你不重要。”

周暮晨和她，还真是同一类人。听他们讲的话，我会有同一种感受。

在老练的她面前，我实在太稚嫩笨拙了，这根本连场“战斗”都算不上，我们双方完全不在同一条水平线上。

我再也说不出话，也不想再问任何问题。

“程落薰，如果说我能有什么忠告给你，”她顿了顿，“放下这些事情，放下这个人，好好念书，好好过你自己的生活。你得学得聪明点儿。”

所谓聪明，大概就是当作什么事情都没有发生过，没有为伤害自己、欺骗自己的人哭过。

我看着孔颜，此时她竟然显出了一点儿诚恳来，但我很清楚，我做不到。

他们两个，合力用利刃在我的心上狠狠地捅了一刀，从此以后，我要假装那个伤口不存在，假装自己没有遭受过这样的无妄之灾。

后来的时间里，我犹如元神出窍，不能言语。

不知道周暮晨是什么时候进来的，他径直走到孔颜身边的空位坐下，不自然地咳了两声。孔颜推了推他——这个动作里有某种指示，又沉默了片刻，他终于说："落薰，对不起。"

我笑了笑，大概比哭还难看。

当他们俩一起出现的时候，我忽然有种奇怪的感觉——是电影演到大结局，漫画画到了最终篇，小说翻到了最后一页——你会恍然大悟，对啊，原本就应该是这样嘛。他们坐在一起的样子如此相衬，就像从同一株植物上分切下来的两枝枝条，有着共同的气质。

他还是一个好看的男生，只是在现在的我眼里看来，多了许多陌生。

那个下午，我们三个人都很沉默，时间缓缓流过，似乎没有人知道该如何画上一个体面的句点。

其实故事不会停止，我们只是在等待一种自然死亡。

许久以后的我，遇到了林逸舟，才明白许久以前的周暮晨，为什么有许多的沉默。

夏初，气温已经高得吓人，同学们全都换上了夏装。我也终于穿上了那双和他一样的藏青色帆布鞋，原本我是打算留到一个比较重要的日子再穿，但现在已经没有必要了。

新鞋很打脚，我左右两边的脚后跟都磨破了皮，袜子上隐隐渗出淡淡血迹。

我没有来由地想起一个老童话：小美人鱼用甜美的嗓音换了一双能在陆地上行走的腿，刚刚上岸时，想必要比我疼一万倍。

我还记得我曾跟周暮晨聊到这个，说到小美人鱼最后化作了海面上蔷薇色的泡沫时，我完全不能理解："为什么不干脆杀了王子？反正自己也得不到。"

"所以你的境界就比小美人鱼低很多嘛。"他似乎是这样说的。

现在我才想明白话中诡异的逻辑，更清晰地看到他的自私和无情。这个世界上不缺乏这样的人，别人的牺牲对于他们来说是那样理所应当，不值一提。

穿了一整天这双鞋，双脚实在太疼了。出了校门，我索性在路边的台阶上坐下，萌发了不如赤脚走回去的念头。

但是最终我还是放弃了这个不靠谱的想法，然后给康婕打了个电话。

已经两周了——我是说，距离那个下午过去已经整整两周了。

这两个星期里，我按照孔颜给我的建议“好好念书，放下一切”。没有了周暮晨，我的校园生活也只是回到了初始状态，我甚至没有自己原先预想的那么难过，吃得下，睡得着，数学课也能勉强听懂一些了。

我觉得，我的复原能力还是蛮不错的。

可是一跟康婕通话，我眼眶里便极速蓄满了泪水，一时间也不知道是因为脚太疼了还是别的什么。

我们彼此太熟悉了，她从我不稳定的声音里听出了端倪，焦急地追问：“你在哭啊？什么事情啊？你被人打了啊？还是被抢了钱？”

我抽搐着做了好几个深呼吸，很艰难地讲着：“我的鞋子打脚，太疼了，你能不能带双旧鞋子过来救救我？”

手机那端有明显的停顿，过了一会儿，她说：“不是这个事，对吧？”

尽管她根本不相信，可还是带了一双自己的旧球鞋过来找我。

真是夏天到了，天光这么长，夕阳正是最好看的时候。我坐在路边等得很无聊，忽然听见谭思瑶叫我："落薰，你怎么还在这里，你不是早就走了？"

我抬头看见她和一个个子高高的男生站在一起，她手里拿着一杯满满的水果茶。男生刚好站在逆光中，我完全看不清楚。

"给我喝一口。"我说。

"只有一根吸管啦。"谭思瑶噘了噘嘴，十分不情愿的样子。

"我去给你买吧。"旁边那个男生突然说。我根本不认识他——但傻子也知道他和谭思瑶应该有点什么吧。

我也不想装客气，他把奶茶买过来给我的时候，我无意间看到他的 T 恤领口滑出了一块小小的玉。很少见到男生戴玉哎——我虽然这么想着，心思却都在不要钱的奶茶上，以至于他们都走了，我才想起来——咦？我是不是没说谢谢？

算了，明天再和谭思瑶说吧。

我们很多人在若干年后回想起足够影响自己一生的那一天时，会发现，其实在当时你是毫无觉察的。你以为那就是一个最普通的清晨或黄昏，你像往常一样做着每天都在做的事情，路上的风景、街口的小店都没有变化。晚饭吃的是中午的剩饭。你上网看到各种各样的新闻，觉得一切都和自己没有关系，却不知道，你已经遇见了自己的命运。

终于，康婕到了，她把球鞋丢在我面前，很凶地问我："到底什么事啊？"

"我说得可能不太准确，"但我想不出其他说法了，"我和周暮晨结束了。"

她完全呆住了——她在来的路上应该猜测了很多可能，但她完全没有想过这个——我和周暮晨，还没有好好开始，就结束了。

几乎在同一个时刻，孔颜和周暮晨也不太好过。

孔颜一直更喜欢他发脾气的样子，眼神狠狠的但不具备真正的攻击性，只是像个胡搅蛮缠的小孩。更重要的是，她一直有个奇怪的认知：一个人只有在生气的时候才是他真实的样子。

气得想摔杯子的周暮晨不断在说脏话："你是傻子吗？你知道你说你要去医院的时候我有多担心吗？你知道这种事情不是能开玩笑的吗？"

令他更难以置信的是，她竟然笑了。

"你还笑得出来……"他真的有些失望了，"孔颜，你这个人没有心肝的吗？拿我当傻子让你很开心吗？"

"你不是也拿程落薰当傻子吗，你开不开心？"她语速很慢，眼神是冷的，声音里也没有喜怒。

纠缠得太久了，彼此都太知底细，太知道如何往对方的短处和痛处戳。

"××××！"周暮晨说了一句极难听的话。孔颜整张脸垮了下来："你滚。"

如果双方能够冷静下来再聊，也许他会检讨自己说得太过分了，也许他还会低头道歉，反正过去很多次吵架分手也都是这样收场的，可这次他没能轻易服软。

孔颜转过身去，不再看他。

背后响起了关门声。

天快要黑透了，周暮晨漫无目的地混在晚高峰的人潮中，因过于散漫而显得格格不入。

车行道上有人叫他的名字，连着叫了好几声他才听见。那声音的主人坐在一辆黑色汽车的副驾驶座上。

和周暮晨印象中的李姗姗有些不一样，她今天没有化很夸张的眼妆。素净的脸，扎了个高马尾，看起来就是刚进大学的年纪，反而比平时更加清丽。

她降下车窗，兴奋地喊："周暮晨，我姐呢？"

周暮晨远远看着她那张与孔颜有六七分相似的面孔，忽然之间好像耳聋目盲一般，有短暂的感知失调。

绿灯亮起，结队的车辆开始流淌。周暮晨没有应声，拔足狂奔往来时的方向。电光石火之间，他想通了：在孔颜面前，他没什么好要面子的。

"前男友吗？"黑色汽车里，开着车的中年男子漫不经心地问了一句。他有点儿年纪了，衣着考究，体形维持得也还算好，这让他在年轻的小女友面前感觉自己还不是那么老。

李姗姗歪着头笑了一下，像只小猫："你想什么呢，那是我姐的男朋友。"

在奔跑中，城市的霓虹灯在周暮晨眼里失去了颜色，他只记得孔颜流着泪却一声不吭的样子。他想起高中时候，李姗姗第一次来学校找孔颜，说"妈妈病了，想见见你"时，孔颜有多难堪。

那天晚上，他知道了孔颜的秘密。

直到毕业好些年之后，学弟学妹们还会谈起"当年有个特别漂亮的学姐叫孔颜"。在校时，她是和周暮晨完全相反的那类学生。成绩好，天分高，寡言少语，总是独来独往。同级的人对孔颜的看法很统一：优秀，但太骄傲。

而这样的孔颜，那晚却向周暮晨袒露了自己身世：刚刚出生没多久，她就被亲生父母过继给了现在的养父母。七八岁时听到别人嚼舌根她才知道真相。从那之后，她性格大变，对所有事物都充满了怀疑。

“我小时候是很活泼的个性，但从那天起，什么都变了。”她轻声说。

“为什么呢？”

周暮晨是家里独子，从小骄纵，孔颜的遭遇是他一分一毫也不能够理解的。

“听说是想要个儿子吧，但老三还是个女儿，就是今天来找我的那个，”她的脸隐没在黑暗中，“其实爸妈对我不错的，但我一直很担心他们会要个亲生的孩子，你知道，血缘这东西……所以我一直拼命念书，下滑一名我就罚自己一天不准吃饭……”

“你为什么告诉我这些？”

那是周暮晨第一次知道，原来孔颜是会抽烟的。

她吐出一缕雾气，忽然笑了。对于一个十七八岁的女孩来说，那个笑未免有些沧桑，却在那一分钟真真正正让周暮晨看见了一个别人从未看见过的孔颜。

“不知道，我觉得可能是因为自己一直暗暗羡慕你吧……你不用这么惊讶的……是有点匪夷所思，不过我能解释，”她偏着头想了一下，“可能是因为你让我看到，原来一个人可以这么轻松地活着。这么心安理得地没有上进心、不争气，还可以这么快乐。”

这话让周暮晨瞠目结舌，从来没有人这么直截了当地讥讽过他。

“你不要觉得我是在嘲笑你，我说的是真心话。每次你考试不及格还有心情叫大家一起去踢球的时候，我都在心里想，要是我能和你交换人生该多好。

“也许你不会相信，我很想做你这样的人，哪怕只有几天也好。”

那场推心置腹的交谈过后，孔颜还是原来的孔颜，但周暮晨的世界发生了很大变化。他一个字都没有对别人提起过，却慢慢被所有人看出了心思。

两人真正在一起是很久以后的事情，但就在那个夜晚，少年的心间燃起了火焰。

无论以后你做什么事情，别人觉得是对是错都不要紧，我会永远站在你这一边。

此时此刻，他只想跑回她的身边。他也许说不出太好听的话，但他希望她能明白——就算世界再荒芜，总有一个人，他会是你的信徒。

在周暮晨离开之后，孔颜也跟着离开了。

时光如白驹过隙，她觉得自己总算是看清了一些事情。孤孤单单的那些年里，她曾经以为至少还有这个人是全心全意爱着她，让着她，包容她的尖刻和跋扈——这是她从来不敢在别人面前暴露的那一面，她只坦白给最亲密的人。

大学之后，不是没有比周暮晨优秀得多的男生追求她。她也赴过几次约，每次都是败兴而回，后来索性全都不再搭理。她觉得那几个男生不是轻浮，便是爱卖弄，总说着一些自以为高深的话，而且在她看来，他们无一不幼稚。

虽然周暮晨也很幼稚，她却认为那只是天性单纯。虽然他没有大志向，但殷实的家境又填补了这个缺陷，再说，自己将来也不需要依靠男人。她有种只面对自己的矜持，但最后也不得不承认：我确实爱他。

但现在他没有耐心了，他也终于厌烦了。

没什么，亲生父母都信不过，何况只是恋人。

住院那次是她故意吃下会导致自己严重过敏的食物，就医时又故意把情况说得再严重一些，医生为了保险起见才建议她留院观察一晚。

她特意选在了身体最难受的时候给周暮晨打电话，那种痛苦不是装的，所以效果特别好。

他真的很快就赶来了，从他焦灼的神情，她能够确认，那个叫程落薰的小孩儿根本构不成威胁。

原本周暮晨也只是赌气，听说她跟别人出去吃过饭，他气不过，才有了程落薰这一茬。但是没关系，她知道自己才是周暮晨命中注定的那个人，他对于她也意义一样。

“我还以为我已经失去你了。”她虽然很虚弱，还是尽力在笑。

他把脸埋进她手掌里，过了一会儿，她感觉到掌心里有轻微的潮湿。

晚上十点半，孔颜收到信息：“我在楼下，你不下来我就不走了。”

十一点，她终于下楼了，看见坐在小区花坛边儿上，颓得要命的周暮晨。

他说："颜颜，我错了。"

"从很小的时候起，我就知道，我想要得到的东西都只能靠自己争取。争取的方式也许不够光明磊落，姿态狼狈，那也没有办法。大家一直在背地里说我心机深沉，可是我只知道，如果我不保护自己，这个世界上没有人会保护我。"

这是孔颜的一条私密日志，加了锁。只对自己可见。

我给罗素然发信息："素然姐，我太气了，我怎么蠢成这样啊。"

她的头像风格蛮粗野的，是一个卡通版的络腮胡子，我第一次添加好友时以为自己弄错了，都不敢发送验证请求。

络腮胡子回我说："哪个女孩子年轻的时候没有爱过一两个渣男？"

"可是我现在就是过不去啊！"

络腮胡子又回我："你以后会认识更多人，也会再喜欢另外的男生，这些事情最终都会过去的。"

"可是，周暮晨和他们不一样啊。"

"等到你完全不喜欢他的那一天你就知道，光环褪去了，他和别人没有什么不一样。"

她还给我发了一条语音信息，语调平缓，声音里有种能让人平静的力量："落薰，你长大之后，会遇到更好的男孩子，你会见识更大的世界。十年、二十年之后，你想起和周暮晨的这一段小故事，你会把它当笑话讲给朋友听。你要相信时间的力量。"

如果说，在我人生第一次受到情感伤害之后，被一些什么东西治愈了，是康婕接我的时候拎着的那双旧球鞋，是罗素然这些温柔耐心的开解。

我似乎真的开始相信，我能过去，我能忘记。

有什么方法能让人迅速从不开心的事情上转移注意力呢？生活告诉我——是发生一件更严重和更不开心的事情。

那天早上我进到教室就闻出了和以往不同的气息，一种格外严肃和紧张的气氛。班长不停地在教室里进进出出，先是叫了一个同学去办公室，又叫了两个，然后叫了谭思瑶。

她起身，哭丧着脸对我做了个十分害怕的表情。到此时，我依然感到莫名其妙。周围的同学都在窃窃私语，猜测着今天有谁会倒大霉。

我是最后一个被班长传讯去办公室的。先前进去的几个人全回来了，各个低眉耷眼撇着嘴，任由旁边的好事者过来问东问西，他们死也不开口。

谭思瑶从回到教室就趴在课桌上哭，我想找她探口风，但没有时间了。

进到老师的办公室，好几双眼睛盯着我，场面像审讯一般，我立刻慌了。

“你知道为什么叫你来吗？”班主任问。

“我不知道啊。”我吓得声音都发颤，到底是什么事情要搞得这么紧张？

“上个月王老师监考我们班数学那一场，你是不是和她争吵了？”

“没，没有吧……”我在脑子里搜寻着当天的场景，不管怎么样也算不上是争吵吧！我继续说："老师坐在我旁边，我太紧张了，就写不出来……"

另一个老师打断了我："所以你就在王老师的茶杯里撒了粉笔灰，报复老师？"

这简直是五雷轰顶——我完全呆住了，这是哪个糊涂蛋判的冤案，我根本就不知道是怎么一回事，怎么被他们说得好像我是罪魁祸首？

"我已经问清楚了，好几个人都听见你说要给王老师放泻药，拉死她。早上我又找这几个同学都确认了一遍，大家都承认了，你不要嘴硬了。"

"谭思瑶也说是我吗？"我扶住办公桌，没有一点儿力气了，再多说一句话我可能就会当场昏厥。

"对，她也说是你说的。"

教室里已经开始上课了，同学们的琅琅读书声飘荡在走廊里。我不能思考，不能说话，甚至连站都快要站不稳。毫无逻辑地，我忽然想到罗素然说"在人生的长河里，失恋只是很小的事情"，没有错，多的是比失恋更让人无力承受的事。

"老师，我真的没有。"

说完这句话，我的眼泪哗哗地淌下，但没有任何效果。我看得出来，他们并不相信我。

来接我的是康婕。

学校原本是让我回家去反省，再请家长来学校，但我没有胆子回去，更不知道要怎么向我妈解释这一切。祸从口出，我真的明白了这个道理。比这个道理更深刻的，是我第一次发觉原来同学之间也可以这么复杂。自私、懦弱，落井下石，并不是只存在于成年人的世界里。

我哭得太厉害，见到康婕时，我两只眼睛已经肿得只剩下两条缝了。

她听我断断续续说了事情的始末，气得就要冲到我们班去找那几个家伙算账，尤其是谭思瑶。

我拉住她。事已至此，吵也没有用，骂也没有用。我只想去她家躲一躲，想想接下来该怎么办，棘手的事还在后面。

像是担心我会做出极端行为，康婕一直紧紧地挽住我。她比我矮，也比我瘦，看上去比我文静，可是每当我遇到艰难的事情，她永远都会撑出一副强悍的姿态来帮我。

康婕家附近有间高级酒店，远远看见有群人在围观着什么热闹。

一个中年女子追着一个年轻女生，推推搡搡，嘴里骂着难听的话，不要脸，贱 × 之类的。忽然又扭成一团，两个人都拼命去抓对方的头发——看过这种场面的女生一定都会警醒，如果有天真要跟人动手，事先一定要把头发绑好。

乱糟糟的头发里露出一张浓艳的脸，但即便浓艳，我还是认出来了。

我说：“康婕，那个，好像是孔颜。”

在弄清楚这个浓艳的女生并不是孔颜，而是她的妹妹李姗姗之后，我被康婕狠狠地鄙视了：“你这人怎么回事？连情敌都认不清？”

“化了妆，没看出来……”我不是不惭愧的。

我惭愧极了，只好任由她羞辱。

整理好仪容的李姗姗从包包里拿出了粉饼，对着镜子仔仔细细检查自己的脸，还好，脸上没有划痕，只是一边假睫毛掉了，还被揪了两把头发。

“反正我发量多，等阵子就长回来了。”她一边说着，一边把剩下的半边假睫毛也摘了，又拿出口红开始补妆。

在李姗姗跟康婕交流口红色号的心得时，我一直在静静地端详她。她确实和孔颜有几分相像，但那只是第一印象，认真看几眼便能看出很大的区别。

李姗姗是艳丽的红，孔颜是寂静的白。光看长相，妹妹更漂亮，但孔颜气质清冽，便显得李姗姗的漂亮沾了风尘。

认识李姗姗之后的很长一段时间里，我从她的只言片语中慢慢拼凑出了孔颜的经历。虽说和我没有一丁点儿关系，我却因此对她有了同情，也没那么恨她了。

“那是因为你现在更恨谭思瑶，”康婕说，“我觉得孔颜也没多可怜啊，两边父母都想补偿她。你看看我，我这些年才叫生活在水深火热中呢。”

她从小父母离异，跟爸爸和后妈生活在一起，日子是不好过的。

在康婕小小的卧室里，我心乱如麻，不知道回家该怎么办，逃避只是一时的。康婕自作聪明地点了一个小小的香薰蜡烛，说给我静心，但也许是劣质产品，香味熏得我头更疼了。

我放弃了跟她沟通，满脑子都是今天在老师的办公室老师说要好好考虑怎么处置我的事情。

晚上，康婕的家里人陆续回来，先是打了一天麻将的后妈，接着是她爸爸。或许是因为我来了，大人们神情态度都有点不自然。

阿姨叫我自己从冰箱里拿水果吃，康婕背对着她，做了个撇嘴翻白眼的表情，只有我看见。

当天夜里，在跟康婕串通好之后，我们一起给我妈打了电话说：“我今晚就在康婕家睡啦。”

躺在床上，我却一点儿困意也没有。这可能是我人生中第一次体会到失眠的滋味，真真是翻来覆去，死活睡不着。

闹得康婕也没法好好睡觉，她转过来，戳了戳我的背，说：“哎，我们聊聊天嘛。”

“聊什么呀……我没心情呢……”我轻声说。老房子隔音不太好，我担心吵到隔壁卧室里的叔叔阿姨。

“那个孔颜是什么样的人啊？”

“就见过一次，我哪儿知道她是什么样的人啊……”我有点儿不耐烦，“蛮漂亮的人咯。”

安静了一小会儿，她又问：“有多漂亮啊？”

我有点儿生气，这人怎么回事啊，就算是亲生朋友也不能一直问人家最不想提的事吧？

在那个时刻，我单纯地以为她只是出于关心我和八卦的天性，我从来没有想过水面底下存在着一些不美好的真相。

就在我以沉默对抗她的好奇之时，隔壁卧室突然传来一声闷响，像是有什么东西砸在床上一样，把我们吓了一跳。

“又开始了。”康婕叹了口气，轻声说。

一开始还只是低声的争执，我尖着耳朵也听不清楚，到后来，他们好像是放开了、豁出去了，根本忘记了——或者是根本不在乎，康婕今天有朋友来了。

钱钱钱，来来去去就是钱。男人说完，女人又说，声音混合在一起，越吵越大声。

“你女儿是人，我儿子就不是人？哦，给你女儿钱就天经地义，我跟你要点生活费就好像要了你的命一样……”

“你上个月刚拿了一万，说要给他报名学车，你以为老子是傻×？考个驾照要一万？”

“这么热的天，练车多累啊，我当然要给他报个好的啊！”

…………

“喂，”康婕推了我一下，在黑暗中摸到一对海绵耳塞给我，“你把耳朵堵上吧。”

“那你呢？”

“我习惯啦。”

即便是亲密如我们，在这样的境况下也很难不感到尴尬。我内心情绪复杂，想要开解她，又觉得开解本身就会刺伤她的自尊。虽然与我毫无关系，但这个时刻，我不由得对这两个大人感到生气。我气他们，这样不为康婕着想，这样不体面地让一个外人目睹她的隐痛。

为了让她好过一点儿，我还是用耳塞塞住了耳朵。

那些噪音立刻被隔绝，过了一会儿，我昏昏沉沉地睡去了。

不知道是夜里几点，我在迷糊中醒过来一瞬间，看到康婕站在阳台上抽烟。她什么时候学会抽烟的？抽了多久？

没有等我细想，困意袭来，我又睡了过去。

学校最后对我做出的决定是：即时劝退。比起开除，这已经是很宽容的处理结果了。

在通报批评之后，我默不作声地把课桌里的所有东西收进书包，既没有哭也没有再想找老师伸冤或是诉苦。尘埃落定，我心里浮起这几个字，没有任何补救的余地了。付出这么惨重的代价，只是让我明白了以后无论何时何地，要管好自己的嘴。

似乎没有跟任何同学告别的必要，尤其是谭思瑶——从那天以后，我没有再和她说过一句话，有时我能从她的眼睛里看到她想要和我说些什么、解释些什么，可我也都只是转过头假装对此毫无意识。

我不是不生气，也不是不悲哀，只是性格使然，不知道该怎样面对她。

我只是觉得，假设立场互换，如果那天说那句话的人是她，我大概不会对老师承认。但每个人有自己的行为准则，我不能奢望她不自保、不出卖我，因为那或许只是人在某一瞬间的本性。

我下楼时，谭思瑶还是追出来了，一直叫我的名字，而我始终没有回头。

“落薰，你别怪我……”她的声音听起来好像是哭了。

走出学校，就是像走入了另一个世界。

我恍惚着随便上了一辆公交车，刷了卡，坐在车尾靠窗的位子上再也不想动了。上午十点多，上学和上班的人都在自己该待的地方。这辆车车厢很空，只有零零散散几个老年人和我，看上去我比他们更加暮气沉沉。

这阵子是怎么了？先是周暮晨，再是劝退……原来人真的可以这么倒霉。有时看到一些社会新闻的主人公做出极端的事情，以前的我觉得不可理喻，可这个时刻，我好像隐约明白了一点。虽然比起那些人伦惨剧，我遇到的这些事根本不算什么，但对于尚未经历磨难的我来说，这也已经不能承受了。

公交车在一家购物中心的站点停下，上来了一个二十多岁的年轻女子。

她穿着白色衬衫和灰色亚麻裙子，背着一只白色帆布袋。不知道为什么，我觉得她的侧面有一点儿像罗素然。

虽然我一直都有罗素然的手机号码，可一次也没有打过。她是我很喜欢的人，甚至喜欢得有点儿不敢轻易打扰。所有女生在青春期都会希望有这样一个姐姐，她知性，平和，没有距离感，你的困惑和笨拙都不怕在她面前暴露，你知道她不会给你讲大道理，更不会嘲笑你。

我想了想，拿出手机，找到她的名字打了过去。

她接电话的声音和平时在节目里不一样，没有那么正式，更让人觉得亲近："落薰？怎么突然打给我？"

我颤抖着问："你是不是在忙呀？"

"今天不忙，我刚起来没多久，你有事吗？你没在学校？"

"嗯，没在……我没事。"我撒谎了。

通话静止了一会儿，她换成了欢快的语气："那你陪我去吃brunch（早午餐）。"

罗素然本人比上镜更好看，也更瘦。所以不难理解为什么她会有一些好机会：原本只是在电台做文化类的节目，听众闻其声而不见其人。后来机缘巧合，她作为支持人去录过几次视频采访，本来只是友情帮忙，结果效果和口碑都很不错。这或许是她天然的吸引力，无论说什么，大家都喜欢，后来索性就长期做了下去。

现在她比以前忙多了。这么忙还抽时间陪我——虽然她善意地说是让我陪她——我是非常感动的。

按照她给我的地址，我找到了一家餐厅。水泥灰色的墙壁，木头桌椅，摆了许多大绿植和鲜花。有三四个年轻人单独坐在一桌，一边喝咖啡一边对着笔记本打字。

我先到了，怯生生地找了一个靠窗的位子坐下等罗素然，她没来我也不敢瞎点，把菜单从第一页翻到最后一页，在我看来每一样都太贵了。

为什么一份蔬菜沙拉就要一百多块？我不能理解。

好在没多久她就到了。开一辆红色小车，停在餐厅前面的停车位上。我透过窗户看见她从车里下来，笑容满面地对停车场的叔叔说了几句话，整个人散发着让人不由自主想要亲近的气息。如果我到她的年纪，也能成为她这样的女性就好了——我心里暗自想着。

她一进来便看到我，径直走过来，笑嘻嘻地坐下。看我什么也没点便利落地点好了两个人的食物和饮品。

她笑着跟我讲："让你等了好久吧？一直打不到车，幸好我弟弟不在家，我偷偷开他的车来了。"

我干笑了一声。不知道从何讲起。

很快，食物端上来了，她的是烟熏三文鱼配贝谷面包，还有单碟蜂蜜烤南瓜。给我要了水果松饼，胖乎乎的松饼上面堆满了奶油和草莓。

如果不是以当下的心情面对这样漂亮的食物该多好，我叹了口气，觉得自己辜负了它们。

奶油逐渐融化成一堆白色液体，松饼被泡得乱七八糟。罗素然已经叫了第二杯咖啡，我才终于开了口。

从哪里开始呢，我小小声，讲得毫无章法：一时说到周暮晨和孔颜——她如何盛气凌人。一时又讲到康婕家里的情况，很为她感到委屈。可是说到委屈，我又不得不联想到自己现在的处境，被人冤枉，现在背着劝退的处分，不敢回家……

我毫无逻辑地滔滔不绝，越说越难过，到后来我已经泣不成声，引得隔壁两桌的人朝我们投来好奇的目光。

我多希望能够控制住自己，即使哭也要哭得斯文秀气一点，不要这么狰狞。

她可能不愿意再见我了吧，我心想。

可是罗素然真好，她一直默默地听我说话，还拿纸巾给我擦眼泪。她的手机振动了两三次，可她都悄悄地摁掉了。

我说的那些人她全都不认识，发生在我身上的这一切也和她没有一点儿关系，她完全可以打断我，讲些无关紧要的话打发我，但她没有。

这是这段日子以来我最放松的时刻，在她面前，不需要伪装掩饰。你可以流露出所有真实的情绪，这没有什么可耻的。

“落薰，你知道吗，人这一生会遇到许许多多的委屈，有一些能说出来，有一些只能咽下去。我不是认为你说的这些不算什么，我在你这个年纪也许应对得还不如你。可是我想告诉你，人只有在挫败中才能得到训练，累积经验，才能在以后面对更大的麻烦时找到出路。

“现在你还太小了，这些事情不是你自己可以解决的。你吃点东西，晚点儿我送你回去，跟妈妈好好说。”

我小心地擦掉鼻涕，这个时候也没有什么形象可言了。

“可是，我怕。”我可怜兮兮地说。

她乐了，但还是在耐心地开导我：“我第一次单独做节目之前，特别紧张，一整天都没吃东西，把稿子顺了几十遍，生怕有什么差池。到现在我还能想起自己那天的状态，别人可能听不出来，但我自己知道当时我的声音都是抖的。

“可是今天想起来，真的没什么……”她缓慢地说，“都会过去的。开心的和不开心的事情，最终全都会过去的。”

她说的话，我似懂非懂。更不明白为什么她脸上浮起了若有似无的哀伤。

她开车将我送回家，在路上时又讲了许多鼓励我的话。

也许那些话真的起到了作用，我竟然收拾好心情问起她的八卦来：“素然姐，你有没有男朋友啊？”

“你觉得呢？”

“我觉得……应该有很多吧？”我迟疑了一下，说了老实话。

她发出了吓我一跳的笑声，我真没想到那句话有这么好笑。她这么出色，聪明美丽，有很多人追求不是再合理不过了吗？

再穿过一条街就是我家附近了。我已经忘记了先前的话题。这时，她突然说：“其实我的问题比你的麻烦多了呢。”

她讲得没头没尾，我听不懂，又不好追问。我只是觉得她说的是我完全不了解的、另一个范围里的事情。

“素然姐，我到了。”

我下车之后，她把车子停在原地熄了火。过了几分钟，她从包里拿出手机来，找到之前没接的那个号码。屏幕上显示着：未接来电 3。

她闭上眼睛，又等了一下，似乎需要做好一定的心理建设才能回复这个号码。

前几天，她和他因为从前就吵过很多次的事又吵了一架，现在正是冷战中。按照惯例，冷战不会这么快结束的。

那几秒钟之内，有几十种可能从她的脑海中闪过，她只希望不要是最坏的那种。

终于，她点了通话。

通话的人问："怎么不接电话？是在约会吧？"

他的语气让她顿时放下心来——这是对亲密的人说话才用的语气。她知道，一切纠葛还没有终止，这段感情还没有走到穷途末路。

她笑了一声，这才放松下来："既然是约会，我就不应该向你承认。"

对方也轻笑："我中午去公司，路过餐厅，看到你的车了。你和谁呢？"

罗素然心间一动。

原来是这样。自己之所以会选在那家餐厅，潜意识里是觉得它离他的公司近，或许会有撞到他的可能。

"和一个小姑娘，她碰到了一点难题，我开导她。"

"我不知道你还有空给小姑娘做人生导师。"

"滚你的，没话说我挂了啊。"

"我明天出趟差，周末回来，到时候去看你。"

“嗯。”她挂断电话，又在车里坐了一会儿。这次又平稳度过了，那么下一次争吵什么时候来呢？她暂时不愿意去想这个问题。该去工作了。

犹豫了很久我才走进单元门内。平时两三分钟能爬完的楼梯，此刻我希望它是一座永远也爬不到顶的高山。

那样的话，我就不用面对我妈，不用面对她的伤心和绝望。

打开门的时候，我心情犹如上刑场。

和康婕家一样，我家也是老房子。客厅的采光很差，通常到了下午四五点钟就暗了，非要开灯不可。但是今天的客厅没有光亮，也没有声音。

在昏暗中，我的眼睛适应了一会儿，看到沙发上坐着一个人。她看起来已经保持这个姿势很长很长时间了。当下我陷入巨大的惶恐中——我知道不可能，但我还是非常害怕——我觉得只要我叫她一声，她就会破碎。

“我回来了，妈。”

到底这个称呼有什么样的魔力，在它脱口的瞬间，我的眼泪汩汩地冒出来，心却像回到了它该在的地方。

她在黑暗中长长叹了一口气，这是我一生也不会忘记的叹息声。那一刻我比死还要难受。

“怎么才回来。吃饭了没有？”

蓄积已久的悲伤直到这个瞬间才彻底释放，我号啕大哭，坐在冰凉的地板上，咧着嘴，像个破损的玩偶，灵魂已经灰飞烟灭。

“我错了……我再也不乱来了，我以后再也不乱说话了……”

她一直任由我哭，没有打我，也没有骂我。也许是失望和无奈到了极点，不知道该有什么动作。

哭着哭着，我被哽住了，开始不停打嗝，怎么使劲憋气都不管用，反而打得更凶了。

场面一下子有点滑稽。

但这也成了打破僵局的一个契机。妈妈终于起身，倒了一杯温水给我。这是我用了很久的杯子，有年过生日，康婕送给我的礼物。白色陶瓷马克杯，印着笑眯眯的哆啦 A 梦。

妈妈终于说话。

她的嗓音又哑又低："已经这样了，你哭有什么用？你是自作自受啊。"

"你这个性格，我能把你怎么办？我只恨自己无能，管不好你……"她好像也要哭了，"是我无能啊……你从小到大，我跟你讲过多少遍，我们家条件差，你要靠自己，好好读书，不要惹是生非，我们经不起折腾……"

这是我将一生铭记的画面：客厅里越来越黑，对面的居民楼每一扇窗口都散发出温暖的黄色灯光，这是别人家正吃晚饭的时间。我和母亲对坐着，流着泪。因为我的蠢、我的不慎招致了我们家承受不起的后果。

对于有办法的人来说，这是打几个电话就能解决的事，但对我们来说，这几乎是灭顶之灾。

许久，妈妈终于打起了一点精神："你还想念书吗？"

我咬着嘴唇，使劲点头，忽然想到她看不见，又哭着讲道："想的。"

“唉，先吃饭吧，天塌下来也先把饭吃了。”

她打开灯，我这才看见她的样子，一天之内她憔悴得像老了五岁。她在厨房里忙着洗洗切切的时候，我又躲进卧室里小声地哭了一会儿。

“你妈妈很不容易”，有时候别人跟我讲这样的话，我不但听不进去，还觉得这些好为人师的人很讨厌。要你们讲什么？难道我不知道她不容易？

可是我的所作所为，是一个丝毫没有体恤之心的女儿。

这么多年，她用一份微薄的工资独自养育我，艰难地维持着生计，支撑着这个风雨飘摇的家。我从来不提要买新衣服新鞋子，我以为这就代表我足够懂事。在她抱怨我学习不努力不刻苦的时候，我还振振有词，说些“我就是不聪明，这是遗传”之类的话。

我曾经觉得她把所有的希望都压在我身上，让我倍感压力，这是不公平的。她反复强调着自己的付出时，我认为那是一种过时、老土的观念。

但她还有什么别的选择吗？这个时刻，我恨自己的自私——如果一个人用尽自己所有能力，还是只能过着清贫的生活，那么她把希望寄托在孩子身上，难道这是什么十恶不赦的罪过吗？

一个女孩真正的成长，也许就是从她试图理解自己的母亲开始。

吃晚饭的时候我们都很安静，也都吃得不多，但食物给了我们安慰和能量。

“这几天你先在家里反省吧，我去找找老同学、老朋友，看看能不能求人想想办法给你办转学。”

“嗯。”这一声答应像是从身体最深处挤出来的。

夜深时，我躺在床上，悄悄戴上耳机收听罗素然的节目。

她在节目中说：”今天我去见了一个我的小朋友，这段日子她不太好过，遇到了很多对她这个年纪来说跨不过去的困难，不过我想告诉她，没有什么事情是过不去的。我上大学时很喜欢读王朔的小说，《一半海水，一半火焰》里有一个句子，我特别喜欢。

“‘你还年轻，依然漂亮’。虽然不是百分之百恰当，但我也想把这句话送给她，你还年轻，你会长大，永远漂亮。”

我扯过枕头，把脸深深地埋在里面。

在漫长的岁月里，我和妈妈的关系并不是特别好，我们都太过粗粝坚硬，无法像其他母女那样和乐融融地相处。

而在这个夜晚，我忽然明白，相生相克，其实是另一种意义上的相依为命。

如罗素然所说，我会长大，也许我会离开这座城市，遇见更多的人，将来我会谈恋爱，也许还会结婚、生孩子，我会有另一个家庭。但这个世界上，只有她会不计代价地保护我，无论我从何处跌落，只有她的双手能接住我。只有她会在我被伤害得体无完肤的时候给我一个栖身的窝。

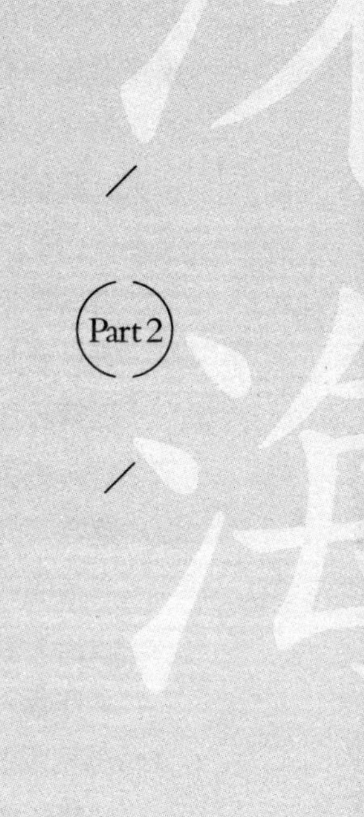

Part 2

我背着书包站在久安的校门前，长长地呼出一口气，心情五味杂陈。

明明才过去一两个月，我却有了沧海桑田一般的感受。当初也是在这里，我和康婕一起拦住那个叫戴莹欣的女生，我狐假虎威地对她说了一通乱七八糟的话……那个时候，我完全没有想到将来有一天，我们会成为校友。

进教室之前，我先去见新老师——其实不对，在现在这个环境里，我才是那个“新来的”。

尽管我已经装得很老实了，新老师还是像安检员一样把我上上下下仔仔细细打量了一遍，目光里没有太多友善。

她咳了两声，清了清嗓子，下马威的架子已经摆足了。

“程落薰，我听过你的光辉事迹，好厉害的啊。”

我面无表情，这个时候什么也不要说才是最聪明的做法。

“我会一直盯着你，只要你有一点违规乱纪的行为，我马上就会做出相应的处理——”她放慢了语速，“你知道我的意思吧？”

“我知道，刘老师。”

刘老师的态度不是不好理解的，眼看就要带高三的班了，这个时候竟然插来一个被邻校处分过的学生。虽然来托关系的人反复强调了是一桩“冤假错案”，她也不得不看在老同事的面子上暂时接受，但心里总是不太舒服的。

往后我必须谨言慎行，低调做人，尽量不引起老师的注意。不仅是为了自己，也是为了妈妈。

走向对我来说那间全新的教室的途中，要穿过另外一幢教学楼。从窗口望进去，里面的人都在埋头苦学。我不知道在其中哪一间教室里，曾经也坐着周暮晨和孔颜。

很久以后，在别人偶尔提起这两个人，但我的心里已经没有一点儿涟漪的时候，我还是会想起最后一次跟周暮晨见面。

也许这是我人生第一次经历正式的告别，告别只会发生在懵懂年少时的初次心动，和引起初次心动的这个人身上。而当时我对这件事毫无感知，也不明白它指向哪种意义，我只是出于本能地感应到一种哀愁，但它的核心是什么，我还领悟不了。

这时的我，实在愚笨，没有悟性，对于告别会贯穿我们的一生这件事，我毫无防备。

如果我能早点预料，也许从第一次开始，我就不该弄得那么狼狈。

在妈妈为了给我转学到处奔走求人的那段时间里，我没有出过门。我不敢也不想见任何人，觉得自己做了极其羞耻的事，犯了天大的过错。我变得前所未有地敏感和胆小，就连邻居家关门的动静稍微大一点儿，我也会受惊。

外面的一切都让我害怕。像某种小动物一样，我蜷缩在小小的窝里，努力积攒着安全感。

谭思瑶打过几次电话，我都没有接，渐渐地她也就不再打来。要说我恨她，是不至于的，但我也没有大度到还当她是朋友。

在我的世界里，如果有人还算得上是朋友，那也只有康婕。

我们小学就相识，读同一所初中，她的成绩一直都垫底。中考那年她没有考上，父母两边也都不上心，没有人把她的前途当回事，就连她自己也说“我这种人有什么前途可言”。我们去上高中时，她根本不知道自己要干什么，在家里打了一年游戏，最后还是因为她后妈看她每天在家碍眼，才劝着她父亲花钱找关系给她报了一所技术院校。

如果勤奋自学，将来也能参加高考，去念所过得去的大学，但她根本没有这个打算。

她很少跟我讲她的烦恼、她生活里的困难，我只知道她喜欢过一个人，但没能够在一起，更多的细节，她也不愿意多说。

“我和你不一样，你还能拼一拼，我是连自己都放弃自己了的那种人。”她跟我讲过这种话，我听了觉得很难过，但又不知道该怎么鼓励她。

也许真正需要鼓励的人是我，而不是她。

我躲在家中的日子里，她每隔一两天就来找我，带一点儿菜给我妈，也带零食给我。有时候会留在我家吃饭，再晚点儿就睡在我家。

我们从来没有叫过对方“宝贝”或是“亲爱的”，但这个世界上，除了妈妈，我最相信的人就是她，而且我知道，她也一样。

那是个周五的下午，乌云忽然聚集在天空中，远方有光亮。闪电过后，炸开一个雷。

滂沱暴雨过后，有什么东西从我的心里冲了出来，我终于厌倦了每天这样窝窝囊囊半死不活地待着，我要去干点儿什么能让自己清醒的事，能让自己疼的事儿。

“喂，你的耳洞在哪里扎的？带我去。”

康婕瞪大双眼，唯恐自己听错了：“你不是最怕疼了吗？”

“你少废话，带我去。”

银饰店的店主是和罗素然年纪相仿的女生，脸上一直挂着笑，叫谁都是“亲爱的”。她身上有种好闻的茉莉花香。当她端着打耳洞的工具过来，伸出手轻轻揉我的耳垂时，我才注意到她的手腕上有一串茉莉花枝条编的手环。

“好好闻哦。”我呆呆地说。

“你喜欢的话等一下我给你也编一个。”

“要不要钱啊？”我又呆呆地问。

“哈哈哈不要钱啦，送你的……耳洞好啦。”

不知不觉中，我的耳朵上已经有了三个耳洞，其中一个在耳骨上，但都不是特别疼。这和康婕说的不一样呀，难道茉莉花香还有镇痛的功效？

“现在不疼，过一会儿就疼了，”店主姑娘笑着讲，“好多事都要等人过一会儿才反应得过来呢。”

“这几天洗澡洗头要多注意，别碰水，小心发炎。”

带着店主姐姐的谆谆嘱托和她送给我的茉莉花手环，我同康婕一起走出店门。我暗自想着，等耳洞完全长好了之后，我要来这里挑一对自己喜欢的耳饰。

暴雨冲洗了城市的灰尘，空气难得如此清新。周五的街头，每张脸上都洋溢着轻松和快乐。世界上最美好的事物前三名，在十七岁的我心里排名如下：所有好吃的，蓝天白云，周五下午。

就是在这样美好的周五下午，我肿着耳垂，心里正在盘算要怎么骗康婕请我去附近新开的甜品店吃蛋糕，网上说每天从早到晚都有很多人排长队——就在这个关键的时间点，我还没有来得及说话——康婕的脸僵住了。我顺着她的目光的方向看过去。

这是我做梦也没有想到的一幕。

周暮晨，他拎着一只白色纸袋，简约的 logo（标志）正是我想去的那家店。还有和他一起的人，孔颜。

周五下午一下失了色彩。

我转过身去，剧烈地咳嗽起来，那种咳法好像要在肺上咳出一个洞来。康婕像是吓坏了，一边急切地问我一边拍着我的背。头发挡住了我的脸，我不知道那两个人走过去了没有，不知道他们有没有看见我这副丢脸的样子，更不知道康婕的脸上是一种多么奇怪的表情。

那种愧疚、羞耻和悲哀混在一起，复杂极了的表情。

也许他们幸福的样子给我造成了太大冲击，我头脑里原本就不多的理智做出了让步，任性占了上风。

"我想跟踪他们，"我说，"我们跟踪他们吧。"

康婕被我吓了一跳，连连反对，说什么也不肯陪我一起做蠢事。

"我保证什么也不干，我就想看看他们去哪里。"我几乎快要哭了，觉得怎么都说不清楚，我没有恶意，也不想打扰他们，我只是想多看他一会儿，"这样我就可以彻底死心了，你说对不对？"

她同情地看着我，本来还想说点什么劝阻的话，但终究还是没有说出口。

"好吧，那就跟一会儿，你不要瞎搞哦。"

我们像业余的狗仔队，也有点儿像偏执的变态，跟了周暮晨他们很长时间。

他们和所有的普通情侣做的事情差不多，逛街，喝咖啡，到了饭点找地方吃饭，还去看了场电影。

在那场电影快要开场前，我的好奇心终于彻底被消灭了。就在我们准备停止这件荒唐的事情的时候，孔颜回过头叫我的名字。

“程落薰，你们也要进去吗？”

我呆若木鸡，康婕也一样——原来孔颜早就发现了，但她故意到这个时候才拆穿我们，她一直把我们当笑话看。

“落薰、康婕，你们这是在干什么？”周暮晨好像遭到了极大的冒犯，脸上呈现出一种怀疑与震惊的神色。

孔颜忽然神色一动：“你就是康婕？”

康婕咬住嘴唇，面色灰白，没有接她的话，扯了我一把，说道：“走吧。”

如果此刻我还保有平时的敏锐和平静，我应该能够察觉这是一个多么不合常理的景象：孔颜看向康婕的眼神比寒冰还要冷。康婕却是死死地盯着周暮晨，而夹在她们中间，手足无措左右为难的周暮晨，只是迁怒于我。

“程落薰，你！”

周围的人们往放映厅拥过去，只有我们四个人仿佛被施了什么静止的魔咒，好长时间都没有反应。

自尊心已经被自己践踏到极点，忽然之间，我反而感觉坦然了。耳骨上的痛感这个时候才显现出来并持续发力。即便是上次我一个人面对他们两个人，那样难堪，我也没有哭出来，为什么今天眼泪却无法抑制？

孔颜从周暮晨手里抢过电影票，狠狠地剜了我和康婕一眼。我不明白她为什么会这样说："真是好朋友，什么事都一起做，什么东西都共同分享。"她又推了周暮晨一把，"你自己搞出来的事情，自己收拾。"

她话里的深长意味，我要等到很久之后才会明白。

"对不起。"我低下头，竟然是我向他道歉。

"我和孔颜是好不容易才和好的，落薰，如果你这声对不起是真心的，"他从前从没有用如此森冷的语气对我说过话，"我拜托你，再也不要做这种事，再也不要骚扰我了，好吗？"

他撇下这一堆狼藉，急急地跑向放映厅。电影已经播放了快十分钟，这时候才入场的人势必会引起周遭人的反感，他不能再继续耽误时间了。

"我们走吧。"我说。

我不知道自己要去哪里，但我必须马上离开这里。只有离开这里，我才能重新正常呼吸，我才能当作这一切都没有真正发生过。

不管怎么样，今天出门是个很蠢的决定，我真的很后悔。

那天晚上，我和康婕各自回家。

在妈妈告诉我，她终于去对了庙、拜对了佛，一位老朋友愿意帮帮忙给我办转学，我心间的大石落下的时候，康婕在她家卧室的小阳台上接了一个电话。

"孔颜要求我对她没有任何隐瞒，所以我说了。"

无法言说的委屈，在康婕身体里憋了几个小时，或许是更长久的时间。

她开口就是哭腔："孔颜孔颜，你说来说去都是孔颜，你只在乎她一个人的想法和感受，落薰不重要，我更不重要。既然这样，你何必打来？”

那端是持久的沉默，久到康婕以为这次通话已经结束了。

“康婕，对不起。”

她挂断电话，剧烈而无声地哭了起来，在那个没有任何人知道的夜里。

后来我居然真的找到了那间教室，里面当然早就没有周暮晨和孔颜的身影。诗意一点儿想，是我在空间里循着一点儿气味追究着时间的印记。但换成残酷的说法，这不过就是我一厢情愿地幻想着往昔的浮光掠影。

我在那里站了几分钟，比起上次在电影院前的不欢而散，这更像一次体面的告别。

一个干脆利落的休止符，我的初恋无疾而终。

封妙琴是和我同批插班进来的新生。

她是舞蹈专业的艺术生，去年已经考过一次，据说成绩很不理想，只好回来复读一年继续考。

也许是在这个所有同学都没有闲心交新朋友的环境里感到了孤单，她把目标对准了同样是新来的我，每次上厕所都要叫上我一起。

通常来说，女生之间确实会因为类似的小事而变得亲近起来，但我前不久刚吃过一次大亏，还处于惊弓之鸟的状态。对她太过殷勤的示好，我有些无所适从。

“我去年是因为病了，没发挥好。”她非要跟我讲她的事情，也不管我到底有没有兴趣、想不想听。

“我的专业分很高的，前几名呢，就是栽在文化分上了……”她是那种自我感觉非常好的女生。没过几天我便发现，当她在跟我说话的时候，其实是在跟所有人说话，她的音量故意提得那么高，就是希望旁边的其他人也能听见。

特别漂亮的女孩子在青春期有点儿自以为是，这也不是什么不可饶恕的毛病。但封妙琴还有一点很不招人喜欢：太喜欢炫耀。

她隔三岔五就要拿出一样东西让我猜品牌，或是让我猜这个东西是从哪里买的。大部分时候我真的不知道她到底是希望我能猜对，还是猜不对。

每次我猜对了，她都会高兴地夸我“真有眼光”，但我如果猜错了，她就会更高兴地说我“才不是咧，你好土啊”。

我倒真不是嫉妒她，只是在周围窃窃的笑声中，觉得一直配合她的自己好像也成了个蠢货。

不过这些都只是我高三生活中的边角料。跟两百天之后的那场考试相比，封妙琴这些傻里傻气的举动又算得了什么？充其量不过是我和康婕聊天时的一个小话题，当笑话一样讲。

谁能够想到，这个从最开始主动要和我成为朋友的女生，我以为她最多也就是笨一点、虚荣一点，但心思并不坏的女生，在我后来的人生中，在那个可能永远也翻不过去的篇章里，承担了一个那么重要的角色？

这一年平安无事，我顺利度过了刘老师给我设置的观察期，除了数学始终在及格、不及格之间徘徊，其余各科都有了明显进步。不知道是不是摔过一个大跟头把我彻底摔醒了。没有了周暮晨，我全部的注意力都集中在校内；没有了谭思瑶，我甚至连回家路上都在背单词。

我偶尔还是会想起谭思瑶，尤其是在封妙琴越来越多地暴露她的缺点时，谭思瑶就显得没那么可恶了，到后来我甚至觉得也许我应该谢谢她。如果不是在我年纪还足够小的时候遇到这样的事情，也许后果远比这个要严重。

“人就算犯错，也要在年轻的时候错，越年轻越错得起。等年纪大了，真是一步也不能够行差踏错。”

这是罗素然的一条微博，虽然不是写给我看的，我却深深地记住了。

寒假时，我偶遇谭思瑶。

前一天下了很大的雪，清早我被康婕的电话叫起来，看见外面一片雪白。南方的雪融得快，我们要趁白雪融成黑水之前抓紧时间出去玩。

城市中心的商区依然张灯结彩，新年的气氛还很浓厚，满街都是喜庆色彩。康婕拿她攒的钱带我去夹娃娃，我们就是在那个地方遇到了谭思瑶。

其实我是先看到和她一起的男生，觉得眼熟——是不是给我买贵奶茶的那个哥们儿？接着，我才看到他身边的谭思瑶。

趁他们没有看到我们，我拽着康婕飞快地溜掉了，一边溜我还一边骗她：“我刚想起来，李姗姗约了我今天一起吃饭，我差点给忘了……”

我装腔作势地给李姗姗打电话：“喂，姗姗，吃饭吗？”

“吃个屁，我都要气死了！”

我吓得一抖，怎么了这是，我没有得罪她吧？

“你要没事就赶紧过来找我……”她把地点告诉我，又怒气冲冲地说了一遍，“我要气死了！我今天开新车第一天，被个傻 × 蹭了！”

很快我们就见到了李姗姗，她的样子看起来好像想杀人，一直在跟对方吵架，确切地说，是她在骂对方，而对方毫无还击之力。

她的新车还没有上牌照，而另一辆红色的车子，我一看车牌，这不是上次罗素然开的那辆吗？那这个被李姗姗骂得狗血淋头的年轻男生，就是罗素然口中的“孽障弟弟”吗？

看见我和康婕，李姗姗更有底气了，她大概把我们当成了得力的帮手——事实上，我和康婕的战斗力加起来也不如她的万分之一。

那男生趁李姗姗分心的时刻，终于拣到了说话的机会：“小姐，你搞清楚到底是谁的责任，我直行，你拐弯，到底该谁让谁啊？你的驾照是花钱买的吧？”

李姗姗一时噎住，正在想要怎么辩解——乱中又添乱，后面的车接连不断地按起喇叭。

为了尽快解决路口的拥堵，为交警叔叔排忧解难，我硬着头皮上前调节。

“你好，请问你是不是罗素然的弟弟？”

年轻男生听到我说出他姐姐的名字，有些错愕：“你认识我姐姐？”

“对……”我指了指他的车，“我还认识这辆车。”

看眼色能力一级棒的康婕连忙跟上，和我一起打圆场：“既然大家都是熟人，就私了吧。你们留个联系方式，回头好好商量怎么办，我看两位都不是会赖账的人，先把车都挪走，让其他车过吧。”

李姗姗指着我们俩：“你们到底来帮谁的啊！”

状况解除之后，李姗姗也没有心情和我们吃饭了。她丢下我和康婕，开着被蹭掉很大一块车漆的新车风驰电掣地消失了。

我和康婕交换了一个眼神：虽然是亲姐妹，但她和孔颜性格真是大相径庭。

回过头来，罗素然的弟弟宋远倒是向我们发出了邀请："我正要去跟我姐吃饭，你们要不要一起？"

和上一次我见到的罗素然不同，这次她刚参加完一个活动，脸上还有浓厚的妆，长发用卷发棒卷过，非常艳丽妩媚，只是眉宇之间透着些许疲惫。

看到我的时候，她的眼睛里闪过一点惊喜，不是装出来的。

但她的声音比面容更疲倦："这么巧，落薰也来了，这是你朋友吗？康婕你好，你们自己看看想吃什么。"

虽然只有四个人吃饭，罗素然却点了很多的食物，担心我们讲客气。

她自己吃得很少，大概是真的太累了，没有食欲。即便如此，她还是努力振作精神听我们聊天，时不时也加入进来一起聊。

"素然姐，吃不完的话，我们可以打包带走吗？"康婕傻乎乎地问。

我终于忍不住伸手掐了一下她，她"哎哟"一声，叉子一晃，南瓜球顺势滚落到地上。南瓜球一直滚到罗素然的脚边，这才停下，我们的目光追随着南瓜球的轨迹，落在了她的鞋子上。

那是一双银灰色高跟鞋。

虽然我是个贫穷的少女，但迫于封妙琴总是强制性给我普及时尚类的资讯和常识，就算脑子再不开窍，我也多少认识几个牌子的经典款式。

罗素然穿的这双鞋，是某大牌的长销款，价格不便宜，女明星也爱穿。

我小心翼翼地问："素然姐，你的鞋要好几千吧？"

罗素然笑了一下，没有回答。

宋远从食物中抬起头来搭了一句："她的鞋柜里还有更贵的，也不怎么穿，还不如拿去卖了。"

罗素然轻描淡写地用一句"别人送的"终结了话题。手机响起，她并没有起身，但身体最大程度上向后倾，拉开了和我们的距离。她轻声说："嗯……收到了，已经穿了。很喜欢，谢谢你……啊，是吗？我也在……"

我看到她在最后朝某个方向看了看，轻轻地点了点头——而这个时候，康婕和宋远正在分掉盘子里最后的龙虾意面，他们谁也没有注意到这个情节。

饭后，我们又点了饮品来喝，宋远向康婕打听李姗姗，他明显被那个跋扈的美丽女生吸引。罗素然问了我一些关于学习的事，又给了我一些考大学的建议。

闲聊时，外面又下起纷纷扬扬的雪。

在罗素然悄悄打了第三个哈欠之后，我们一起离开了餐厅。

时间越来越紧迫，也许是因为紧迫才显得时间这么不够用。为了追平数学拉下去的分数，我必须在其他科目上多挣些分回来。

没有人会想到程落薰天天复习到深夜，所有背过的资料都会再默写一遍。我想用这样高强度而密集的学习填充我脑中所有的空隙，这样就不会再有闲情逸致想起一些不该再想的事情和人。

可是在入睡之前，摸到耳朵上那几根小小的银针，我依然不可避免地会联想到它们的由来。

一句假话反复念叨一万遍就能变成真话，我每天都会告诉自己一次。

我已经不喜欢你了。

除了考大学这件事本身真的很重要，还有一个令我做出这种转变的原因，那就是我不能够再让妈妈失望。

我和康婕刚认识的时候，都是胆大包天的小孩。暑假里，我们徒手赤脚爬到别人家的屋顶上玩。九十年代初期的老房子，屋顶上有砖红色的瓦片，布满了青苔和灰尘。

那时她还不会抽烟，我们买了一些零食和碳酸饮料，躺在那些陈年旧瓦上吃吃喝喝。

我问她："你爸爸总是带不同的女人回来吗？那你干吗不去找你妈妈？"

她在那么小的时候已经显露出彪悍的气质，啃着鸡爪不慌不忙地说："我爸经济条件好一点，我花他的钱不会内疚，我妈比我爸还笨，老是被人骗钱，我不忍心吃她的用她的。"

那是我第一次知道她家中的情况，出于震惊，好久都没说话。

她反问我："那你爸爸又是怎么回事？这么多年对你不闻不问的。"

我更加说不出话来。

从小到大，"父亲"这个概念对于我来说是一片空白。我从来不知道有爸爸——哪怕是一个不尽职尽责的爸爸——是什么样的感觉。我的同学们，下雨天有爸爸接送，儿童节和生日都有爸爸买礼物，但我什么也没有。

我从来不问妈妈到底是怎么回事。虽然懵懂，但我隐约也知道就算她告诉我，我也不能了解。除了罗素然之外，我最崇拜的就是那些长在墙角里的杂草。我跟自己说，生长的环境越阴暗潮湿，生命力就越顽强。

虽然康婕是我最好的朋友，可是我觉得她也未必和我有相同的感受。

我只能说："不是不能告诉你，是不知道怎么说，因为我完全没有记忆。"

她像一个丢了一百块钱的人突然遇到了一个丢了一千块钱的人，对自己那点自怨自艾全部转化为对我的同情："那你将来要好好对你妈妈呀。"

我记得彼时的青空，连一朵云都没有，我们躺在屋顶上，有鸽群从上空飞过。

我点点头："那当然。"

可我说过的话没有好好实践。尤其是，遇到周暮晨之后，我整个人就像失了心一般，做出了许多荒唐愚蠢的事情。

我没法原谅自己。

终于到了决战的那天。

妈妈像往常一样早早起来给我做早餐，很大一碗面，上面盖着两个金灿灿的荷包蛋。

我以前一直很羡慕那些能把荷包蛋煎成心形的人，以为这是一种了不起的本事，还为此抱怨过我妈手艺不行。

可是这天早上，我惊奇地发现，这两个煎蛋居然是可爱的心形呢！这是太阳从西边出来了？

就在我狼吞虎咽的时候，我妈用她一贯淡然的语气说："昨天在超市看到有煎蛋的模具，就买了一个回来试试，你以前不是提过嘛。第一次用，也不熟练，你不要嫌弃。吃两个蛋，考一百分。"

"可是……"我费劲地吞下嘴里的面条，"每科满分是一百五十分哎。"

"啊，呸呸呸……"妈妈连忙作势打了一下自己的脸，"我乱讲什么鬼话，是考一百五十分，一百五十分啦！"

也许每一个经历过高考的人在多年后都还会记得一切结束之后的那个下午。有些人很疯狂，把所有的书和卷子都撕成碎片扔进垃圾桶，或是从楼上"哗"的一声扔下去，将心中长久以来的压抑发泄出来。但也有人很平静，仿佛已经提前预知这只是人生战场中的第一战，往后还会有许许多多的大场面要应对。

这两种我都不属于。我只觉得空乏，好像身体里所有的精气都耗尽在这两日里，而前景会是怎样，我连想都不敢想。

毕业典礼之后，全班同学一起拍毕业合照。我站在女生的最后一排的最左边，封妙琴挽着我的手臂。

后来我给林逸舟看过这张合照，他在人群里迅速找到了我。

他说："你的样子好呆哦。"

那张合照中，我是唯一没有笑容的人——在大家跟着摄影师齐声喊"茄子"的时候，我错过了——我紧闭着嘴唇，因为太过刺眼的阳光而没能好好睁着眼睛，在告别这个班级时，我依然是那个格格不入的"插班生"。

一个多月之后，我收到了录取通知书。我妈比我激动，但康婕比我妈妈更激动。

我高考前，她曾经独自去过一趟寺庙，在菩萨面前磕下三个头，祈愿我能在考试中好好发挥，考的题目全是我会做的，我不会做的全都不要考。

我最好的朋友康婕，她没有什么大本事，也不是多么聪慧优秀，但她对我的真心，没有人比得上。

她说："落薰，菩萨保佑了你，你要去还愿。"她小小的面孔上是十分认真的神情，我不忍心让她失望，于是说好。

出乎我意料，我们去的这座寺庙在山上，而城里明明有一座更有名、香客更多的古寺，她当初为什么舍近求远？

"你好蠢呀，你想想，那边每天不知有多少人去找菩萨求荣华富贵，菩萨怎么记得住啊！"她狡黠地笑，"这边就不同了，访客很少，所以菩萨能记住每一个人。

"所以你要好好谢谢菩萨哦，落薰，你会有很好的前程。"康婕轻声说。

缆车只能到山腰，这原本就是提供给游客的观光工具。寺庙在山顶，后半段的路程只能依靠步行。

寺庙前有一片竹林。虽然是盛夏时节，但竹林里阴暗清凉，走在小径上只觉得内心安宁，不想说话，不想惊扰这片静谧。碎石子铺成的小径的尽头，我看见了"无尘"二字。

想起一首宋词：

竹隐高深，夏凉日有清风度。苎衣绳屦。鹤发空相顾。

翠扑流烟，又向溪翁去。青山路。要当同住。长古无尘处。

寺庙里安静得连我们的呼吸声都可以清楚听见。蒲团已经很旧，看不出本来的颜色。我端端正正地跪下。

我在心中说：菩萨，我是程落薰，我来过了，谢谢您保佑我。

爬山走累了，我们决定要在这里多休息一会儿。

在长椅上坐下之后，听了片刻风过竹林声，我才问康婕："这次你求什么？"

如果她说"说出来就怕不灵验"了，我还能理解，但她说的是"不能告诉你"，这就让我觉得哪里有点儿不对劲。

这么多年，我们一直是无话不讲的，怎么她今天突然冒出这么一句怪怪的话来？

等到罗素然休完年假，和宋远一起从日本旅行回来，离我开学的日子也只有十天了。

她发来信息："我回来了，给你带了礼物。晚上一起吃饭吧，叫上你的好朋友一起。"

紧接着，宋远也传来一条信息："你把李姗姗也叫来。"

到这个时候，他心里打的什么主意，傻子也知道。但我真心觉得他们很相配，愿意帮他出一点力。

这晚气氛很好，所有人都很开心。吃完饭，罗素然似乎还不尽兴，又让宋远去找地方唱歌，说是要给我庆祝"毕业＋成年"。

到了地方，她叫住我，示意我慢几步，让他们几个先上去。

只剩下我们俩时，她这才从随身的小羊皮包包里摸出一个四四方方的白色小盒子，细细的白色缎带系成小小的蝴蝶结。原来她特意支开其他人，是为了给我礼物。

“我可以现在就打开吗？”我有点儿兴奋，等不到晚上回家再拆。

“当然可以。”她笑笑说。

是一对小小的珍珠耳饰，式样简单，光泽温润。我虽然完全不懂珍珠，但盒子内侧那枚小小的logo我曾经在杂志上见过。对我来说，这礼物价格不菲，一时之间不敢轻易收下。

罗素然看出了我的诚惶诚恐，便说：“在东京逛街时看到这对耳钉，简单大方没有花样，觉得很适合你，不是专门去给你买的。”

“但是太贵重了，素然姐，我不能收。”我关上盒子。

“收下吧，是给你的成年礼，”罗素然轻轻皱眉，“这点东西姐姐还是负担得起的。”

我不是不识好歹，也真的感激她这样善待我，只是内心深处，隐约有些疑惑：要维持她和宋远这样奢侈的吃穿用度，仅凭着她的收入，真的够吗？

当然，这是她的隐私，我不会蠢到去刺探朋友的私生活。

我羞于告诉任何人，我有多么憧憬自己将来也能像她一样，温柔善良、细腻、周全。我希望成长为有能力照顾别人，给别人温暖和力量的人——尤其是对康婕。

那天在寺庙里，很突然地，康婕问我：“等你进了大学，就能认识新的朋友了，你会不会和我疏远？”

她从来没有说过这样的话，我在一刹那觉得有点好笑，可是很快我便反应过来，她是在认真地表达她的忧虑。

我们都已经过了十八岁，是真正意义上的成年人。但心底里，她其实是一个没有安全感、只会用嘻嘻哈哈的方式掩饰自卑的女孩。

从童年到青春，她一直活在一种饥饿里——她自己或许都没有意识到，她是多么需要爱、需要肯定、需要友谊。

我们躺在屋顶看天的那个夏日，已经过去很多年了，但它对于我们的意义是非凡的。

“你蠢不蠢啊。我再认识任何人，都不可能比你和我要好。”我说。

我人生中最初的坚实的承诺，不是给爱情，而是给我最信任的女孩。

之所以这样相信她，是因为我确定，她同样是这样地相信我。

既然决定收下耳钉，我干脆当场直接戴上，把耳垂上的小银针收进盒子里，这才哄得罗素然笑意盈盈。送礼物的人当然希望自己的心意和品位都被对方赞赏，这是心理层面的期待。

“谢谢素然姐。”我由衷地说，“等我将来挣钱了，我给你买包。”

她拍手大笑：“哈哈哈，好呀，那还是我赚了。”

明明说好是为我庆祝，可是推开包间重重的门，只看到康婕一个人，她握着麦克风，对着屏幕专注地唱着歌，点歌机器上一长串全是她的曲目。

那两个人去哪里了？罗素然不以为然：“去买吃的了吧，别管他们，给我一个话筒，康婕我跟你一起唱。”

我出去找洗手间，七拐八拐也没找对方向，最后终于在男厕所门口跟一个男生撞了满怀，他身上有酒精跟香水混合的气味。我一边说着“对不起”一边抬头看了他一眼，当下有片刻失神——在现实生活中，我从没见过这么好看的男生。

他笑了一下，连正眼都没有看我一眼，很快消失在拐角处。

在洗手间里，我用冷水扑了扑脸。镜中的我脸色苍白，神情黯淡，就像某个晚上昏暗的车厢里，脏兮兮的车窗玻璃上的投影。

高考结束之后，我没有让任何人知道，偷偷出走过一趟短途。

我永远都会记得当时的心情，奄奄一息却偏偏还一息尚存，羞耻感里依然有所眷恋。为了省钱，我坐的是最便宜的那趟车。清早出发，我算好了时间，夜里回来。

我想过这一趟未必能看见他，但我还是想去他平时生活的地方看一看。或许在潜意识里，我一直为那次的失礼感到羞愧，所以才想制造一点新的回忆覆盖掉那层霉斑。

自始至终，这只是我一个人的事情。

但我到底还是看见他了，就在足球场上，他奔跑着的样子对我来说太熟悉也太好辨认了。我本想看他踢完那场球就走，却万万没有想到还能看到更多。

比赛暂停时，一个女孩跑过去给他送毛巾和水——周暮晨这个王八蛋——这个女生，不是孔颜！

我如遭雷击。

他再也不能引起我的痛苦了。

在无人知晓的角落里，我彻底被粉碎，又迅疾地愈合。事实上，还是有一点点悲哀的，这悲哀不来自我终于印证了他从来没有真的喜欢过我，爱过我，而是来自我到这一刻才发现这个人的情感基因里没有丝毫忠诚。

我在当天坐上了回去的车，车厢里很空，我先是笑了一会儿，然后又哭了。

李姗姗把我从洗手间里抓出来："干吗呢你？都在找你呢。"

她像某种软体动物一样黏着我，一摇一摆地往包间那边走，忽然她一把甩开我，兴奋地叫："林逸舟，你还没死啊！"

她话音还没落，已经一把抱住了迎面过来的那人——正是我先前撞上的那个男生。

那男生把她的两条手臂从自己身上摘下来，说："你还没死呢，我怎么舍得死。"

这不是……赤裸裸的……调情吗？

我哪里见过这个阵仗，站在旁边只觉得尴尬，赶紧溜了。

我刚推开门，宋远便冲我喊："看到姗姗没？她去找你了。"

鬼使神差一般，我竟然说出了这样的话："她在走廊上，好像碰到情人了。"

顷刻之间，宋远的眼睛瞪得老大，起身杀气腾腾地拉开门就往外冲。我再一看，沙发上，罗素然已经紧闭双眼，睡着了。

那个晚上李姗姗跟宋远之间究竟确定了什么？我只知道后来他们在停车场的楼梯间亲吻了——是的，好死不死，被我撞见了。

我当即热血沸腾，长舌妇属性开启，八卦的因子全部调动，兴奋地跟康婕分享这个消息，她却对此一点也不感兴趣："等你以后挣钱了，也要给我买珍珠耳环哦！"

晚上回家，我睡意深沉，康婕靠在我的肩上。我们都喝了一点儿酒，在微醺的醉意里说了些自己也记不得的话。我好像说"我们要做一辈子的好朋友哦"，可能还有更矫情的，但康婕只说了一句"对不起”。

我想骂她，发什么神经呢，可是困意太强大，我实在是睁不开眼睛。

不过，这些细枝末节都不重要，重要的是，我要上大学了！

我自己去报到。就在本地，轻车熟路。

原本我妈想陪我去，被我严词拒绝，康婕提出要和我一起去，我也不愿意。我把这一天看作是我“独立”的标志——从今往后，程落薰就是个真正的大人了！

按照流程指示办理手续、缴费、分配寝室……一切都顺利，我就是没想到会碰上封妙琴。

她还是和以前一样，总有着过度的精力和热情，隔得老远就叫我的名字：“程——落——薰！”

彼时，我手里拎着我妈强迫我带到学校来的一个大红色水桶，桶里还有毛巾、洗发水之类的生活用品，最离谱的是还有一条大花毯子，我也知道自己看起来有多滑稽。

不怪封妙琴一靠近我就“咯咯”笑：“我的天，你这是进城务工呢？”

我从喉咙里干笑了两声勉强附和。我为什么这么倒霉，当初填志愿的时候我为什么要傻乎乎地跟她讲实话？这个时刻，我觉得自己遭到了命运的伏击。

区区一个暑假，封妙琴的做派当然不会有什么改变，她先是向我介绍了她的新行李箱，又貌似无意地扬了扬手，顺势展示了她的新手机，就连看不见的东西她也要炫耀：“你闻得出我的香水是什么牌子吗？”

动动你的猪脑子好吗？我这个土鳖，哪有这么厉害的本事。

她又露出了我熟悉的那种微笑——有点儿居高临下的怜悯。其实我一直不能理解她为什么要在我面前找优越感。我的意思是，她即便要比，也应该去跟和她等级相同的女生比，我这么平凡普通，有什么好和我比的？

“落薰，我们又在一起了，这是缘分你知道吗？”她眨着眼睛，让人看不穿她到底有几分真诚，“在这个陌生的新环境里，我们要互相照顾，就像我们刚认识的时候一样。”

“我们真是太有缘分了，你难道不觉得吗？”她又问了一遍。

但跟我有这种缘分的人不止她一个。

军训的第二周，我的“大姨妈”来了，严重的痛经让我实在没办法在烈日下继续坚持，得到教官批准，我可以请两个小时假，那一刻我分明感觉到了背后嫉妒的目光比太阳更炽热。

我想回宿舍吃颗止疼药，再躺一会儿。

但还没等我走到宿舍，我就看见了她——有一瞬间，我以为我看错了——但就是这么巧，谭思瑶，我们竟然又见面了。

虽然是同届新生，但不知道她家里给她想了什么办法，竟然躲掉了军训。我们都穿迷彩服，她却可以穿漂亮裙子；我们都穿粗布胶鞋，她脚上却是一双时髦的拖鞋。

我们四目相视，避无可避——神奇的是，这一下我好像不疼了？

我转身想走，她就跑过来拉住我：“都这么久了，你怎么还在生我的气？”

我没理她，想继续走，却苦于被她拖住不能脱身。她说的这是什么话，要不然我扇她一耳光，看看她明年会不会原谅我？

就在僵持中，她忽然哭了，好像受了天大的委屈似的，哭得周围的人都看向这边。我又急又气，明明现在难受的人是我，可是不管在谁看来都更像是我欺负了她吧？

“你放手啦，我痛经，没力气跟你耗。”我有气无力地说。

她根本没有听进我的话，只是自顾自地哭，抽泣了好半天才挤出几个字：“程落薰，你不要生我的气了……我失恋了……”

她讲得断断续续，碎不成章，还是靠我自己的聪明才智把一堆乱七八糟的线索整理清楚。那个男生我见过，他给我买过一杯奶茶。他和谭思瑶两个人的父亲曾经一起做生意，是多年好友。谭思瑶从小就暗恋他，到了高中，终于没忍住表白了。

“我现在才知道，为什么他那时候一直说要等我上大学再说，我还以为他是要等我……”谭思瑶表情恨恨的，不知道究竟是在埋怨他还是埋怨自己，“原来他只是不想我高考前出什么意外，故意稳着我，等我毕业了才跟我讲清楚。”

我迟疑着说道：“可是，他不是还去学校接过你吗？还和你一起出去玩，我都碰见过。”

“是我让他去接我的啊……呜呜呜……”谭思瑶脸都哭红了，“许至君就是这种性格，明明自己不愿意做的事，但为了让别人不难过，他就会去做。”

许至君，我心里默念了一遍这个名字，虽然只有过一次短暂的照面，可是没有任何来由地，他让我觉得有点亲切，大概我就是这样容易被小恩小惠感动的人吧？

谭思瑶一直在哭，陪在她身边的我，说不出任何安慰的话语，不是因为我还记恨她，而是因为我有过同样的遭遇和经验，我深知别人的劝解不会有任何作用。

年少挫败的爱情，让我们在漫长的人生中第一次真正了解了无可奈何的滋味。少女们矜持贵重的灵魂，经受过这种失落、难堪和自我嘲弄之后，才会慢慢长成独一无二的样子。

事情接下来的发展出乎我的意料：谭思瑶大概是误以为我真的原谅她了，我们的关系又回到高中时候一样亲近——不对，她觉得我们现在应该更亲近——有办法的人总是有办法，总之，她换到了和我一个宿舍。

坐在堆满玩偶的床上，她眼巴巴地看着我，可怜兮兮地说："落薰，你不要嫌弃我嘛。"

我并不是嫌弃，而是烦好吗？谁受得了一个人整天跟你倾诉她失恋的事啊……为了逃避她的絮叨啰唆，我无家可归，只能天天躲在封妙琴的宿舍里。

但是时间一长，我发现这是另一种折磨。封妙琴虽然没有失恋的苦水倒，但她过于充沛的精力如果无处释放，就一定会主动寻找刺激。

她整天拿着手机刷，企图找到比校园社团好玩得多的东西。在她看来，学生们组织的活动都太幼稚了，是给小孩子玩儿的。

她严肃地对我说："我们要走出去，social（社交），懂吗？"

我似懂非懂。

终于让封妙琴找到机会了。那天她又兴奋又怕被同寝室的其他人听见，把我叫到阳台上，压低声音悄悄告诉我，同城社区里有个楼主周末办"趴体"（聚会），只要报名就可以参加，最重要的是"趴体"有抽奖，抽现金呢！

她说这话的时候有点贼眉鼠眼："我帮你也报名了，到时候我们一起去，要是你中奖了，分我一半。”

我觉得哪里不对：“那要是你中奖了呢？”

“我会请你吃好吃的，还给你充饭卡。”

我差点气死——虽然一毛钱都还没拿到，但我已经感觉被人占了大便宜。喂喂喂，你平时给自己营造的可是千金大小姐的形象，怎么这会儿，竟然好意思说出给我充饭卡这种话？

经过一番拉锯协商，最终以“不管谁中奖，都要分对方一半”为条件，我答应和她一起去。

大概是心有不甘，最后她还是挖苦了我几句。

“你到时候穿漂亮点啦，整天就穿个白 T 恤，你是洗衣粉的推销员啊？”

人一生的走向，往往就在于几个关键的决定。

如果我那天没有被“抽奖”诱惑，没有答应和封妙琴一同去参加活动，也许我和林逸舟的人生都将全部改写。

可是有那么多假设吗？

注定要发生的事情，就一定会发生。哪怕乘坐时间机器回到一切的初始，你依然会抬起同一只脚，再次踏入这既定的结局。

周末，我们到地方才知道聚会场地在一幢小别墅里。这个区域前些年刚发售就被富人们抢购一空，但真正的入住率很低，大概是因为距离中心商圈太远，生活并不便利。有些房主脑子转得很快，将房子装成北欧式风格，委托给承接各种活动的中介公司或摄影工作室用于商业服务。

我们去的这幢也是其中之一。屋前有一片花园，种满了大丽花和绿色植物。光是站在门口，我已经有点儿失神。

玄关处有一张名册，来了的人在自己的名字后面打钩。我粗粗一看，名单上有二三十个名字，打过钩的已经过半。

从二三十个人里抽，那中奖的概率还是蛮大的，我心想。

虽然有很多好吃的，好喝的，还有各种游戏玩——封妙琴已经迅速地融进了在大沙发上聊天的那四五个人中间——只坐了一会儿，我就觉得很无聊了。这就是她说的 social 吗？我有点儿后悔把时间浪费在这里，可能挨不到抽奖我就要溜了吧。

环顾四周，我发现所有人的装束都很时尚，尤其是女生们，可以说是过于隆重了。每个人都在拍照，拍完房子拍自己，然后又是三三两两地合照。我这才意识到封妙琴叫我穿得漂亮点是为什么——果然没有任何一个人注意到我。

我今天还是穿的白 T 恤，而且，我发现，这种衣服让我的胸看起来更平了。

为了打发时间，我独自走进花园。这里倒是清静，也许是因为太热了，没人愿意待在室外。花园比我以为的要大，往里走得深了才看见有一片小小的池塘，水面浮着几片残荷，旁边有一架木秋千。

秋千上坐着一个人，背对着我，正在抽烟。

草坪柔软，我并没有发出脚步声，但也许是这里太安静了，这人听到动静，回过头来看见了我。

当时我不知道，这会是我将铭记一生的画面。

如果不是他手中那截烟灰刚好掉落进烟缸，我会以为这一刻时间是凝固的。

我们曾经见过，他或许完全不记得了，但我记得。是在我收到珍珠耳钉的那个夜晚，在 KTV 的洗手间门口，我们撞在一起，他一句话也没说就走掉，后来又跟李姗姗抱在一起。

我听过她叫他的名字，但我忘了。

为什么我才刚刚在这个世界上找到你，就已经嗅到了悲伤的气味？

这天下午的风、云、阳光、鲜艳的花和郁郁葱葱的绿色，通通隐去，在无声无色的静止里，我连呼吸都慢了下来。

很自然地，他歪了一下头，示意我："过来坐。"

我不应该过去，我是多么笨嘴拙舌的一个人，和一个陌生的异性单独相处会有多尴尬我应该知道。可是我的双腿不受控制，一步一步走向秋千，在他旁边空余的地方坐下来。

奇怪的是，并没有我想象中那么尴尬，虽然一时间我们都没有说话，但好像本来就该是这样寂静。

好一会儿，他问我："里面不好玩吗？"

我老老实实地讲道："挺热闹的，但那些人我都不认识，所以觉得不好玩。"

"那你来做什么？"他流露出一点儿好奇。

我又老老实实地讲："我同学说有现金抽奖，就帮我一起报了名。我们说好了，抽中就平分奖金。"

我不知道这句话竟然有那么好笑——他差点从秋千上摔下去，连带着我也跟着秋千一起晃了好几下。

好不容易稳定下来，他还在笑："那我帮你作弊，反正是我抽，我就抽你吧。"

我心里一惊，原来这个"趴体"是他弄的……可是这很诡异啊，他组的局，他自己却跑到外面荡秋千？

“哎，你说嘛，要不要我帮你作弊？”他突然凑近，离我只有几分米的距离。我哪里见过这个架势，大脑瞬间一片空白，脸憋得通红。我眼睛不知道该往哪里看，慌乱之中，目光落在他的额头上。

我这才看见，他额头上有一道细长的疤痕，像是缝过针。或许时间已经久远，这印记已经淡了。

他问我：“你叫什么名字？”

“程落薰。”

并不是想要抽奖作弊才告诉你我的名字，而是因为这是我们生命中必须交换的一个时刻，因为这个刹那我已经知道了你是谁，所以我应该让你知道，我是谁。

这个和我一样穿着简朴白色衣服的人，额头上有浅浅疤痕的人，这个主动邀请了一大群人来玩却又把他们丢在一边的人。

我想起那三个字了——林逸舟。

从他的眼神中，我知道他对我毫无印象，记忆里毫无觉察我们曾有过短暂的一面之缘。尽管我对自己的平凡早有自知之明，但心底里还是有小小的失落。

如果我长得像孔颜和姗姗那么美，又或者我有和封妙琴同样的纤细长腿，也许会让人印象深刻得多吧。

我忽然鼓起勇气说：“我们以前见过。”

“是吗？”他看着前方，但眼神是失焦的，对我说的话很不以为意，“我小时候也看过《红楼梦》的。”

这是什么意思？我有点不舒服——难道他以为我在编造什么浪漫情节故意跟他套近乎？

时间接近傍晚，太阳迅速往西边跌落，余晖映在池塘里，细小的波纹反射出金色涟漪。房子里传来众人的热烈欢呼，不知道是什么游戏，让大家这么开心，但我只觉得那声音过于吵闹。

我没有再说话。

“你觉得我有病吗？”他突然说，“我把这堆人聚集起来，花钱租下这里，还花钱给他们抽奖，我有什么好处？”

“你只是想让别人觉得你牛 ×。”我不客气地说，作为他冒犯我的报复，“可能你没什么朋友吧，所以你想花钱买朋友。”

他又笑了。

“程落薰，你这个人，蛮有意思的。”他说，“那我就买你这个朋友吧。”

事实上，最终他并没有抽中我，而是在一堆写了名字的字条中随便抽了一个。我本来以为封妙琴会沮丧或是生气，但完全没有——在看到林逸舟的时候，中不中奖对于她来说已经不重要了。

那是猎人看到猎物的目光。她缠着我问：“那人是谁？为什么跟你一起进来？你认识他吗？什么时候认识的？我怎么不知道？哎，程落薰你太没义气了吧！这个活动可是我带你来的哎，你怎么背着我搞这种小动作？认识你这么久没想到你城府这么深！”

一大通罪名，不由分说，全扣在我头上。

我真是冤死了，我要是有她说的这样的心机，当初还能让孔颜欺负成那样？但是我知道，和封妙琴讲不清楚，因为她已经给我定罪了。

“我不管，你要报答我，把他的联系方式给我。”

我哪有他的联系方式啊，总共才说了几句话，他连奖都没抽给我，很明显过了今天就谁也不认识谁了好不好？

但我又错了。

聚会散场，封妙琴和下午认识的几个新朋友一起走，他们显然下午还没尽兴，约着晚上要再玩一轮。而我明明什么也没干，却比他们谁都累，只想尽快打车回家吃饭。

手机软件显示叫车地点太偏，附近没有车辆，我在路口等了很长时间也没有等到出租车。

正是心烦意乱，后悔加郁闷的时候，有辆车在我面前停下了。

车窗降下来，林逸舟一脸看好戏的表情："你没跟你的同学走啊？我看见她上了别人的车。"

我翻了个白眼，就是因为你这个家伙，封妙琴走的时候都没跟我打招呼，我都不知道上哪儿说理去。

见我不理他，他又正经了一点："你家住哪儿啊？我送你吧。"

去你的——我心里骂了一句，但毕竟没胆量真的骂出声。

"别犟了，上来吧，这片儿晚上没人，你一个人不安全。"他端正神色，认真地跟我讲，"你放心，我对你没兴趣。"

并不是最后这句话起了作用，但我还是上车了。不管怎么样，他说得对，我这么一直站着也不是办法。

可是他并没有直接送我回去，半路找了个地方停下，强迫我陪他去吃汉堡——真是神经病，汉堡有什么好吃的？我想回家吃我妈煮的饭啊！

在汉堡店，他一个人吃了两份套餐，而我为了回家还能吃得下饭，忍着饥饿，只喝了一杯果汁。我想催他快点吃，我着急回家，可试着张了好几次嘴都没能说出话来。

都怪我妈，我从小就听她说"不管多要紧的事，都不要影响别人吃饭”，这几乎是我的家教中最重要的部分。

好不容易，熬到他吃完，这冗长的一天终于快要结束了。

我们离开汉堡店去停车场，要穿过一条堆了杂物的黑黢黢的小巷，我有点儿害怕，不由自主地贴近他一起走。

电光石火之间，他停下，转身拦住我——我惊得呆住——他低下头，声音轻轻的：“怎么办？我克制了一晚上，还是想吻你。”

这一定不是他第一次这样对一个女生说话。

但这是我生平头一回遇到的状况。短短几秒钟，我心跳紊乱，精神错乱，整个人像被火烧着一般，体温迅速上升，口干舌燥，发不出声音。

“算了。”他突然退后一步。

那股强烈的张力消失了，我所有的症状都消失了，呼吸恢复正常——取而代之的，是连我自己也没搞懂的一瞬间的失落。

我是不是疯了？难道说，我刚才竟然真的希望发生点什么？脑子里突然闪过以前康婕对我说过的话：“你的呆板和故作正经，其实都是装的！只要给你一个合适的场地一个合适的对象，你的真面目就会露出来！”

如果她说的是对的，那么，刚刚那一瞬间的期待和失望就不是我的错觉？

怎么会这样……虽然没有流露出丝毫破绽，但我内心的秩序其实已经静静地崩塌了。

“哎，把你的联系方式给我吧。”他咧着嘴笑，眼睛亮亮的，像个小孩儿。

李姗姗回到住处时，已经是凌晨一点多。她没有想到，今晚这里有人。

悬挂在墙上的高级音箱里流淌着优美的钢琴曲。这是去年某天她心血来潮，随口说想要的礼物。过了一个半月，快递送来一个大箱子，是从国外邮寄过来的。

送这音箱的男人，此刻就坐在沙发上。

事实上，他送给她的远不止这点。衣帽间里不重样的衣服、鞋子、包包，车库里的那辆车，就连她现在住的这套两居室，如果她想要，也可以过到她的名下。

烟灰缸里只有两三枚烟蒂，这几年他几乎已经成功戒掉了，但今晚等她等得焦灼，他又抽了几支。

李姗姗打开灯，心里有些慌乱，但还是故作镇定地走去阳台，把气窗打开。

她故意讲："喂，烟味也太重了。"

即便是从背后看，也能看出她真是大了几岁，比刚认识的时候胖了一圈——不过，那时候的她也瘦得太夸张了。

他曾经有过好几个这样的年轻女友，有的是自己看上的，有的是别人为了求他，故意推到他身边的。大家各取所需，最后也都和平分手。但李姗姗和她们都不一样，她特别蠢。

他一直记得第一次见到她，她一张巴掌脸，眼睛恨不得占了脸的三分之一，笑起来有两颗小虎牙。问她平时喜欢做什么，想学什么——他原本真的想过要送她去念书，可她笑嘻嘻地说："我从小就不喜欢读书，我就喜欢玩。"

这一玩就是两三年，现在她也到了别人大学毕业的年纪，一纸学历证书都没有，花起钱来大手大脚。他们的关系并无任何契约，但他也从没见她为此担忧过。

这是他喜欢她的地方，不聪明，但也不多事。知足常乐，从不过问他是否还有其他的莺莺燕燕。如果不发生什么意外，过几年他们还是可以好聚好散的。

“你最近在干什么，经常这么晚回来吗？”他耐着性子问。

她原本在浴室里卸妆，听到他说话，便走了出来，满脸的白色泡泡：“反正回来也是一个人，这么大的屋子，我也会怕的呀。”

她以前从来没说过这里有什么不好，现在这是怎么了？

“等我闲下来会多花时间陪你的。”他说。

她又进了浴室，传来一阵水花声，当她再走出来，已经是一张干净洁白的脸，还是和当初一样清纯的模样。

“不用了，那次因为买车的事，我差点被你太太当街打死……”她想起当时的场面，至今心有余悸，“你可别害我了。”

他知道她说的那件事，后来他花了好大精力才把两边安抚好，实在不想再提。

“那你想怎么样？我就想让你开心点。”

李姗姗换好了睡衣，倚着门，目光直直地看着他：“我想换个地方住，这里太大了。”她又强调了一遍，“我有时候半夜会醒来，会怕。

“我自己找找看，有没有合适的房子，找到了再和你讲，可以吗？”

她的话里并没有底气，他知道她只是在试探一种可能性，一条底线，但眼下她还没有做出任何实质性的事情，他也不想太计较。

过了一会儿，他说：“可以。”

两个多月之后的某一天，我收到姗姗的信息：“你这周哪天没课，来帮我打包东西吧，我要搬家啦。”

虽然有点突然，但我也不意外。

前段时间我们经常聚餐，要么是她和宋远，还有我，要么是我、林逸舟，还有她，四个人轮番组合成饭搭子。她向我们抱怨过一两次找房子太麻烦了，地段好的租金高，价格划算的周边设施又不行。

我搞不懂，她现在住的地方无可挑剔，又不是快要到期，为什么要搬？

她也有搞不懂我的事——“你和林逸舟？这是哪儿跟哪儿？”

有一次她特意拖到最后不走，等到只剩自己和我两个人，终于抛出了疑问：“落薰你是哪根筋不对，林逸舟这样的人，你也招惹？”

“这样的人”是哪样的人，我不是不明白她的意思。

姗姗是在社会中长时间混迹的女孩，经历复杂，对人情世故的确比还在校园中的我要成熟老练，连她都这样讲，按照情理，我应当三思。

可我只是沉默，无法应答。

有了联系方式之后，林逸舟经常找我。

直觉不是没有警告我，这个男生身上有某种危险的气息，自己应该和他保持距离。可奇怪的是，只要他一出现，我就会毫无原则地跟他走。

他从来没有说过任何意思明确的话，没有任何能引起我的误会的表达，狡猾而无情。多数时间里，我们吃吃喝喝嬉嬉笑笑，相处过程中不是不开心的，我总以为离在一起只差一步了，可那一步就是迟迟走不到。

我们离暧昧越近，离爱情就越远。

他曾经这样问过我：“为什么每次都是我主动约你，你从来不约我？”

你要多久以后才会知道，见不到你的时候，我才最想你。

我没课的那个下午，姗姗和宋远一同来接我。他们俩并肩站在银杏树下，满地金黄色落叶，画面美好得就如同一部青春电影。

想和喜欢的人一起看春天的花、冬天的雪、夏天的大海和秋天的落叶，这是什么了不起的、不切实际的愿望吗？但对我来说，却好像是不能实现的事情。

李姗姗的车技已经比当初好太多了，但宋远还是会紧张兮兮地在旁边一直念叨“小心……打灯啦打灯啊，变道前打灯啊”。到底是有什么神奇的力量，能让一个原先那么洒脱的男生变得这么婆婆妈妈，又能让原先脾气那么火暴的女生变得这么乖顺听话？

或许他们自己都没有意识到这种潜移默化，旁观者清，我才知道原因。

我说：“以后你们的小孩，肯定特别好看。”

天知道我为什么突然说出这么老气横秋的话——空气骤然停顿，他们竟然没有笑，反而陷入了沉默。

我说错什么了？

微妙的气氛一直持续到我们进入姗姗的居所，我一进门，就不由自主地“哇”了一声，如果这是我住的地方，大概一辈子也不会想要轻易搬走。

虽然现在每个房间里都乱七八糟，堆着搬家专用的大纸箱，但依然能看出这是一个舒适、宽敞、宜居的住处。

为什么要搬？我更费解了，稍微有点儿生活经验的人都知道，她不可能以更低的价格找到比这更好的房子。

“因为这里没有家的感觉……”她小声和我说，不好意思让宋远听见似的，“太孤单啦。”

“落薰，我现在才真正觉得快乐，不是多买一个包、一件首饰那种快乐，是真正的快乐。你知道我的意思吗？”

她形容不出那种感觉，受困于表达，可是我真的明白她是什么意思。

她看了一眼在客厅打包封箱的宋远，他正在撕扯透明胶带，发出“嗞”的声音。她转过头来，对我笑。

这个笑容，让我觉得任何人喜欢上她、爱上她都不是什么难事，如果你见过五月的芍药花苞在一个夜晚缓缓绽放，那么你便能够明白这笑容有多动人。无论往后时光如何侵蚀我的记忆，这笑容，我记得。

惭愧地说，我从前其实对她有些看法——第一次相遇，她在众目睽睽之下跟人厮打——自己不守交通规则，却咄咄逼人，怪责对方。还有她扑到林逸舟身上的样子，真的很难让人相信他们只是好朋友而已。最重要的是，她明明不工作，却始终有花不完的钱。

我不是傻子，能猜到一二。

但今天以后，这些看法全都烟消云散。连我自己也想不到，阴错阳差，我竟然和孔颜的妹妹成了朋友。

纸箱全部用完也只是打包好了一半的行李，她的东西比我想象中还要多。

宋远要去机场接出差回来的罗素然，只能先走。临走时他悄悄叮嘱我“万一哪天你和我姐见面，不要告诉她，我和姗姗的事”。我一怔，有什么不能讲的原因吗？但我没有问。

“你放心，我不是喜欢多嘴的人。”

姗姗送我回学校，半路突然一拍额头：“我差点忘了，我今天要回一趟父母家，你不着急的话，先陪我去那边吧。”我还没有开口，她又急急地补上一句，“今天我姐姐也在，我不想待太久，求求你，落薰。”

我没能说我不愿意。这是我的一个坏毛病，我不懂得如何拒绝。因为不想让别人失望或为难，很多我不喜欢做的事情，最后也只好做了。

在路上她和我闲聊，途中说起林逸舟，但她不再执着给我劝告。

“真要喜欢，谁拦得住你？”她注视着前方，语气里有少见的严肃意味。

她父母家在一片很大的老式社区，是过去隶属于某个单位的宿舍房子。社区里有菜市、卫生所、五金店、饭馆和小卖部、棋牌室，基本满足了在互联网时代到来之前一个人所有的生活需求。

但李姗姗已经不能适应，对她来说，这里的一切都太陈旧，不合时宜。

她开着车在旧楼房之间兜了好几圈才找到一处小小的空地，勉强停好车。我没有随她一起上去，就在楼下等她。

她保证很快就下来，不会耽误我太长时间。

我在一把木椅子上坐下，不知道是谁家落在外边的没有收回去。秋天的夜晚来得早，暮色在一瞬间笼罩下来。

一道修长的身影从老旧的单元门里走出来，那一瞬间，我自然而然以为是李姗姗。

“你真的蛮快的嘛。”我站起来，迎着她走过去。

我弄错了。而孔颜比我还要吃惊——她怎么也没想到，妹妹口中说的“我还有朋友在下面等我”，这位朋友竟然是自己也认识的人。

我们都瞪着眼睛，面孔僵硬，没有想好该作何反应。

一条小黄狗慢悠悠地从我们之间走过去，启动了静止的空气。

孔颜先恢复神志，她轻声咳了一下，才说道：“程落薰，好久没见了。你现在怎么样？”

“挺好的。”我干巴巴地说，并没有给予相应的问候。

她察觉到了我的不自在和迫切，便误以为我还在为以前的事情耿耿于怀：“你还在恨我？”

没有，真的，她说得太严重了——是否因为时过境迁，我以局外人的立场审视年少时的闹剧，才觉得那是不值得纠结的故事，我们没有必要敌视彼此。

我定了定神，决定和她彻底讲清楚，这是我早就想说的话：“我不恨你，不光是现在，我以前也不恨。我喜欢他的时候并不知道你的存在。就算我错了，我也付出过很重的代价。都过去了，你们的事情和我再也没有任何关系了。”

她仿佛因为我的话而松懈下来，原本环抱着的手臂松动了，换成了一个没有防备的姿势。神情若有所思，过了片刻，她像下定了某种决心。

“既然你说都过去了，那我想告诉你一件事。我认为，你应该知道。”

姗姗比自己预计下来的时间要迟得多，一出现就忙不迭地向我道歉：“对不起对不起，落薰，我跟父母吵了一会儿，他们不同意我搬家。”这才发现我失魂落魄，像丧家犬一般呆坐着，说不出话。

“你怎么了？”她蹙着眉，大惑不解——只是晚了十几分钟，不至于这么严重吧？她推了推我，“程落薰，你怎么了？”

我抬起头来，茫然地看着她：“姗姗，你有康婕的手机号码吧？我的手机关机了。”

一秒钟也不能多等，哪怕多一个人知道我也不在乎。我用尽生平最大的勇气，拿李姗姗的手机拨通了康婕的电话，一直没有接通，我就一直打。

前些日子她告诉过我，她现在找到工作了，在一个二线品牌的化妆品柜台当柜员，上班时间不方便看手机。她说，她会想办法留很多小样给我。

谁稀罕你的施舍，我胸口一阵愤恨腾起——如果孔颜说的是真的，再难听的话我也讲得出来。

我必须马上、立刻、现在就确认真假。

打到第六通，她终于接了，以为是姗姗：“你有毛病啊，一直打，我刚才在给客人推荐产品呢。”

“是我，”我根本听不进一句废话，“我要问你一件事，你不能骗我。”

她听到是我，已经有了明显的迟疑——不知道为什么，我觉得她好像一直在等待着这一天，等着第二只靴子掉下来，她对此早有准备。

“你和周暮晨，是不是睡过？”

我的声音轻不可闻。一旁的李姗姗受到了巨大惊吓，呈现出扭曲的表情，同时她伸出手紧紧地抓住我，像是担心我会晕过去。这举动太多余了，我没有那么脆弱。

手机那端是一阵漫长的静默。我手脚冰凉，心像被一双手毫不留情地撕成碎片，一口气卡在喉头，提不起来，也吐不出去。

问出问题之前，我已经有所预感，我只是不能相信——这是我最好的朋友，和我一起长大，陪我度过青春中所有的创痛。

在我来例假把裙子弄脏的时候，毫不犹豫脱下自己的外套给我遮住的康婕；攒下自己的早餐钱，在我生日时给我买蛋糕和鲜花的康婕；一个人去寺庙，为我考试祈愿的康婕。

如果这个人都会做出伤害我的事情，如果这个人都不能够让我交出自己全部的信任，我还可以相信什么？

“落薰，我去找你，你在哪里？”

她的不否认，碾碎了我。我挂掉了电话。

姗姗送我回去，一路不敢出声，好像是自己闯下了弥天大祸。我未经她的同意便打开了汽车广播，找到罗素然的节目所在的频道，广播里正在播放一首老歌。

假如我是清流水，我也不回头。

我从前不知道，人在某些情绪的极致时刻，反而会想起一些与之毫无关系的人和事。我的身体还沉浸在剧烈的悲恸中，思绪却不由控制地飘去了另一个地方。

此刻林逸舟在做什么，我很想知道。

一滴雨落在挡风玻璃上，无数滴雨落在玻璃上。秋天的第一场雨，就这样毫无征兆地砸了下来。

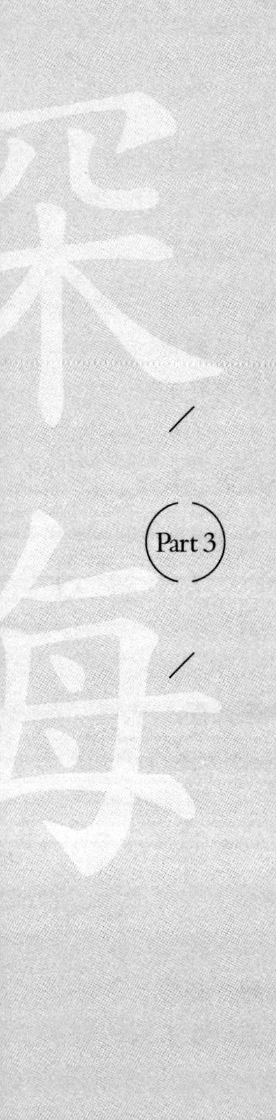

Part 3

当天晚上康婕便来到我的宿舍找我。

在她来之前，我已经躲去了封妙琴的宿舍。虽然她一直为我悄悄搭讪林逸舟而不高兴——不管我怎么解释她都坚定地这样认为——但这一晚，情况特殊，也顾不上她这点小心思了。

谭思瑶偷偷发信息给我，说康婕说什么都不肯走，影响了寝室里另外两位同学休息，她们都有意见了。

“你快回来收拾一下局面吧，我也很尴尬。”在最后一条信息里，她这样说。

我深深地叹了口气，躲得了初一，躲不了十五，该怎么样就怎么样吧。

见我要走，封妙琴把面膜揭下来，说：“我跟你讲个事儿，你可别不开心，我自己搞定林逸舟了。”

此时此刻我哪里有心情和她理论这些。他又不真的是我什么人，和我有什么约定关系，哪个女孩子想认识他，想攻克他，我有什么权力和资格不允许？

况且，以这些天来我对林逸舟的了解，我不认为封妙琴能够轻易“搞定”他。

我头也没回地走出了她的注视。

这么多年来，第一次，我不知道该用什么样的眼神看康婕。

她脸上还带着白天工作的妆容和累积了一天的疲惫，这使她看起来大出真实年龄两三岁。

我喜欢她清淡素洁的模样，觉得那才是真正的她，可现在我也不知道真正的她到底是什么样了。

“既然你不说话，那我说吧，”实在无法忍受这样的难堪和沉重，我打破了安静，“什么时候、在哪里、谁提出的，我都不想知道。我只想知道，为什么是你？”

事到如今，那个人只是一个符号般的名字，他淡出我的生活和情感都已经很久了。这不是两个女生争抢一个男生的事件，我的痛心和挫败感不来自那个遥远而模糊的名字，而是来自这个在我面前哭泣的康婕。

最让我感到难过的是，这一秒钟，我连她的眼泪都不相信。

“落薰，我现在没有办法对你讲清楚，你知道，我读书少，想不出什么理由解释……”她像是用尽了全身的力气才维持住自己，说完这段话，“我不敢要求你原谅我，叫你别计较，但你一定要知道，我从来都把你当作我最好、唯一的朋友。”

难以置信，她还能说出这么虚伪的话来，荒诞得令我笑出声来。

不仅她找不到理由，我也一样。我要如何为她开解？那是我曾经喜欢的人啊，而她是明明知道我有多喜欢他的我最好的朋友。

这不是原不原谅计不计较的问题，这是我从今往后还能毫无保留信任谁的问题。

在这个内心汹涌却无法言语的夜晚，我感觉到这才是我们真正意义上的成长，而不是身份证上一个具体的数字。

在过去的许多年里，我一直觉得，她和我之间有一种类似于血缘的联结。我们都来自不完整的家庭，生长过程中缺乏幸福感，也许正是基于这个原因我们彼此惺惺相惜。每当我想到她，我就会觉得没有那么孤单。即使我知道，也许这一生她都无法成为那种强壮、能为我遮蔽风雨的人，但一定会是那个在风霜刀剑中坚定站在我身边的人。

是因为过去我太笃定了吗？所以这个人的背叛才会让我感到这么重这么疼。

虽然有过一些大大小小的挫折经历，但我对人性毕竟所知不多，也不够深，我还不能够了解这其中的复杂和矛盾，对她彼时的心态和处境，我欠缺谅解。

也许未来的某一天，我会有相似的体会，那时我或许会因为懂得而萌生慈悲，但绝不是现在。

我不想再见到她。

之后我病了一场，说不清楚哪里不舒服，就是全身发烫，吃不下任何东西。身体是心的感应器，我很伤心，可是我哭不出来，只好生病。

看我整天在床上躺着，课也不去上，谭思瑶虽然不清楚具体发生了什么事，但隐约也知道和康婕有关系。

只有我们俩在的那天下午，她买了粥回来，不管我听不听得进去，她开始自顾自地说起话来。

“你转学之后，我完全被孤立了，没有人愿意跟我讲话，连我的同桌都故意换到别的空位子去坐。另外几个向老师检举你的人却没有被这样对待……我知道原因，所有人都知道你和我关系好，所以显得我特别可恨。

“其实你知道的，我不是多有坏心眼，就是胆子小，遇到事就害怕，只想躲得远远的，不要惹上什么麻烦。老师一说，‘谭思瑶你不要嘴硬了，别人都说了，就是程落薰，你是不是她的同谋’，我立刻就㞞了。

“那时候我给你打电话，你一个也不接。我没有其他朋友，只能每天抓着许至君唠叨，跟他说你的事情，说我不知道怎么办，我想他应该也听得很厌烦了，但从来没有表现出来过。

“有年寒假，他陪我出去，不知道为什么突然提起你，我觉得很奇怪，他并不认识你，却好像很了解你。

“你知道他说什么吗？”

在她絮絮叨叨的过程中，我第一次打起精神来：“说什么？”

“他说，‘听你说过程落薰很多事，可能我的看法不一定对。她很敏感也很坚决，这可能是她的天性，也可能是后天生长环境造成的。这样的性格会比较辛苦，但从另一个方面去看，这样的人才有消化伤害的能力。有些事情，她不一定会原谅，但最后她一定会放下，会往前走’。”

我静静地听谭思瑶复述着她其实并不理解的话，那个人说得真的对吗？我自己也很茫然，也许这只是他的一面之词，用来宽慰当时陷在自责和愧疚中的小女生，也许他根本就很擅长这种套话——我甚至觉得，这是任何人都可以代入自己的笼统的性格分析，就像星座运势一样，怎么说都能说中一部分愿意相信的人。

要等到很久之后，我才会知道，许至君一个词也没有说错。他对我的看法既没有偏见，也没有贬低，只是依着自己在识人方面的天分而做出的判断。

又或许他并不具备什么过人的天分，他只是认为，程落薰是和他自己一样的人。

谭思瑶跟我说这番话的原因，我很领情。她觉得，我如果能放下和她的不愉快，那么迟早有一天，我也能对康婕释怀。但她并不了解，这是两件完全不同的事情，在我心里，这是不能相提并论的创痛。

她说："不管怎么样，你还是要吃东西，你妈妈不是老说，天塌下来人也要吃饭吗？"

她把放凉了的粥摆在我的桌上，过了一会儿，我挣扎着从床上爬起来，下来把粥喝掉。她露出了欣慰的笑容："我就知道，你还是怕死的嘛。"

我当然怕死，但我更怕的是没有人爱我。

磨人的事情没有结束，一桩一桩接踵而至。冥冥之中好像有一轮考验早就埋伏在这里等着我，要试探我能够承受的底线。

我接到我妈的电话："你明天回家吃饭吧，有事情跟你说。"

我心里一沉，是多要紧的事情，还值得我妈特意打电话来提前通知？但她的语气听起来镇定平稳，不像有什么不好的消息。

心慌意乱了一会儿，我决定当天就回家。

回到家里，我没看出任何不对劲。因为我回来得突然，妈妈没来得及去买菜，拿中午吃剩的饭菜对付了我。就算这样，我也觉得家里的饭比外面好吃。

"现在你还觉得我做得好吃，将来你自己挣钱了，在外面吃得多了，就会嫌弃我做的啦。"

我嘴里塞满了饭，嘟嘟囔囔地问："你不是说有事要跟我说吗？"

她迟疑了一下，放下筷子，抿了抿嘴唇。

"到底什么事啊？"我不耐烦了。

"我还在想要不要跟你讲，但是我不讲吧，我怕你以后恨我。"

即便是在我高中被劝退的时候，我妈也没有露出过这么严重的表情，“是这样的，前两天你爸爸打电话给我，说他单位的体检保单上有一项结果很不好，可能是癌。

“他说，想见见你。”

碗里还剩下小半碗饭，筷子好似有千斤重，明明还没吃饱，但我也只得放下。

在妈妈面前我不需要有任何伪装，可以毫无顾忌地袒露自己在这一时刻的真实反应，但我真实的感想就是，无感。

过了好一会儿，我才从这种失重般的无意识里挣脱出来。妈妈用担心的眼神看着我，怕我有过激的举动。

我眨眼的速度变得很慢，在短暂的失明里，渐渐恢复了清醒。

这种感觉，太奇怪了——不是纯粹的悲伤、痛苦、伤心和难受，像是它们全部被灌进胸腔，搅成一团，还掺杂着说不清楚的莫名委屈。

那不是一个和我毫无关系的人，我的生命有一半来自他。我的血液、基因都有他的一部分。妈妈的发量不多，又偏细软，我满头浓密的头发当然不是她给予。我有时看电视、看书不自知地发出呵呵的笑声，妈妈会说“这个蠢样，和他一模一样”。

我们的生活里，一丝一毫也没有他的痕迹，可是我——我这个人，就是他存在的最大证据。

这个世界上原本与我最亲近的人，也是与我最陌生的人。这种矛盾对立的关系，就是我和他的关系。

明明没有任何记忆不是吗，可是为什么，我还是会想流泪？

妈妈说：“我不逼你，你自己也不要逼自己。他没有尽过父亲的责任，你不欠他什么……”

我需要更多的时间思考，然后才能做出选择。

在这个时候，我清晰地看出自己的软弱。我一直以为自己会向着罗素然那样的人去生长——有主见，遇事果决，不拖泥带水。但其实，内心深处，我还是希望能有一个人引导我，在我优柔寡断、不知如何是好的时候，他来为我抉择，把我所有的苦难都拿过去，替我承担。

我还是，不够坚强。

“父亲”的概念，是我人生中缺失得最彻底的一课。

从学会读写这个汉语词组，到后来学英文，看日剧韩剧，知道它在其他语言里的念法写法，但我始终没有了解它真正的含义。对我来说，它和食物、工具、地名没有区别。

我没有感触过它的温度，没有和它建立过联系，它只是一个普通的名词。

而实际上，它应该意味着什么——生命的由来，沉甸甸的责任，付出和牺牲，一个具体的人，带领你认识世界和自我的启蒙。养育你，保护你，或许还会在一定程度上企图控制你，怎么样都是合理的，但唯独不应该是空缺。

人究竟是多么复杂的动物，谁能告诉我，为什么我会为了原本空缺的东西感到这么伤心难过？

辗转反侧了整夜，天色刚亮，我就悄悄起床。给妈妈写了张便笺条贴在饭桌上：“我上午有课，先回学校啦。”

清晨的城市笼罩在淡淡的薄雾之中，街角巷口的各种早餐摊位前都围着一群等待的人。那家我从小吃到大的米粉店铺，生意一如既往地好，但今天不同于往日，我没有胃口，径直路过。

心头有一块大石，我茫茫然走去平时坐公交车的车站，扫视了一遍各条公交车线路，不知道该坐哪一趟。我今天并没有课，妈妈也没有给我任何压力，但我不能待在家里，我觉得窒息。

我真希望能够倒转时间，回到生活还风平浪静的时候，那么我现在就可以打电话给康婕，或者直接去她家找她……但是现在，我光是想到这个名字就会本能地逃避。

在短暂的瞬间，我想起了林逸舟。

人在虚弱和无助中，总是想要得到一些安慰。在这个清晨，我想见他，跟他讲我的恐慌和挣扎——但这个念头稍纵即逝，我停下了在通讯录里搜寻他的名字的手。虽然我是不太聪明，也不成熟妥帖，但我对“人”是敏感的：林逸舟不是能在清早六点半耐心听人倾诉的人。

他是用来被爱的，不是用来交谈的。

我如果冒冒失失地去找他，他一定会觉得我很傻，也很好笑。

我还能去哪里？我还可以投奔谁？

在薄雾渐渐散去的时刻，社会这座巨大的机器开始它日复一日的正常运转，人和交通工具一齐发出噪声。我置身这样的热闹和嘈杂中，却第一次感觉到自己像一座孤岛。

世界上根本没有感同身受这回事，针不刺到别人身上，他们不知道有多痛。

在一个站下车，我机械地走到了一个小区门口。也许在潜意识里，罗素然是我依然觉得可以信赖的人。按照她曾经给我的地址，我来到了她住的地方。

这是一片高级住宅区，两边道路种满粗壮高大的梧桐，没有常见的餐饮商铺，只有一家二十四小时便利店。穿着工作服的店员站在收银台后面，睡眼惺忪。

小区门口的岗亭里有值班的保安，问了我几个问题："你找谁？住几栋几单元几号？那你能打电话让她通知物业吗？对不起，没有业主的同意我不能让你进去。"

"没办法，这是规定。"保安说。

我有点儿恨自己性格温暾不争气，如果是姗姗，她肯定有办法。而我只能去便利店，买一瓶水，在供给客人休息的塑料椅子上坐着，等待在一个不太冒昧的时间打电话给罗素然。

既然我到了这里，总要见一见才甘心吧。

便利店墙上挂着一只白色的钟，当指针指向七点半时，我觉得，她应该起床了，我可以行动了。

正在这时，一辆香槟色汽车从道路尽头开进来，在离小区大门还有一段距离的地方停下，刚好在便利店的视线范围里。我虽然完全不懂车，但也认识车头的标志，知道那是很昂贵的汽车品牌。

车停稳后，副驾驶的车门打开，一个我很熟悉的身影——透过便利店的玻璃，我清楚地可以看见，罗素然裹紧了驼色风衣，从车头绕了一圈，走到驾驶座这一侧。

车窗降下来，她轻轻地亲吻了一下那人的侧脸，车窗玻璃很快升上去。车子开走。

时间虽然极为短暂，但我还是能看出车里那人明显年纪比她大出许多，这不像是能坦坦荡荡并肩走在太阳底下的两个人。

我怔住，无法动弹。更错愕的，是往便利店方向走来却突然看到我的罗素然的脸。

这是我第一次看见她完全没有修饰过的样子，虽然略显憔悴，但仍不失为一个美人。五官标致，皮肤是天生的白，没有了粉底遮瑕，清晰可见两颊零星的小斑点。但比起平日里无懈可击的职业面貌，素颜的她显得更生动亲和。

我们俩隔着玻璃，僵持了一会儿。

因为紧张和无措，我两只手用力地绞在一起——我真是太笨了，这个反应，她一看就知道我看见了那一幕——稍微聪明点儿，我就应该马上躲起来，或者干脆迎上去假装刚刚什么也不知道吧。

她进来，买了吐司、牛奶和橙汁。付完钱，她才叫我：“落薰，走吧。”

我跟在她身后，看见她笑着和保安打招呼：“早啊，这是我妹妹。”

我终于知道她住在几栋几单元几号，但我心里模模糊糊感觉到，也许以后我不会再来这里了。

房子宽敞明亮，种满了植物的露台上摆了一张小小的白色桌子和一把椅子。书房比我们家的客厅还要大。浴室里有一个白色浴缸，置物架上摆着各种我不认识的瓶罐。

毋庸置疑，罗素然的生活的确养尊处优。

如果是以前，我大概会像个没有礼貌的小孩在每个房间里乱蹿乱翻，但今天我只是拘束地坐在客厅沙发上，等着她从厨房里出来。

她端出烤过的吐司，绿色牛油果切片铺在吐司上，另一个盘子里是煎鸡蛋。

“你喝牛奶还是橙汁？”她问我。她自己喝热咖啡。

我们默默地吃着早餐，谁也不想做先开口谈论那件事的人。

“你看见了吧？”

猝不及防，她向我发出了明知道答案的问题。我缓缓放下杯子，脑子飞速运转，盘算着该承认还是否认。

“并不是你想的那样——”她慢悠悠地说，一字一顿吐词清晰。我想反驳说“我没有乱想”，但她不给我机会：“我们在一起已经很多年了。光是为了钱，不可能维持这么久。”

该说她欲盖弥彰还是做贼心虚？我无法承接她的话，只好任由它轻飘飘地落在地上。

她的声音像是来自遥远的外太空：“有些人是你命里的劫数，你信不信？我像你这个年纪的时候也不信。这些年里，我不是没有试过和他分开，认识别的人，和别人交往，也努力想要经营成稳定的关系，往婚姻的方向走，但最后我还是做不到。

“我已经不太年轻了，理智上我知道该止损。但我也在想，割舍这种损耗为什么这么难？”

她说的这一切已经远远超出了我所能理解的范畴，那些百转千回的哀愁、愉悦、贪婪和自困，是我还没有尝过的人间滋味。我无法回应她——太乱了，最近发生的事情已经把我弄得太错乱了，我没有多余的精力来思索她说的这些。

我试探着，轻声问：“那个人，是不是有家庭？”

她点点头，好像已经在这里等了很久，终于可以向一个人袒露深藏在她生活背面的隐秘。

我呆住了——我应该怎么样？如果遵从我一贯的价值观，这时候我原本应该站起来，大义凛然地指责她、鄙薄她，不是吗？可是有一双无形的大手把我摁在位子上，还有个声音在我脑子里轻轻说："和你有什么关系呢？"

和我有什么关系呢？但这个人是素然姐，她不是不明是非对错的人，如果她明知道这是不对的却仍然坚持这样做，我说的话对她有任何作用吗？

"你爱那个人吗？"我问。

她没料到我会问这个，犹豫了一下，再次点了点头。

我又问："那他爱你吗？"

"我没有问过，但我认为是爱的。"她轻声说。

"我认为不是。"天知道我怎么会有这么大的胆子，"虽然我不认识他，也不了解你们之间到底是怎么回事，但他如果爱你，就不应该这样对待你。他不仅不尊重你，也不尊重他的家庭、他的妻子。"

我讲不出大道理，遣词用句也有欠斟酌，只是凭着一种良知本能在说话，也许在罗素然听来这话太愚蠢太幼稚，但我还是要说。

真难受，心里最美好的影像一帧一帧碎裂。我最亲爱的女生们，一个比一个叫我失望。

她站起来，往后退了几步，脸上有种被深深刺痛的表情。她一定比我更早也更清晰地明白这种关系对她的人生带来的消磨，这其中没有一点正面的意义，但她还是接受不了有人这样直接地说出来。

"落薰，人世间的事情不是非黑即白的。你年纪太小了，你不知道每个人都有他的不得已和不容易。"

"我再小也是成年人。素然姐，宋远比我大，如果你有底气，你敢不敢跟他说？"

罗素然的面孔在一瞬间变得惨白。

她说："落薰，我是爱这个人的，爱是有理由背叛全世界的。"

我起身，把椅子推回原位，从沙发上拿起我的旧外套。我要走了，我没有时间浪费在和别人理论她的人生上，她愿意怎么想怎么做，都随便她吧。

"素然姐，再见。"

从她家中走出，我木然地进了电梯，又木然地出了小区。路过岗亭时，已经换了一个保安。有那么几秒钟，我想回头，上去向她道歉。

但最终我还是选择了离开这里。

一场雨没头没脑地砸下来，雨滴从已经稀疏的梧桐叶子的缝隙里汇集成一道道水流，我终于无处可去，打通了那个早已在心头浮起过千百次的号码。

在清寒中，我声音颤抖地问他："你现在方便见我吗？"

就这一次可以吗？我想要暂时放下所有的顾忌和自尊心，不要担心惊扰他，不要担忧被他洞悉从第一次相见便一直潜藏在我灵魂深处的渴望。克制和压抑的时间已经太久了，我不想要确认什么，也不认为有所谓输赢，只是此刻在这场雨里，我想见你。

只是想握住你的手，说些与我们毫不相干的闲谈，我也许会流泪吧也许不会。无论如何，只要在你的身边就好。

就这一次的任性，可以吗？

林逸舟把我拉进车里时，我浑身都已经被雨淋透，衣服裤子一层层紧贴着皮肤，发梢不断地淌下水来。

"你是傻子吗，不会去便利店买把伞啊？"他一边骂我，一边从抽纸盒里扯出纸巾来给我。车子里的温度已经调至最高，暖风从出风口不断地送出，加热的座椅也迅速升温。温暖的气息扑头盖脸地向我涌来，可我还是在抖。

寒意从我心底生出。

“你怎么了？”他皱着眉，轻声问我。

缺氧的感觉让人轻易陷入昏沉，我伸出手去，紧紧地握住了他的手。

他家境优渥，我在和他的相处交往中早已获知。他不爱炫耀，但富足阔绰和贫穷一样，是无法掩饰的事情。他的喜好、兴趣、去过的地方和平日谈论的话题，是我这一类人在成长中从未窥探过的世界。

他很少提起父母，态度寡淡得仿佛那是不存在的人。

他独居。厨房只是摆设，一件厨具也没有，燃气灶光洁如新。跟李姗姗和罗素然的居所相比，他住的地方只能用“家徒四壁”来形容。客厅里没有沙发椅子之类任何能坐的家具，倒是铺着一张床垫，电动游戏的手柄就扔在床垫上。

没有拖鞋，我只能学他把鞋子脱在玄关处，赤脚走进来，在木头地板上踩出一个个湿答答的脚印。

虽然很不好意思，但这种情形之下，我必须在他家洗个澡了。

让我松了一口气的是，浴室很清爽整洁，浅灰色的浴巾干燥而散发出淡淡的薰衣草香味。洗面台上只有一把电动牙刷——这里没有女生的痕迹，这个想法飞快地从我脑中闪过。

我安安心心地冲了一个热水澡。

什么样的父母会放心一个这样的孩子独自生活？这是我一直以来的疑问。

我们只聊到过一次，是他和我讲他额头上那道伤疤的由来时——

“三年前，我出车祸，左腿小腿粉碎性骨折，头也被碎玻璃划伤了。那次他们可能以为我快死了吧，我妈特意从国外回来，待了好长时间，我爸也把他的生意放了一阵子。后来我能下地了，他们就再没同时出现过。”

我像听天方夜谭——在我有限的人际交往中，这根本是连想象都想象不出来的事情——这是多奇葩的一家人？我平时来“大姨妈”肚子疼，我妈妈都恨不能替我疼，而林逸舟当时出了那么严重的车祸，他父母竟然在他的恢复期就各自忙各自的事去了？

他不愿意再说更多。

“我以前有很多彪悍的事情，有机会再慢慢跟你讲。”他说。

我很喜欢他说“慢慢跟你讲”的样子，这让我一度以为我们会有很漫长的时间可以在一起。

我傻里傻气地问他：“是所有事情吗，包括你的风流韵事吗？”

他推了我一下，装模作样地说道：“你好坏哦，人家还是纯情少年呢。”

他经常挂在嘴边的一个词是“自由”，大多数时候我真的不明白，这是无意还是一种暗示。“不能为任何人放弃自由”——这是不是表示，他希望和我的关系就停在这个阶段，不再有更多更深的可能？

那句话让我沮丧，也很难过。一切安稳平静都是暂时的，像两只落单的野兽，在光怪陆离的城市森林里凭着直觉找到对方，与之相认，在寒冷的夜里拥抱取暖……但这不是一生一世，总有一天它们还是会分开。

迫于自尊，我无法说出自己真正的想法。而我真正的想法是，能不能不要分开？

我从他的衣柜里随便找了一件他的 T 恤和运动裤穿上，都大了几号，松松垮垮地套在我身上。他原本坐在床垫上打游戏，听到声音，侧过头看了我一眼又极速地转回去，手上的动作一秒钟也没有停。

有点儿尴尬，我本来想解释说我已经在用烘干机烘衣服了，等我的衣服干了我就回去，但从他的态度看来，他并不在意我待多久、走不走。

我咳了一下，说："我能用你的厨房煮点东西吃吗？"

过了好一会儿他才回答我——玩游戏的时候，他好像失去了说话的能力："可以……那什么，冰箱上有外卖单……你自己看……"

我打开冰箱，里面除了碳酸饮料没有任何食物。冰箱门上贴着几张外卖单子，我取下来看了看，是一些连锁快餐。他每天就吃这些东西？难怪这么瘦。

"那我随便叫了哦，你付钱哦。"我说。

又过了好一会儿，慢慢悠悠传来一声"好"。

外卖送到的时候，他终于舍得停下了游戏，跑过来结账。没有餐桌，我们只能坐在客厅的地板上把东西分着吃掉。真奇怪，和他一起做什么不正常的事情我都觉得很自然，很快乐。

"你穿这个还挺好看的。"他指了指我身上这件灰色的上衣，"给你穿吧。"

"我不要，我干吗要穿你的旧衣服？"我赌气地说。

"谁说是旧的，我就穿过一次。"他瞪着我，很不满的样子，"你快点吃啦，我困死了。"

窗外的雨看起来短时间之内不会停。

在这异常安静的空间里，有种与现实割裂的不真实感。时间失去了它原本的意义，这是从我原本的人生里偷出来的一个下午。

这个下午，我心里没有任何事情没有任何人，在接二连三的意外冲击之后，我终于感受到了平静。

我静静地看着面前这个男生，知道这是我将会怀念很久的时刻。像儿时背过的诗句：此情可待成追忆，只是当时已惘然。

他的手机突然响起，一声提示音打破了空气中的平衡，我有点儿轻微的失重感。

更让我感到眩晕的，是手机屏幕上极显眼的，封妙琴的名字——原来她没有撒谎，难道她真的“搞定”了林逸舟？

嫉妒令我丧失理智。

我一把把手机从他手里抢过来，动作之突然之迅速让林逸舟完全蒙了，连闪躲都没来得及，我已经把内容看完了。那是一张封妙琴的自拍，化了很清淡的妆，就是那种会被男生当作“素颜”的妆——平心而论，她的自拍和本人几乎没有差别，她的确有这么漂亮——但正是因为这个，我更生气。

她说：“今天也是元气满满的一天哦……”后面连着一串小表情。

没有二话好说，我干脆利落地把文字连同照片一起删掉。光是这样还不解气，我还把她关进了黑名单。做完这些之后我才把手机还给林逸舟，并恶狠狠地警告他：“你，不准把她放出来，更不准回她。”

之后想起来，我当时未免太把自己当回事了吧？他只要反问我一句“您谁啊”，就足以令我哑口无言，无地自容。但他只是笑了笑，什么也没说。那笑容里有默许、忍让和纵容的意味，所以，即使明知道这宠溺是错觉，我却仍然拼尽全力地投入。

“别发傻了，陪我睡一下，我真的困死了。”

他开始脱衣服，吓得我魂飞魄散，连声惨叫：“你干什么干什么干什么？”

“你……能不能冷静点，我只是想给你看看我的刺青。”他语气有点儿无奈，又有点儿无辜，还有点儿蒙冤的委屈。

紧张，从来没有过的紧张——我第一次这么近距离地看到一个异性赤裸的上半身，独属于少年的单薄，苍白，没有力量。他背向我，我的目光顺着他的颈部缓缓下滑，路过漂亮的肩膀，终于落在了他的背上。

左肩下面的位置，深褐色的刺青还伴有红肿。那是一个简笔图案，我仔细看，才看得出那图案是一枚小小的地图。

“这是哪里？”我看不出来。

“一座海岛。我小时候的暑假，父母带我去玩，我在那里学会了游泳。”他说。

一定还有许多他说不出来的话，隐没在唇齿之间。那是与我毫无关系的他的人生，我一分一秒也不曾参与过，却无端地为他感到悲伤。

是从未获得过让人难过，还是曾经拥有过再失去更让人难过？

外面天色越来越阴沉，这雨已经下了一天，伴随着闪电和雷鸣。地上的床垫是一艘孤独的船，我们并肩躺在一起，没有人再说话。

没有发生任何事。很快，身边响起了轻轻的鼻息声，他睡着了。

枕头上有好闻的气味，让人想要用某种容器将这气味储存起来，密封保管。

我从背后轻轻抱住他，那个图案正好印在我的心口上。

我说："我爸爸得了癌症，我要去看看他。"

没有人听见。

我跟眼前这个我应该称为"父亲"的男人面对面坐着，空气中充斥着浓重的尴尬和讽刺。

场面有点儿滑稽。他不停地给自己倒水，也给我倒，为了让他感觉舒服点儿，我只好不停地喝光杯子里的水。

为了这次见面，我坐了几个小时的客车。途中几次停车时，我都在想"要不我还是就回去吧"，只差一点儿，我就中途落跑了。

到底是什么力量让我硬着头皮最终还是来了，我也说不清楚。

来这里之前，我在家和妈妈认真地深谈了一次，这是我从小到大都没有做过的事情。过去我总认为，虽然妈妈是这个世界上和我最亲的人，但我没有办法完全向她敞开我的内心世界，因为其中有太多矫情的小秘密。可这次谈话，不关于我的内心，它关于我的人生。

在我持久的长吁短叹之后，我妈终于忍不住说："你要是不想去就别去了，把票退了，我帮你打电话跟他说。"

或许是因为他们互相之间的折磨已经过去了太多太多年，人生已经过半，往事如尘，妈妈反而成了这个僵局中最圆融的角色，很自然地在中间传话，而这对立的两边变成了我和久未谋面的父亲。

我读过一篇文字，其中说“人生是什么呢？人生就是时时刻刻不知如何是好”。我大概还没有到真正懂得人生悲喜的时候吧，但我对这句话深有同感。

在黑暗中，我睁大眼睛看着天花板——其实什么也看不见。鼻腔蹿起酸涩，我使劲忍住，不想被妈妈听出声音里的异样。我从前一直被大人们认为是不乖顺不听话、叛逆的小孩，但现在我才知道，做一个懂得为别人考虑的人，通常自己要经受很多不快乐的事。

人生中有些真相很残忍，不曾付出惨痛代价，就不会明白那些让我们厌烦的说教或许是受用一生的信条。

我说：“我没事，我还是去吧，也就去个两天而已。”

妈妈叹了口气，也不知道该说什么，好像说什么也都不能减轻我的心理负担。

比起现在的困境，更让人难受的是我顺着这条线索看到了未来必将发生的事情——无论和不和解，终究有一天，我们会被死亡隔开。

我说：“妈，你知道吗，我以前想过很多次，将来他去世，我会不会哭不出来？现在我觉得，我应该还是会哭吧。”

我会哭，会哀伤，或许也不纯粹是因为他，更大程度上还是因为我自己吧……他如果不在了，那份空缺也就随之消逝了，变成了真正的“空”。那我的一生，无论成功或潦倒、幸福或不幸，我都没有机会去了解“父亲”是一种怎样的存在，这一生我都无法明白那种感觉了。

说来我也真是自私，因为这个，我想去见见他。

时间一分一秒过去，我们始终卡在原地，没有任何进展。

他去车站接到我，带我来到这里，路上只说了一两句话。他有点儿卑微，像刻意讨我开心似的问："你小时候在这里住过的，还记得吗？"

那是我五岁之前的事情，当时他们的婚姻关系已经岌岌可危，不能不做了断。五岁之前的事情，我怎么可能还有印象——我答不上来，又觉得说"不记得"太直接，更伤人，于是只能应付地点点头，含糊不清地将这个话题带过。

但我当时没想到，这竟然就是我们唯一的话题。

在寂静中，我仔细端详他。

他到底是老了也病了，气色不好，脸是垮着的，头发理得很短，能看到头皮和零星白发。跟大多数这个年纪的男人一样，总穿深色的夹克和布裤子，是非常常见的工薪阶层的叔叔伯伯的样子。

他抽了两根烟，我被熏得想吐，在他拿出第三根的时候，我终于忍不住开口问："能不能给我一根？"

他显然没有料到我会来这么一句，当即愣住，拿烟的手停在那里进退不能。等反应过来之后，他愠怒地说："年纪轻轻学什么不好，要学抽烟，你妈就是这么管教你的？"

真是谁做谁错，不做不错——我妈肯定想不到，到头来什么都没管过的人竟然能大言不惭地谴责她。我忍不住笑了，在这种情形之下不知道为什么我还能笑出来。

我说："不管怎么样也轮不到你说我妈吧……再说，我也不小了，我都快二十了。"

这样断断续续、互相毫无体谅的对话之后又有两三句话的交谈，他终究没有把烟给我，自己也不再继续抽了。我虽然不是怀抱着深切期待来见他，但场面如此生疏冷淡，我也未曾预料到。

我以为，总会有一句道歉吧——但他没有说。

他或许也以为，总会有几句关怀的问候吧——但我碍于种种原因，也没有说。

经年累月的裂痕已经太深了，不只是在生活层面，也在我的心灵。我忽然明白了，无论我愿不愿意，这裂痕已经没可能修复了。

多好笑，一对父女，可能是这辈子最后一次相见，整个过程中不是沉默就是在为一些完全不重要的旁枝末节争执，我觉得他比我还要幼稚。

他起身，说："你阿姨快回来了，我先送你去宾馆吧。"

我一听到"阿姨"这个词，犹如被毒蛇咬了一口，慌忙站起来，连连摆手："不用不用，我自己去。"

但父亲还是坚持把我送过去。在暮色中，他的眼睛里有太多我难以明晰的东西。在我要进酒店门的时候，他叫了一声我的名字。

那一声"落薰"，像匕首一样插入我的心口。

我没有停顿，而是故作匆忙地摆了摆手："没事啦，你快回去吧，明天见。"我害怕再迟一秒，压抑在心头的委屈和伤感就会如洪水决堤。

很简朴的宾馆，一张床、一个电热水壶、一台电视机，再没有其他东西。

我躺在床上，胡乱地摁着电视遥控器，从"1"开始，好似无止尽地一路摁下去，没有一个台能引起兴趣，最后，我觉得我必须找个人说说话。

孤独和虚无感，像潮水淹没了我。

时间还不算太晚，我决定打给林逸舟。过了片刻，那边接通了电话，我完全没有想到——他的声音里充满了蒙眬睡意。这么早他就睡了？

我立刻就为自己的唐突感到后悔了。我发现我真的是个很没用的家伙，他“喂”了好几声之后我都不敢说话，心里还在盘算着是不是干脆假装手机没有锁住，自动拨出去了。

他彻底清醒了：“程落薰？程落薰，你说话啊……”

再拖下去也不是办法，骑虎难下之时，我口不择言地问出了这样的蠢话：“你旁边睡着谁呢？”

话一说出口我想撞墙了，可是它已经如离弦的箭一般通过“嗞嗞”电流直抵林逸舟的耳中，我听见他笑出声来：“你好厉害哦，隔这么远都知道我身边睡了人。”

我心中一沉——这可不是什么厉害的本事，也完全不值得高兴。我有点讨厌自己为什么要胡说八道，真给我说中难受的不还是我自己吗？

紧接着，他又补了一句：“别紧张，是哥们儿啦。”

我冷静了一点，但好像又陷入了另外一种莫名的惆怅之中，眼下答案已经很明晰了——他在我心里到底是什么意义，有什么分量。

我鼓起前所未有的勇气说：“我很想你。”

从来没见他对什么事情束手无策的林逸舟，头一回用沉默回应了我。我听见那端他的呼吸声，知道他不是没有听清，他只是不肯说话。为什么？是不是因为我的语调太过认真虔诚，泄露了情绪的重量，对他产生了压力？

他如此谨慎，像怕留下把柄——我便懂了。

我干笑了两声："跟你开玩笑呢，你睡吧，晚安。"

他如释重负一般泄了口气："嗯，晚安了，程落薰。"

我四仰八叉地躺在床上，脑中一片混乱，这个电话还不如不打。许多往事从眼前闪过，最后定格在当初周暮晨隐忍的面孔上——他当时一定有话要说，但他不说，是为什么？

我如今终于明白了。

可能是一种惯性，也可以说是一种诅咒，我们的一生能够爱上的通常是相似的人。他们有完全不同的面目、性格和人生轨迹，但一定有某种相似的特质，而这就是致命的关键。

或许我就是会一而再、再而三地被这一类人绊倒。那个对于我来说有着巨大而强烈的吸引力的特质，是他们的落拓潇洒，也是他们的无情，这一类人就是所谓的浪子。

浪子不仅不能承担别人的情感，往往连自己的情感和人生也缺乏控制，就如我的父亲。

他的人生经历让我看清，永远不要奢望自己能成为浪子的终结者，真正的浪子，没有终结者。如果他最后在某一个人身边停靠，并不是因为这个人让他想要安定，而是因为时间到了，他累了。

我不知道，我出现在林逸舟的人生中的这个时刻，他是否觉得累了，他是否想停下来。

太多年没有来过这里，我想要好好看一看这座我儿时生活过的城市。

因为记忆太清浅，也就无所谓有对比，穿过每一条大街小巷，我辨认不出任何新旧来——除了那两所小学。

对于一个学龄前的孩子来说，那是一段极其混乱的日子。父母协商离异时，因为各自的难处，只能把我寄养在年迈的奶奶家。

奶奶常年独自生活，住平房，自己种菜，做缝纫，性格乐观坚韧，给予了幼年懵懂的我许多正向的影响，是我心底的基石。她文化程度不高，但每天都会教我背一首唐诗，要是背不出来，她会用做衣服的大尺子抽我的掌心。

但如果我背得好，她会给我一块牛奶糖，那是她自己绝对舍不得吃的东西。

至今我还记得，“白日依山尽，黄河入海流……”简单的五言绝句，却好似说了许多人生的道理。

等我过了五岁，要为上小学做准备时，她带我去附近的学校报名上了学前班。可就在一周之后，良心发现的父亲又接我去他那边，在另一所小学也给我报了名。

后来回想，简直不可思议——但我曾经就是如此真实地过着双重人生。

在父亲那边的日子很不好过，“阿姨”经常无缘无故被我激怒，没人的时候，掐我一下推我一把是家常便饭。有一次，她出手特别重，两个巴掌过来直接扇出了我的鼻血，我呆呆地看着鲜血一滴一滴滴在衣服上、鞋子上、地上。

我连哭都没哭，只是被这人性中的恶完全吓傻。

是从那个时候便开始学习忍耐了吧，往后一定还会有更多的艰辛、屈辱和不如意，还会有更坏的人，我从那时候起就很悲观。

我虽然不敢告状，但奶奶像是能猜到我过得不好，又把我接走，让我继续在之前的小学上学。第二天早上发豆浆的时候，老师不肯给我，她坚持说：“你交的钱是上个月的，这个月的名单上没有你。”

我回去向奶奶哭诉，声嘶力竭的原因绝对不只是为了一杯豆浆。某一类人，在成为大人之后好像都得了失忆症，认为小孩没有自尊心，可以不被尊重和珍视地随意对待。

奶奶忍不下这口气，陪着我去找老师理论。据理力争了好久，老师终于不耐烦地说：“好了好了，明天开始给她喝就是了。”

可以说，奶奶光明正大地争赢了，但我再没带过杯子去学校。

“不是别人真心给你的东西，你不可以要”——这个想法从那一刻起成了信念般的存在，在往后的人生岁月中，在我的心里，这点小小的骄傲实在势单力薄，微不足道，但我绝对不能放弃。

到如今这信念仍然顽强。

尽管我已经无比清楚地确认，我爱林逸舟，但最后那一步，我绝不会轻易踏过去。

经过这么多年，奶奶已经去世，学校也翻新得丝毫看不出过去的痕迹，我成了这座小城的异乡人。我站在校门前，正怅然若失时，手机响了。

“落薰，你在哪里啊？我和你阿姨刚从医院拿了检查单出来，你下午的车吧？吃了中饭再走吧。”

我不由自主地打了个冷战。

这顿饭吃得我如坐针毡，“阿姨”连看都懒得看我一眼，倒也省了我的麻烦。餐馆就在车站附近，做的是给过路人吃的家常菜，味道其实还行，但心情使然我实在难以下咽。

在周围人吵吵闹闹的喧杂声中，我注意到，父亲的表情始终很不自然，像怀揣着一个不为人知的秘密，生怕被发现。

出于关心，我还是问了："怎么了？医生和你说了治疗方案吗？"

场面太尴尬了，"阿姨"先是白了他一眼，又白了我一眼。他酝酿了很久，结结巴巴地说："落薰，害你白跑了一趟，我那个……是误诊。"

我差点没把桌子掀了。

"阿姨"像是等这一刻已经等了很久，终于找到机会说风凉话了，她一边夹菜一边阴阳怪气地说："你女儿知道你没得癌症，好失望呢。"

"傻 ×。"我骂了一句。

他们都惊呆了。

这还没完，我已经不是那个被人扇出鼻血也无法还击的小孩子，我现在想说什么就要说什么。

"臭傻 ×！"我又骂了一句，眼睛恨恨地盯着那女人，她已经放下筷子，卷好袖子，指着我。我也不甘示弱，用同样的手势指着她："我最失望的是今天这里死人，明天那里死人，你怎么还没死？"

话音未落，我已经拎上背包跑出了餐馆，之后发生的任何事情我都不想知道不想管了，我再也不会来这个地方了。

离发车还有十分钟，我在候车室的商店里买了一瓶水，一转身，又看见了父亲。

他像是刚经历了一场战斗，整个人被耗尽了精气神，眉目之间有深深的疲惫和苦闷。那一刻我真心想问，这就是你想要的生活吗？如果不是，为什么当初要这样选择？

"落薰，你是不是恨爸爸？"他终于问了——事实上，我们见第一面的时候我就觉得他想问这个问题。

真好笑，这个问题，孔颜问过我，康婕也问过我，现在轮到父亲也问我。

我何德何能，有这么强大的意志力能够恨这么多人？

把心力用来恨一个和去爱一个人是同样辛苦的事情。我已经很辛苦地在爱了，没有多余的力气可以去恨，我只能寄希望于时间的力量来抚平我灵魂中的缺口，而现在只是时间还没有到而已。

我想哭，只能摇头："恨有什么用啊，恨你，我自己还累呢。我走了，你好好保重。"

检票员拿着扩音器在提醒乘客凭票上车，我这就要走了——

他忽然问我："落薰啊，你不叫我一声吗？"

这时我才惊觉，真的，从我到来到我离开，我居然没有叫过一声"爸"。别人轻而易举能叫出来的这个称呼，于我却如鲠在喉。到了此时此刻，我也只能僵硬地笑一笑，假装听不懂他在说什么。

他拍拍我的包："回去吧，路上小心，保管好身份证和手机啊。"

在车上，我一直侧着头，把脸藏在肮脏的窗帘后面，不想让旁边的乘客发现我在流泪。这泪水在心里积蓄得太久了，不管我愿不愿意，它都必须得到释放。

我们这次见面，是一种验证，我终于懂得那份长久的缺失将会更加持久地缺失下去，我对此无能为力，他也一样。

回到家，我把事情的始末简单地向妈妈交代了一遍，她比我更无语："他这个人怎么一辈子都这么稀里糊涂的，这么大的事也能开玩笑？"

我不想在这个话题上继续纠缠，默默地把换洗衣服从背包里拿出来，扔进洗衣机，从衣柜里拿出干净的衣服，打算洗个澡。

这时，我妈忽然说："你和康婕是不是吵架了？"

听到这个名字，我有一瞬间的失神，这反应被我妈看在眼里，佐证了她的猜想。

"昨天她送了一些菜过来，看你不在家，急急忙忙就走了。也不肯多说什么，我看着觉得不对劲，就想等你回来问问你……"

我打断了她的话："没什么啦，你别管了。"

在"哗啦哗啦"的水声里，我还能听到我妈在门口说："有什么事情就当面讲清楚呀，这么好的朋友……"

我觉得疲惫，从心底里蔓延至全身，不想和任何人交谈。

我独自去了康婕曾经带我去的那间寺院，只是因为想起了门前那两个字：无尘。

上一次我们是自己爬上山去的，这次我想试试坐缆车。

接近下班时间，售票处的工作人员脸上焕发出生机，我能猜想到在淡季里，没几个游客，一天下来他们有多无聊。

他反复叮嘱了我两三遍，让我记住最晚一轮下山的缆车是几点钟，错过那一趟，就要自己走下来。

我拿好票，对他说"谢谢"，心想其实走下来也不是不可以。

这原本就不是热门景点，尤其是在深秋时节，人比平时更少。我小心翼翼地坐在缆车上，脚底悬空的感觉既刺激又让人害怕。对面索道缓缓而下的座位大多是空着的，偶尔会有一对情侣模样的年轻人，而我这一边，除了我，再没有上山的人。

过了半程，我看见逆向的、远距离的位子上有个和我一样形单影只的人，模模糊糊，看不清楚面容，只能从身形判断是个男生。山在他的后头，光也在他的后头。

我们越来越接近，我已经可以清楚地看见他戴着帽子，白色的外套敞开来，一枚小小的玉挂在深色上衣的领口，这几乎是我记忆匣子里唯一和他有关的线索。

是他吗？

我几乎是脱口而出地叫了一声“许至君”——但也已经晚了，他看向我的时候，我们已经擦肩而过。

他似乎被这一声叫惊吓到了，一直扭着头往上看，而我也出于一种说不清楚的原因，半回过身去往下看。缆车很简易，我们都不敢也不方便有大动作，只能在半空中保持着这样别扭的姿势，看着对方越来越远，隐没在昏暗里。

直到完全看不清楚他，我才转回头。

我觉得有点好笑，其实我们并不熟悉，如果没有那枚小小的玉，我恐怕连他的样子也认不出。我怎么能这么自然而然地叫他，好像已经相识了许久一样？

到山顶时，寺院的门已经紧闭，我也错过了最后一轮下山的缆车。因为如此，我反而也不着急了。夜晚的城市尽收眼底，茫茫人海，灯火幢幢是人造的星辰。

柔软的悲伤是心底里静静流淌的河流，在万籁俱寂中，我又想起你。

去刺青，是我在突然之间的决定。一旦决定之后，我才意识到原来这想法从下着暴雨的那天下午就已经悄悄种在我心里了。

我顺利地找到了林逸舟刺青的那间工作室，名叫“塔图”。那个下午，我在他的枕头底下发现了一张印有这家工作室名字和地址的卡片。当时我没有想更多，但过后回忆起来，那或许也是一种注定。

我一直没有找到他刺青的图案，即便我在地图上找到了那座小岛，也无法临摹得一模一样。在和刺青师沟通的过程中，我语焉不详，怎么都解释不清楚我究竟想要什么。

旁边的助手突然插进一句："她说的是不是林逸舟那个简笔地图？"

我呆住——没想到会被毫不相干的人戳穿心事，更没想到他们原本就是林逸舟的朋友。

刺青师迟疑着，问我："我电脑里有存档，你确定是要和他一样的图案吗？"

我点了点头，是的。

细细的针头密密地扎进我锁骨下面的皮肤，我预想到了会很疼，但实际上，又并没有我以为的那么疼。

助手递给我一杯水，跟我闲聊："你是林逸舟的女朋友？"

我希望可以说是，但我只能说不是："认识而已。"

刺青师也加入了对话："只是认识你就和他文同样的图案？妹妹，你有点猛哦。"

调笑中没有恶意，我听得出来。他们未必不觉得我的鲁莽和笨拙很傻很蠢，但说到底，这是一个女孩子的私心，并没有什么错。

像是好意想提醒我，助手说："林逸舟蛮招姑娘喜欢的。"

我皱了皱眉，是因为疼还是因为那句话？为了逞强，我故作镇定地说："我知道。"

他们俩相视一笑，像是对这种事情早已司空见惯，懒得再多说什么。

图案很简单，很快就刺完了。助手把一面中等大小的镜子捧过来给我看，那一小块皮肤因刺激而微微红肿。刺青师手法轻柔地为我涂上一层凡士林，再附上一层保鲜膜，防止摩擦造成伤害。

助手叮嘱我："这两天别碰水，结痂的时候不要抠。给你一支药膏，每天用棉签涂一到两次，以防发炎。"

我道了谢，付好钱。临走时，刺青师好像怎么也按捺不住，非要问我这个问题："你很喜欢林逸舟吧？"

虽然很冒昧，但我还是认真地想了想，说"是"。

是的，很喜欢，非常非常喜欢。

从认识他那天起，我就知道他和我过去认识的所有男生都不一样，包括周暮晨。他总是冷冷淡淡，似乎对人生的一切都只有浅尝辄止的兴趣。他不拒绝别人靠近他，但他也没有多余的能量回馈别人。即使在我和他最亲近的时候，我也常常感到看不清楚他，捉不住他。

他像是三魂六魄丢了一魄的人。

纵然如此，我还是想和他在一起。

远离那些会消耗你的人——这样的血泪教训，网上有千万条。那些道理，那些准则，那些过来人剖开自己分享的经验，我明明都看过，也不是不相信，但只要一看到他的笑容，我就什么也不记得了。

我们总是在雨天见面，这样的巧合究竟暗含着命运怎样的警醒，我一点儿也不想知道。

我只看到眼前那个人，穿着苔藓绿色的毛衣，撑着一把黑色的大伞，笑着对我说："今天不想开车。"

他吐出来的气消失在氤氲水雾中，我忽然鼻子就酸了。

我不信奉任何人的经验，那些善意的规劝，字字箴言的教条，全都不能阻挡我走向他。生命中的许多执念都只是幻觉，爱情或许也是，但此刻他是真实的，我是真实的，还有这股几乎将我粉碎重塑的力量，是真实的。

我们回到他的家中，发现我们各自有一半身体被淋湿了。

他毫不避讳地当着我脱掉淋湿的衣服，换上睡衣，又找出了我上次穿过的衣服扔给我："我们下次能不能找个天气好的时候见面？"

他去叫外卖的时候，我在卧室里换衣服。脱掉贴身衣物时，不小心刮到了刚刚开始结痂的刺青，有点儿疼，我不自禁地倒吸了一口冷气。

我冷静地想了一会儿，决定向他表明。

"林逸舟，你进来一下。"我声音颤抖着叫他。

"干吗？你不是在换衣服吗？"他在门口高声问。

我心里骂了一声，白痴，叫你进来就进来啊，这是你家，我还能设局害你不成？

安静了一会儿，他敲了敲门，说："那我进来了。"

卧室里只有一盏落地阅读灯，大概很久没用了，灯罩上蒙着一层灰。灯光是温暖的黄色，我们的影子投射在墙壁上如梦似幻，一时之间，世界寂然无声。

他给我找出来的灰色上衣还摆在我手边，而我先前穿的衣服已经脱在了地毯上。

现在，我只穿着一件式样朴素简单的白色内衣，坐在床边，以赴汤蹈火般的心情望着他。

林逸舟显然被吓到，急忙转过身去，嘴里嘟嘟囔囔地说：“你有毛病啊？”

哎，平时见他那么机灵，关键时候又蠢又钝，怎么可能是那个意思嘛——我们可是连亲都还没有亲过！

“你过来啦——”我说，“到亮的这边儿来，我给你看个东西。”

我对着光亮处，指了指我刺青的地方：“你看这个，和你的一样。”

我仰起脸，笑着望着他。

他眉眼耸动，眼里在那个瞬间闪烁出无比的震惊色彩，像是做梦一般。他在我身边慢慢坐下来，对着我的刺青看了许久，最后目光又回到我的脸上，落在我的双眼里。

他黑色的瞳孔似深而无底的旋涡，我一头跌进去，就再也爬不上来。

“为什么？”他这时的声音格外轻。

我伸出手，贴在他一边的面孔上，眼中有轻微的潮湿，但没有说话。

将我放在你的心上如印记，将我带在你臂上如戳记。你的爱情坚贞胜过死亡。众水不能熄灭大水不能淹没。

我心中默念这句子，都说举头三尺有神明，神明会知道我有多珍惜这片刻静谧。

他闭上眼睛，将我的手从他脸上拿下来，紧紧握住。过了一会儿，他靠过来轻轻吻了一下我的脸。

“程落薰，你爱我，是不是？”

我点了点头。

我很想哭。真的真的很想很想哭。

根本说不清楚原因，就是觉得感动、美好，心间激荡着澎湃的浪潮，我忍不住浑身战栗。事到如今，我有什么好隐瞒不让他知道？如果这件事真有所谓的胜负，输给你，一败涂地又如何？

门铃响起，打断了这一室的温馨旖旎。他放开我的手，说：“是外卖，我去拿。”

然而我和林逸舟都没想到，那并不是外卖员。

我听到她的声音，第一时间没有反应过来，紧接着就是林逸舟惊慌粗鲁地想要阻止她进入卧室，可是他失败了——没有人挡得住激动状态的封妙琴。

于是，在这样极其窘迫而不容辩解的情形之下，她撞见了没来得及披上衣服的我。

她看上去比我还要受惊，整个人完全呆住，紧接着脸上浮现出鄙夷之色。我想要解释点什么，可是目睹了她的眼神变化之后，我觉得也没有解释的必要了。

我过去常在她的宿舍厮混，女生之间看对方换衣服、穿个小吊带和短裤跑来跑去是常有的事，谁也不会大惊小怪，但今天情况实在太特殊。

她抱定双臂，倚着门，咬牙切齿地吐出三个字：“好、好、好。”

我定了定神，意识到这个时候自己必须冷静，绝不能露怯：“林逸舟，这是你家，你处理一下吧。”

他将脸色铁青的封妙琴半推半劝地弄走之后，气氛已经全毁了，我气得随手操起一个枕头朝他砸了过去，他一把接住枕头，却接不住我的怒气。

“她怎么会来你家？你跟她？你背着我，跟她？”我气得语无伦次。

他比我还生气：“我跟她什么？她胸还没你大，你以为我跟她什么？”

我气得又扔了个枕头过去，这次砸中了他的头。

“你怎么知道她的胸部没我大？你摸过啊？”我口不择言地说。

他冲过来把我的头摁在床上，用枕头使劲抽我，边抽边说：“我用眼睛看的，目测懂不懂，蠢货！”

他的力气真大，我彻底放弃了反抗，就在我们都仪态尽失的时候，门铃又响了。

他从床上一跃而起，嘴里一边念着“有完没完啊”一边冲出卧室，我麻利地爬起来以迅雷不及掩耳之势套上了那件灰色上衣。几分钟之后，他笑眯眯地进来了。

他说：“这次真的是外卖，嘿嘿。”

那天从他家离开时，他忽然把我带到楼道里的电表箱前，伸手在里面摸索了一会儿，拿出一把钥匙，放进我的手掌里。

“这是我家的备用钥匙，给你。”他笑嘻嘻地说，“万一哪天我被关在外面了，你来帮我开门。”

这是什么意思？

我背地里给姗姗打电话说了这件事，她深深地吐出一口气，说：“落薰，再坚持一段时间，胜利就在眼前了。”

这又是什么意思？

从李姗姗到刺青师，每一个知道我和林逸舟在纠缠中的人都给过我或多或少的明示暗示，我知道他们或许都比我更了解他的过往，就算我没有自知之明或是相当自以为是吧，我总觉得，我比他们所有人都要更了解他的本性。

他是和我一样孤独的人，不对吗？

如果说我曾经对周暮晨的喜欢是出于青春时期荷尔蒙的催发，那么我对林逸舟，就是实实在在的一场飞蛾扑火。

明知道会被焚烧，还是忍不住，要扑上去。

在很多年后，我还是能心甘情愿地说一句：我从未对此后悔。

入冬的时候，射手座的谭思瑶迎来了她的二十岁生日。

提前半个多月她就在每天长吁短叹：“二十啊，二十啊——落薰，你知道从十九岁变成二字头是什么感觉吗？天都要塌了呀落薰。”

我烦得要命，这是多狭隘又矫情的想法，二十岁就呼天抢地了，那么三十岁、四十岁的人怎么办？到了五六十岁是不是就该自我了断了？

“你也用不着幸灾乐祸，过半年你也二十了。”她牙尖嘴利地对我说。

我哪有幸灾乐祸，真是秀才遇到兵一样无奈，我虽然也不想变老，但对年龄增长这回事，我远远没有她那么介意。

她决定在那天大操大办，要风风光光地告别十九岁，迎接崭新的人生。

因此她还给我派了任务，让我代她邀请几个高中时期关系不错的同学，她自己则负责邀请在大学里交的新朋友，包括她的男朋友——是的，经过了一年多的时间，她已经完全不惦记许至君了。

她和那个男生是上大课时候认识的，习惯性地总是坐在一起，慢慢就熟了。男生来自外地，当初考的分数原本可以上更好的学校，可填志愿时趋于保守原则，便到了这里。他之前没有任何恋爱经验，追求谭思瑶的方法很质朴，约她吃饭，一起看电影，情人节时学着其他人一样送巧克力给她。

他对谭思瑶的家境一无所知，正是因为如此，谭思瑶被他的率真打动。两人一起回过她家聚餐，她父亲也很喜欢这个老实持重的男孩，说如果将来两人想读研，或是出国深造，都愿意帮忙。

水到渠成的校园恋情，连一丝一毫的风波和阻力都无。不是我的错觉，谭思瑶真的变得比从前漂亮了许多，那是由身体里快乐的能量所激发出来的。

我羡慕她吗？倒也没有。

林逸舟这个人极不稳定，脾气时好时坏，顽劣起来就像几岁的小孩，我经常被他气得骂出自己都不敢相信的脏话，但我们好的时候，我知道就算给我世间最宝贵、最值钱的东西我也不会换。

只有一件事，我是非常介意的——即便在他问过我那个问题并得到我肯定的答复之后，他没有做出相同的回应，这是一根扎进我心脏的小刺。

到了谭思瑶生日那天，我下课回来，在宿舍门口等她一起出发。

北风卷起地上的沙石，吹得我一个措手不及，眼睛里泛起了一阵轻微的疼，像是有细小的异物在扎眼球。

我一直没养成随身带小镜子的习惯，也是因为在学校里我很少化妆。情急之下，我只好走去空地停车位的一辆勃艮第色的车子旁边，借着后视镜，拨弄眼皮，半天才拨弄出来一颗比芝麻还要小的黑点儿，在我的手指尖尖上，不知道是什么。

车窗玻璃降下来——我吓得往后弹了两步，这车窗上贴的是多厚的防晒膜，以至于我竟然都没觉察到车上是有人的。

他满脸的忍俊不禁："你还照吗？"

他把后座的狗狗放下来，一只通体雪白的萨摩耶，胖乎乎的样子憨态可掬。

我半天没吭声，好丢脸，怎么偏偏选了有人的车子。他像是误以为我怕狗，连忙又把狗绳缩短了一点儿，对我说："它胆子很小的，不会咬你。"

我不是因为这个——但那阵小小的尴尬已经像一阵微风般过去了，没有必要再提起。我顺着他的话问："它叫什么啊？"

"叫萨摩耶。"

不敢相信有这么笨的人，我当然知道这是萨摩耶，我问的是它叫什么名字！

对方无辜地说："就叫，萨摩耶啊。"

我才知道原来世上还有这么轻率的宠物主人，竟然就用品种作为自己爱犬的名字？那他出去遛狗的时候要怎么办，就大声喊"萨摩耶，萨摩耶"吗？

我怔怔地看着他，没有预兆地，心里一动。

"程落薰，你好吗？"他说。

一声惊雷在我脑中炸开，如同目睹着那些巨大的机器怪兽推平陈旧的街道上那些不合时宜的建筑物，在铺天盖地的滚滚灰尘之中，一些往事穿过尘嚣与我劈面重逢。

那个在我磨破了双脚等康婕送鞋来的傍晚，递过一杯饮品给我的男生；那个对谭思瑶说我终有一日会放下，会前行的男生；那个在夕阳西下的时候，坐在缆车上与我擦肩而过的男生；那个我早已经听过千百遍名字的男生……原来已经过去这么久，而我们终于又相见了。

虽然穿着厚厚的衣服，但我能感觉到自己皮肤上乍起一颗颗鸡皮疙瘩，浑身像通电一般。

这句话已经到了嘴边，我马上就要问出来了：你是许至君？

然而还没有等到我开口，身后谭思瑶牵着男朋友的手出现了，老远她就在喊："许至君，我们来啦！"

谭思瑶毫不客气地拉开后车门，把男朋友推上车，自己再坐上去，明显是要让我和萨摩耶去挤副驾驶的位置。

我站在原地，灵魂短暂出窍。折身回来的许至君走到我面前，问我："你怎么了？"

没什么，我只是有太多的感慨，和你神交那么久，最后都堵在喉头成了无声的哽咽。

途经千山万水，犹如清风拂面。

许至君，许至君，别来无恙。

他怔怔地看着不说话的我，忽然笑了，那个笑容里包含了很多含义，我一时领悟不到。

他说："程落薰，上车吧。"

在我看着窗外飞驰的景色猜测着林逸舟此时在做什么的时候，全然没有注意到后视镜里许至君那双带笑的眼睛。

那晚谭思瑶的生日宴，在一间高级酒店的某个小厅，布置成童话场景一般，还有一棵提前为圣诞节预热的圣诞树。

客人来得比我们计划中还多，有的是朋友又带了朋友，大部分是普通学生，平时哪有这样铺张奢华的机会，借着谭思瑶生日的理由，都来凑凑热闹，一时之间厅内盈满欢快的气氛。位子可以随便选，餐食是自助形式，样品种类丰富，除了基本的中式菜品、主食、海鲜和西式意面、甜品、冰激凌，各种饮品，还额外提供寿司和新鲜鱼生。

我暗暗咋舌，她家可真是宠她啊。

每个取餐回来的人，面前的盘子里都是满满当当的食物，不管吃不吃得完，光是看着就觉得高兴。

我也很久没这么高兴了，这顿饭让我觉得自己送出的礼物真是太值了。

我坐在离门最近的一张桌子旁，这是我走了一圈之后特意选的位子。没人爱坐在这么冷清的地方，所以就不会有人打扰我吃东西。

就在我刚拿起叉子时，对面有人坐下了。

我抬起眼来看着许至君，用眼神问他——那么多桌子你不坐，非要坐这里？

“你是不是看这里人少？我也是。”许至君端着果汁，神情冷淡地对我说，“思瑶说请的都是她的同学，我本来不打算来。后来一想人生也只有一个二十岁，我应该给她面子。”

出于一种阴暗的想法，我故意说：“她现在已经不喜欢你了。”

我这种古怪的性格也真是招人讨厌，明明无冤无仇的人，我也要故意去扎一下。

他并不在意我话中的讥讽：“以前也不是喜欢，她那时候小嘛，认识的男孩子也少，比较信任我而已。

“她现在恋爱了，男朋友很好，我也为她高兴。”

许至君的确容易让人产生好感。

我不是没有见过那一类轻浮自恋的人，不分男女，把别人对自己的真心当作茶余饭后的谈资，把别人的难堪当笑话讲，丝毫没有怜悯。

旁人或许不知道谭思瑶曾经暗恋过他，但我可是太清楚了。大一那半年，“许至君”三个字只差没在我耳中磨出茧来，她一遍遍重复说他有多好，聪明，优秀，正直大方，品位高级，最重要的是外形出众。

“谁不想有那么好看的男朋友，程落薰，你说你想不想？”她还在一次唠叨中这样逼问我。真是废话，这种事是我想就管用的吗？

我本以为，许至君也是那样浮夸的性情，失去了谭思瑶的崇拜和依恋，见她现在和男朋友相亲相爱的模样心里多少会有点儿失落，会故作贬低之词，但他完全没有这样的意思，一字一句都维护着她的尊严。

人无法决定自己的际遇，就连年少时纯真的情感能投射给谁，也不是自己能够决定的，但那时候我们都不明白，能够喜欢上一个善良洁净的男生，多需要运气。谭思瑶是幸运的，她初时的动心是对这样一个人，虽然半路夭折，但也未必不是圆满。

我想起周暮晨，虽然后来我们再也没有任何关联，但在时间的错缝中我偶尔还是会想到他，那是我在青春年少时深深喜欢过的人，不知道他生活得好不好……可是一想到他，我就不能不像连锁反应一样想起孔颜和康婕。和谭思瑶的初恋相比，我的初恋多么漏洞百出，多么不堪回忆。

我低下头，继续吃东西。

他起身去拿吃的，过了一会儿，还是回到我对面的位子坐下，盘子里有些虾蟹。他用湿巾仔细擦过手，剥出几只虾肉，放进我的盘子里。

“我不要。”我说。

不知道为什么，我一见到他就想跟他较劲，好像他哪里得罪了我似的，连我自己都觉得很奇怪，我和任何人在一起的时候都没有这样过。

“虾肉不长胖的。”他笑笑说，对我的不客气很不以为意。

“程落薰，你这几年变化挺大的。”他忽然说，“好像一转眼就成了大人。”

不是一转眼，我心想，是真的发生了许多事情，如果有的选，没有人愿意被催熟。

年轻吗？不要紧，听过几首歌，爱过几个人，就老了。

有时候我照镜子看到自己的眼神，都会在恍惚之中打个寒战。

一个女孩子最初的苍老到底从哪里开始？很多人都说是眼睛。

近年来美容护肤的概念深入人心，简直成为我们每个女生必备的常识。身边的同学无论经济状况如何，每个人的台面上都摆着大大小小几个瓶罐，各类品牌从一线大牌到平价开架不等。谭思瑶早早就用上了某大牌的全套水乳精华和面霜，时常像洗脑一样告诫我：“其他的都不要紧，眼霜一定要用，眼纹一旦出来就完蛋了！”

另一个大牌更是用耸人听闻的宣传词推销自家一款长销眼霜：十年之后，你就会知道使用和不使用的区别。

虽然现在离十年后还很远，我也怀着宁可信其有的态度一直坚持涂涂抹抹，但我心里其实非常明白，一个人最先苍老的部分，是任何商品都对此无能为力的。

那就是眼神。

一个人的阅历和遭遇，全部写在眼神里。我的眼神从清亮到黯然混浊，所经历的不过是一次次的灰心、失望、离别和求之不得。

我终于把盘子里的食物全吃光了，包括他剥给我的虾。人多的那头已经唱起了生日歌，酒店的工作人员缓缓推进一个三层高的蛋糕，顶上点着“20”字样的蜡烛。

谭思瑶“哇”的一声叫出来：“我不要过二十岁……”但她抗议的声音被大家的欢呼声压住，每个人都在冲她喊“思瑶生日快乐”！

我忍不住笑出声——谁让你弄这么大排场，自己受着吧！

分蛋糕时，我没有动，我吃得太撑，胃里实在塞不下哪怕多一口奶油了。许至君也没有动，他说自己不爱吃甜食。

我们静静地坐着，隔着一点儿距离看着被大家簇拥着的谭思瑶，不知道是因为开心还是因为酒精，她的脸泛着红潮，男朋友一直在她旁边守着，神情紧张，好像担心她因为太过兴奋而闹出什么笑话。

“上次在山上是不是你叫我？”许至君突然发问。

“嗯？”我的视线这才收回来，对准他，“你还记得呢。”

他微笑，眼睛清澈如一泓泉水：“怎么可能不记得，那么突然，连对方什么样我都没看清，又快天黑了，我还以为是鬼。”

我被气笑了——这人，怎么讲话的，也不怕晦气。

“不管怎么样，再见到你，我是很高兴的。”他说，“以前听思瑶说过你的很多事情，可能是因为这个，我总觉得和你已经认识好久了。”

我没有说，我其实也有同样的感受。

"那今天算是正式认识了。"我伸出手去，拙劣地模仿了一下平时从电视里看来的商务认识接洽的样子，"我是程落薰。"

笑意在他眼里荡开，他配合着伸出手来："许至君。"

他像是看穿了我在这个场景里的格格不入和百般无聊，问我说："要不要我带你先走？"

恶作剧般的喜悦爬上我的心头，他也太会洞察人心了吧。我只考虑了一分钟不到的时间——这么多人，谭思瑶肯定不会发觉我先溜了。于是我点头，说好。

我很喜欢许至君，如果上天能给我机会在认识的人里挑一个做我的哥哥或姐姐，我一定会选他。

在后来的多次相处里，我发觉这个人的情绪中好像完全没有暴戾的部分。无论何时见到他，他总是彬彬有礼的样子；听人说话时，永远看着对方的眼睛，绝不随意打断；买东西或是吃完饭结账，一定会对服务的人说谢谢；开车时遇到不守规则，非要挤进来的车，也不会硬碰硬地撞上去，而是踩一踩刹车，退让一步。

他说："时间是有限的，不要浪费在不必要的冲突和解决冲突上。"

那他大多数的时间用在什么地方？他说："我的兴趣爱好很过时，平时会在家附近的一间咖啡馆看看书，老板以前是一家出版社的老师，经常给我推荐值得读的好作品。再来就是研究相机，拍点照片，拍得也不好，但旅行时候勉强能用上。"

谭思瑶以前说他，是你即使不喜欢，但也说不出他有什么缺点的人——我现在才信。

可是我喜欢的那个人呢，日子过得乱七八糟，毫不自律，最喜欢干的事就是买一大堆碳酸饮料和零食，躲在家里打游戏。

可能还会同时和好几个女生纠缠不清，也不在乎会不会伤了别人的心。

但是，怎么讲，世界上总是有一些人的性格中有某种卑贱的东西，就像我——就算林逸舟有着这样那样一堆毛病，我还是爱他。

很久之后，我和许至君之间已经有了牢不可破的亲近，他说起那时，自己坐在车里看见我走过来对着后视镜翻眼皮的情形，脸上有若有似无的笑。

“我觉得你长大了很多，比我第一次见到你的时候，你记得吗？当时你赤脚坐在路边，让思瑶把她的奶茶给你喝一口。”

我当然记得。

他是我生命里注定会出现的人，见证了我的很多彷徨、落寞和无所适从的时刻。他并没有错过我的青葱岁月，然而在真正直面彼此的时候，我已经拥有了自己的历史和故事。

我们的人生前端隔着一条长长的河流，在青春的末梢终于会合。他给了我一个完整洁净的怀抱，在我对人生和情感都已经不指望的时候，他让我相信这个迷乱的尘世里还有真正的温柔和爱情。

很多事情，我不说，他也从来不会问，如同春风懂得万物的喜悦与丧失。

他未必能理解我为什么会那样奋力地去爱——好像没有那样东西我就会枯萎至死一般，但他从不笑我，更不藐视我，而是用他自己的方式一点点填补着我生命中那些坑坑洼洼的空白。

我真希望他能够早一点进入我的人生。

在我灵魂还完好无损的时候，在素白的时候，如果浓墨重彩的第一笔能由他落下，许多事情终会不同吧。

可惜终究是来不及，命运有它严丝合缝的顺序和逻辑，不容人的意志随意篡改。

我很清楚地记得，那个晚上。

我拿着林逸舟给我的那把备用钥匙，插进锁眼，轻轻转动，推开门，看到那张摆在客厅的床垫上——他赤裸的背上，那个刺青像钉子一样敲进了我的双眼。

我出奇镇定，将手中的塑料袋轻轻放在门边——里面是我买的很多吃的，静静地退了出去。

哀莫大于心死，我连哭都哭不出来，头脑发蒙，全身只是无力地颤抖着。

千万个念头在脑中萌生，我想重新闯进去，想把房子里所有的东西都摔了砸了，想跟他同归于尽……但没有一个可以真正实施。

我真正能做的，不过就是坐在路边绿化带的边沿上，一遍一遍问自己，为什么？

以前每次伤心难过，好像都能找到一个去处，像受伤的动物总能找到洞穴，可是这一刻我无处可去，无人可以诉说，空洞的胸腔里只有穿堂而过的凛冽风声。

很难解释为什么在枯坐了那么久之后，我会选择打电话给许至君，问他：“能不能帮我个忙？”

他急急忙忙赶来，我面色阴沉地指挥他将车子开进公寓的地下停车场，在那个熟悉的车位前，我指着那辆车子，听见自己说：“能不能撞烂它？”

许至君吓了一跳，连忙倒车离开原地。停稳之后，他倒吸了一口气："你想害死我？"

我捂住脸，终于哭了出来。

其实我不是真的想对他的车怎么样啊，我只是完全失去理智了。为什么人的心可以这么卑微却又这么强壮，碎了一次一次竟然还能再碎一次？

许至君一直安静地陪着我，直到我终于哭累了。真丢脸，已经好几次，被他无意中看到我这么糟糕狼狈的样子。

"带你去吃点东西吧，哭了这么久，你应该也哭累了。"

他一路沉默驱车，到一家咖啡馆门前停下，看了看我，像是思考了片刻要不要叫我下车——最终他什么也没说，独自走进了咖啡馆。等他出来的时候，手里提着一个四方盒子和一杯喝的。

"红茶和蛋糕，你就在车上吃吧……"他说，"我以前听思瑶说心情不好就要吃甜的，虽然我不知道为什么。"

他说："这家的甜品很出名，以前思瑶经常吵着要吃，说是吃了心情会变好。"

即使吃不下，我也还是打开了那个小纸盒，里边装着一块三角形状的乳白色蛋糕，嵌着小小的茉莉花朵，一股清淡的香气萦绕在我的鼻尖。

"你不是说你不爱吃甜食吗？"我声音蔫蔫的。

"这是给你买的啊，我又不吃。茉莉花蛋糕是这家的招牌甜品，你试试吧。"

盒子里有一张店家附赠的卡片，我拿出来，看到小小的卡片上有黑色的手写字体印着：似是故人来。

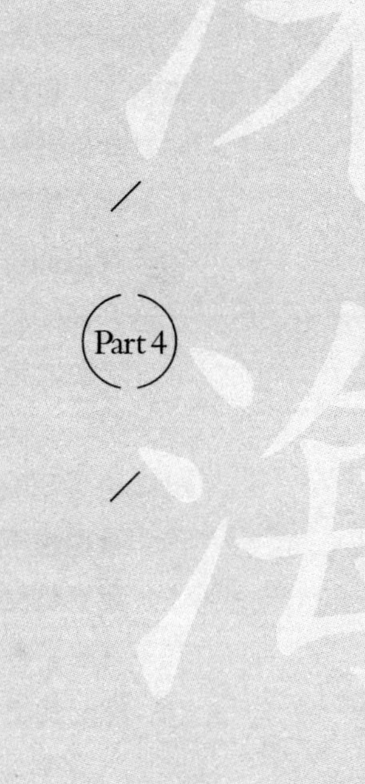

Part 4

因为那次重创，在很长一段时间里，我倒是完全消停了下来。

我每日老老实实去上课，再没意思的课也坚持坐到最后一分钟。没课的时候就待在学校图书馆，把以前想看而一直没有看的书全拿来看了，这样我才知道，原来只要你专心，二三十万字的书几天下来其实也就通读完了。

剪除掉所有不必要的人际交往之后，我连手机都带得少，只是每天晚上例行回一下我妈的信息，其他……也没有什么要紧事非要知道非要关心。

那晚之后，我把林逸舟所有的通讯方式全都拉进了黑名单。

在现代社会，“拉黑”意味着关闭一切对话通道，是一种彻底的隔绝。我的黑名单里经常添加一些垃圾广告和恶性推销，但我从前怎么也想不到，有一天这个名单里会有“林逸舟”三个字。

我不是没有想过问他，当有一天我用最决绝的方式来对你，你在不在乎，后不后悔？

然而我想也能想到，他一定还是挑挑眉毛，撇撇嘴，不屑回答。

我不敢，也不能同任何人说起，无论我是发呆、走神，还是闭上眼睛，甚至是在梦里，那个惊悚的画面都会浮现在眼前，折磨我。

当初孔颜跟我说起周暮晨和康婕，我只是凭空想象都已经觉得不堪重负，而林逸舟……他是直接拿刀捅进我的心里。

我永远都会记得——

我拿出钥匙，插进锁眼，轻轻转动，推开门。我看到客厅的床垫上，他裸露的后背，刺青如烈焰般灼眼。

但并不是只有他一个人，他身下的女生，面色绯红，头发凌乱，身上只有一条薄薄的睡裙，一边肩带已经滑落……

我没有出声，像武侠片里被人点了穴道，不能有任何动作。

他回过头来看见我——我们四目相对，霎时，我知道我们之间一切都结束了。

我失魂落魄地走出他家，走到路上，一直走一直走不知道走了多久，我竟一点也没觉察那把小小的钥匙竟然还在自己手里。

脑中有飓风暴雨狂沙飞石，我死也想不明白，为什么他和封妙琴在一块儿的时候，还要发信息给我叫我过来，为什么？

在那个深夜里，我把这些对许至君和盘托出，他一直沉默着，直到最后他才说——

“你有没有想过，也许是她拿他的手机发的？”

他没有说名字，过了一会儿，我才知道他在说什么。

我一直记得。

去年冬天的一个夜里，我洗完澡还没来得及吹头发，忽然接到林逸舟的电话，他说“我在你的宿舍外面”。我慌慌张张地穿着睡衣就跑了出去，他看到我在寒夜里头发还滴着水，便解下自己的羊绒围巾将我的头包住。

他同我说：“没有什么事情，就是突然想看看你。

“程落薰，我觉得自己有点孤独。”

当时我傻傻的，不知道他为什么突然说这样的话——他不是有很多朋友、很多玩伴，还有很多游戏吗？

然而到后来，我便懂得了。

真是孤独，在这么喧闹的世界里，所有的拥抱都和你无关，所有的声音也不是为你响起，沾了一些别人的热闹，更衬得自己形单影只。

我以为，哪怕就是因为这点孤独，也足够把我们紧紧绑在一起。

他还说过一句让我特别难过的话："生不对，死不起。"

我嘲讽他是不知人间真正的疾苦，为赋新词强说愁，他也没有和我争辩，只是把头倚靠在我的肩上，沉默不语。

这些回忆像黑白照片，在无人知晓的漫漫深夜里，一张一张在我眼前展现。

回忆如果没有力量，我就不会在被伤透了心之后依然泪如雨下。难以相信我曾经还自不量力地想，我一定要赶走笼罩林逸舟的那个阴影，让他快乐起来。

可是我想让他快乐的这个人，却给我制造了这样巨大的阴影，让我永远也快乐不起来了。

从前与林逸舟过从甚密时，我总觉得时间飞快，什么事情都没做一天就过去了，而和他断了来往之后，生活好像一下安静下来，变得慢慢悠悠。

许至君开始频繁出现，但他这人沉闷少话，我也看不出他心里想什么。有时我们一起吃饭，然后他会提出要不要去哪里走一走，散散步，都是些我没去过的地方，有些文艺的小店，偶尔他会买下我喜欢的一两件小玩意儿给我。

虽然是礼物，但价格都不贵，我也不觉得欠了他什么人情。

在他身边时，我的心总是很平静，像一潭深水，所有的焦躁和急切都变得平缓，沉入水底，而这种感受我以前从未有过，我不知道这就是归属感。

谭思瑶私下悄悄问我："他在追你？"

我连连否认："没有的事，怎么可能，他连你都没看上……"

"不是一码事儿啊，"她认真地分析，"说不定他就喜欢你这个类型呢？你放心啦，我真的不介意了！"

之后我无意间和许至君说起这回事，没有一点儿别的目的，纯粹是觉得谭思瑶这个傻里傻气的想法很好笑。没想到，许至君竟然问我："你是什么类型？"

"我？"我想了一会儿，"就是很普通，不好看，也没什么个性的那种类型吧。"

他像是感到很意外的样子："不好看吗？"

我比他更意外："当然啊，我从小到大都没有人说过我好看，你不用这个表情啦，我根本不在意的。"

"我觉得……很好看啊。"

是我的错觉吧——那一瞬间，他的表情竟然有点儿羞怯。

其实，我说得也不准确——并不是从来没有人说过我好看，唯一认真夸过我、鼓励过我的那个人，就是康婕。

和她决裂之后，又发生了很多事，有一段时间我几乎完全把她忘了，但在节假日里路过购物中心时，我还是忍不住进去，在不起眼的角落里偷偷地看过她一次。

我们真的太久没见了，这在以前是我和她都不能想象的事情。怀着一种无法解释的阴暗心理，我希望能看到她垂头丧气、精神不振的样子。难道她的生活里少了我，对她就没有一点儿影响吗？

可惜我想多了，她真的完全没有变化。

穿着得体的工作装，化了精细的妆容的她，礼貌又热情地招揽着顾客，微笑着向每一位愿意驻足的客人推荐产品。

我讨厌她脸上职业化的笑容，像是一张面具，让我觉得她更陌生了。

我躲在许至君的身后，看了半天，终于气鼓鼓地跟他说：“走了走了。”

他带我去一间新餐厅吃饭，问我想吃什么？我完全不懂，于是都由他做主。

我们面对面坐着，一时无话，却也丝毫不觉得难挨，仿佛这是很熟悉而舒适的相处。

原来我也可以被人如此温柔地对待。我毕竟不是钢铸铁造，胸膛里这颗跳动的心脏经不起那么多不被疼惜的摔打和投掷。关于爱情这回事，我似乎还没有真正开悟过就已经厌倦了追逐它的过程。

对于我来说，林逸舟就像是永远的彼岸。

菜端上来，他跟我讲：“现在还没到蟹最好的时候，过半个月我们再来。”

我忍了一会儿，终于问：“你干吗对我这么好？”

他这样答我：“我对朋友都这样。”又问我，“你想不想看电影？我知道一家比较偏的影院，人很少，不会吵。”

每一处细节都如此熨帖，由他说出来，却又并不刻意。

我笑着说：“好啊。”

从餐厅离开时，许至君去取车，我在门前等他。忽然听到一声“程落薰”——那声音，我再熟悉不过，正是我此刻最不想听到的声音。

我不敢转身，心里拼命祈祷他以为自己认错了。

我怎么运气这么差，脑子又这么糊涂，我应该想到，这种新开的餐厅，又在这么热门的地段，总会有些概率碰到认识的人。

怎么办？我完全没有预想过会有这一场偶遇。

他绕到我面前，我不得不抬起头——距离上一次这样直视彼此已经过去多久了？曾经那么亲密的我们，现在犹如隔着鸿沟。

他皱着眉，眼神透着一股狠劲，语气极不友好："你和谁一起？为什么我一直找不到你？"

我的态度也很尖锐："关你什么事？"

他的眉头皱得更深了："你注意一下你说话的方式，难道不关我的事？"

我笑了一声，毫不掩饰我的讥诮。还真不愧是林逸舟，一贯任性自私，心中只有自己。

我轻声问他："那你跟别人上床，关不关我的事？"

他浑身一凛，像被人揭开了尚未复原的伤口的痂，露出了疼痛的表情。他好像以为我会哭——我是双眼发热，泪盈于睫，但我不会再哭了。我挡开了他要为我擦泪的手。

"你一句解释都不听，是吗？"他冷着脸，声音也是冷的。

"我全都看见了你还解释个屁！"我说话比他更凶更狠，"你知道我一想起你是什么感觉吗？林逸舟，我觉得你真脏。"

我知道这句话有多伤他。但比起他伤我的，这算什么？

可他真的转身要走时，鬼使神差一般，我又拉住他不松手。

我一字一字从我的牙缝里挤出这个问题："你到底当我是你什么人？"

不知道他是出于报复还是真心，他甩开我的手，反问我："什么人？你就这么玩不起？"

那眼神比死还要冷。

我深深呼吸，勉强站定，点点头："好，我明白了。"

我该坐上去的那辆车已在路边等我，我心寒如铁，一步步走向车里那人——其实我一回头就可以看见林逸舟悲伤的样子，可是我竟然真的，一次都没有回头。

这是许至君第一次问我我不想回答的问题："就是他吗？"

在黑暗的影院之中，许至君轻轻握住我冰冷的手。电影到底演的什么，我根本不在乎，有人笑，也有人哭，那像是一个离我有几百光年的地方。

失望到极致就是坚强，我已经无话可说。

李姗姗坐在我面前，满脸肃然，好几次欲言又止。我佯装不知她的目的，直到我把一份大份的鳗鱼饭吃光，又喝光附赠的味噌汤，她终于找到机会开口："你是不是跟别人在一起了？"

我抬起头，盯着她："什么别人？相对于谁来说的别人？"

她举手投降："是啦，他让我来问的，你也知道，他那个死脾气……"

我一直没有正面回答，她只好换了话题："你还想吃点什么？"

"我吃饱了，你当我是猪吗？"

她耸耸肩膀，做了个鄙视的表情："猪都不会去招惹林逸舟，你比猪都不如。"

这个名字是我的命门，她一提起，我就泄了气。

李姗姗长长地叹了一口气："你是我的好朋友，他也是，不然我干吗管这种闲事？我肯定不会偏袒他，他就是蠢货，可你不是很喜欢他的吗？你和别人在一起无非也只是想气他而已……”

“不是，”我笑了，“姗姗，我是那么幼稚的人吗？”

她挥了挥手，像是要弹走我说的话：“这跟幼稚没关系，再聪明成熟的女人，感情上也可能是一笔烂账。”

这话倒是不假，罗素然平时一副聪明模样，还不是载在坑里出不来？

我想了想，说：“我家境很一般，从小到大很多事情我都是将将就就的，唯独这件事，我计较得很。他可以三心二意朝秦暮楚，我不行。我就想要清清白白的感情，非黑即白的感情，可是他偏偏做不到、给不了。

“姗姗，你知道吗，我觉得最糟糕的事情不是他不能专心地对我，而是他让我怀疑自己，我一直在想我是不是真的这么差劲，不值得被人爱。”

说到后来，我有了颤音。

李姗姗沉默许久，低头不再劝我。

“如果这是你的决定，我也只能支持你，不过……”她话头一转，“你去把钥匙还给他吧。”

“我会寄给他的。”

“落薰，你那么爱他，就算不能再在一起了，也应该当面说清楚。”

我望着她，原本坚定的决心开始动摇——我不知道究竟是她真的说服了我，还是说，内心最深处，我还想再见他一次。

一个甲子般的时间过去了，我终于点了点头。

我原以为，我一生也不能鼓起勇气再踏入这里，原来，也不是我想象的那么难。

所有的摆设都和过去差不多，只是角落里多了几个空酒瓶，屋里有股很长时间没见阳光的气味。

我走过去把窗帘拉开，强烈的光霎时穿透屋子，尘埃在光束中飞舞。

他从揉成一团的毛毯里伸出头来，勉强睁开一只眼睛，看到是我，又缩了回去。好一会儿，毛毯里传来瓮声瓮气的声音："你来做什么？"

"我来还钥匙给你，顺便拿走我的东西。"

其实我哪有什么东西落在这里，不过是为了找个台阶下。

等了半天没有任何回音，我忍不住过去踹了一脚，他这才彻底清醒一般叫出声来："我去，你干吗？"

我靠着墙，坐在地上，说："你去洗漱一下，我有话跟你说。"

等到他从浴室冲洗完出来，已经过去二三十分钟，我已经从卧室的衣柜里找到了他曾经说要给我的那件灰色上衣。

他目光一愣，脸色又沉了下来："你什么意思？"

"你不是说这个要给我吗，我等下就拿走……"我说，"钥匙我放在鞋柜上了，物归原主。"

不知道为什么，我非要加上这句："以后你爱给谁就给谁。"

他一步冲上来，趁我没有防备一把抢走了衣服，像想打架的小孩一样冲我喊："我不给了。"

天知道我们俩发了什么疯，竟然为了抢一件衣服厮打起来——我拽住一只袖子死也不肯放手："你自己说过的话当放屁了吗？"

他也不放手，如同拔河一般：“我说不给了就不给了！”

僵持了好久，我恨恨地看着他，这个王八蛋。突然，我松手了，他没来得及反应，往后一个踉跄，摔在了床垫上。

没意思，真的太没意思了，我的灵魂好像刚刚脱离出躯体飘在半空中看完了这场短暂的闹剧继而回归原位。一件衣服罢了，不给就算了，何必闹成这样？

我拢了拢头发，吐出一口气，说：“不跟你闹了，我走了。”

我刚迈出一步，他已经挡在我的面前。

没有用，我再彪悍毕竟是女生，力气不如他。

他挡着我，双眼通红地望着我，有那么一瞬间，我误以为他是不是要哭了。

但最后哭了的人是我。

我还是这么没用啊，一点儿进步也没有。来之前，我不是对自己发过誓一定不会再哭了，要云淡风轻地解决这一切吗？

欺骗别人或许很容易，但我如何欺骗自己？还钥匙也好，拿衣服也好，不都只是幌子吗？归根结底我就是想见他，想知道我们之间是不是真正完结了。

他看见我哭，之前那股对抗的情绪也消失了，取而代之的是深切的悲伤。犹豫了片刻，他轻轻抱住我，把脸埋入我的头发里。

他说：“我错了，落薰，我是傻 ×。”

我哭得更加汹涌，我丝毫没有想过他会服软，我没有奢望过他会承认造成今天这个局面是他的错。可是当他真的说出来的时候，为什么，我的心竟然会这样绞痛？

长久以来我都不想变成一个俗气的人，说一些俗气的话，问一些在别人看来蠢得不能再蠢的问题，我忍着，努力压抑着，希望答案不是由我索取而来的，但我今天，终究是要问他了。

“林逸舟，你究竟爱不爱我？”

这个问题的答案只有两个，如果他说不爱，我会很难过，但是如果他说爱，我想我可能会更难过。

他却这样说：“我不知道。”

“你是我在这个世界上最在乎的人之一了，可是我不知道……这个是不是爱……可能还要多花一些时间，我才能够想明白。你能不能先不要和我分开，不要跟别人走？我可能没有资格要求你什么……”他讲得碎不成句，没有逻辑，可我理解他的意思，并在这理解的过程里，一点一点地死了心。

我没想到他会这样说——他不说爱，也不说不。他说我是他最看重的人，可是他还不能确定这是不是爱。

我觉得自己已经只余下半条命在他手里。

这怀抱我再眷恋，也不得不推开。泪水已经全干了，脸上的皮肤紧绷着，我努力地挤出了一点点笑和一点点声音。

“林逸舟，再见了。”

当天稍微晚一些的时候，李姗姗给林逸舟打了一通电话，她急切地想要知道事情的后续。

“怎么样啊？”她像是比当事人还要关心，但只得到了长久的沉默。

“到底怎么样啊？你急死我了，哎哎哎，你要不说我就打给落薰了啊。”

林逸舟一声不吭地把电话挂断了。

李姗姗不知道，我也不知道，没有任何人知道。

黑暗的房间里，林逸舟的眼泪，那么重地砸下来，像一记惊叹号。

连我自己都觉得诡异，这一次之后，我竟然没有像从前那样状态低至谷底。也许是已经麻木了，也许是伤得太重激发了自我保护机制。有时一天下来，我竟然一次也没有想起过林逸舟。

比起过去和周暮晨那一段，我现在表现得很好。

早睡早起，准备六级考试。有时候我还会和同学一起去跑跑步，虽然只是装装样子，但生活也有了一种装模作样的充实。

我不会再倒下了，也不会再回头了。

我必须忘记他，否则这剩下的半条命也会耗尽。

失之东隅，收之桑榆。

我顺利通过考试之后，谭思瑶带来了一个消息给我。虽然她看上去有些不情不愿，但最终还是用为我高兴的语气讲出来了。

“许至君，他喜欢你。”

我的第一反应是胡说八道。我又不是没有试探着问过，人家说了，自己对每个朋友都是这样的。

“谭思瑶，你明知道我现在感情世界一团糟，开这种玩笑你还是人吗？”

她急了，拿出手机解锁屏幕：“你自己看自己看。”

那是她和许至君的聊天记录，我清楚地看到谭思瑶这边问：“你干吗老是来找落薰啊？”

“你问这个做什么？”

“我好奇嘛，你是不是喜欢她？”

从时间上看，他的回复是过了一阵子的，但那两个字深深地击溃了我。

“是啊。”

于是这些日子以来所有的迷雾都散去了，一个清晰的真相水落石出。

难以置信，但又好像，顺理成章。

我十几岁时爱读亦舒的文章，可以说我整个价值观的基底都来自那些作品，因此我总是不断告诫自己不可以对命运有太多怨怼，可是到了这样的时刻，难免还是会觉得命运弄人。

周末的夜里，我和许至君在上次那家咖啡店里坐着，眼看着周围位子上的人一桌一桌付账离开，我感到有些话实在不能不说了。

“思瑶说——”我艰难地开了个头，就不知道如何继续说下去。这太尴尬了，哪会有人好意思问别人“听说你喜欢我，是不是”？

他自然地把话接了过去：“她问我，我就承认了，我觉得你直接来问我其实最好了，何必由她在中间传来传去？”

他这么坦荡大方，我原本紧绷着的神经和身体也就随之放松下来，可是我依然不知道从何问起。

他像是完完全全知道我的迟疑，也完完全全知道我的顾忌。

他顺着说了下去：“之前你就问过我，我那时还没有想好，再说，时机也不合适。”

我有些黯然——时机不合适的意思是不是指，当时我和林逸舟的纠葛还没有完全解除？原来连旁观者也看得出我那时魂不守舍。

我感到有些啼笑皆非。

以前我总觉得自己一定有很大的问题，很致命的缺点，所以不能使别人喜欢我。但仔细想想，似乎也不尽然……周暮晨喜欢过我，虽然短暂如昙花一现，林逸舟也不是不喜欢我，只是他同时还能喜欢别人，而现在，是许至君。

我眼中有深深的疑惑，不明白这一切兜兜转转到底是怎么回事，我只能将这份疑惑传达给他，希望他能解释清楚。

“你喜欢我什么？”

许至君忽然笑出声来，印象中他一贯稳重，不知道我的话怎么就点到了他的笑穴。

“你怎么会问这么傻的问题啊程落薰，难道在你看来，这件事有什么量化的标准吗？我应该怎么答你？说你美，聪明，还是优秀，这些冠冕堂皇的理由哪一个你会相信是真的？”

我一时呆住，没料到他会这么犀利直接。

他并不理睬我的反应，沉吟了一会儿，又变成了平日里谦和的模样。

“很早以前我就知道你，大概在你还不知道我的时候……思瑶经常跟我说起你，好像她除了你也没有其他的朋友似的。大概是我自己成长得比较顺遂，认识的人大多也和我一样，所以我觉得你有种特别顽强的生命力。这些年，你的经历我多少也知道一些……最近和你相处多了，更印证了我以前的想法，如果非要说我喜欢你身上的某种特质，那就是你的一腔孤勇吧。”

这是我第一次听到一个人用“孤勇”两个字形容我。

我没有家财万贯，也没有倾城美貌，我唯一拥有的，不过是这一腔孤勇。

这些年来，种种遭遇令我身体里自行产生了一套消解痛苦和失望的法则，兵来将挡，水来土掩，再难过伤心，吃饱睡足第二天起来又是全新的生命。

不如意的事情总会有，崩溃也是人之常情，但不管怎么样，我总得活下去。

这些话，这些无奈和悲哀，我从来没有对任何人说起，而在这个夜晚，被他一语道破。

本应该流几滴泪来应景，可惜程落薰从来都不会当着人说出真心话。我故意笑成很夸张的样子："漂亮、聪明和优秀，我真的一个都不沾边吗？"

他神情庄重："你问我，我也说了，你就这么不当回事吗？"

我这才发现，许至君其实有他不温和的一面。

他和这个年纪所有的男孩子一样，都有锋利的锐气，只是大多数人在经历了磨难之后变了模样，而能够不妥协的，只有少数幸运儿。锐气，就像与生俱来的翅膀，在残酷的现实面前，我们终要折断翅膀，慢慢学习步行。

夜风微凉，又一个夏天快要来了。

我们散步回去，路灯不够亮，我们的影子被拉得很长。一路上我们没怎么说话，时间仿佛比平时要过得慢。以往我们在一起都很惬意轻松，为什么今晚这么凝重？

到我宿舍门口时，我停下脚步，忽然没头没脑地问他："你爱过谁吗？"

他一怔，过了一会儿，点了点头。

“我初恋的女生，从小学美术，后来留学去欧洲，没再回来，我们是自然而然分手的。”

我不知道还有这样一段故事，思瑶从来没有说过，也许她也并不知道，看样子许至君很少提起。也许是因为今晚月色温柔，此情此景，也适合摊开心里的褶皱，把旧事拿来晒一晒月亮。

我仰起脸，认真地问他：“你告诉我，什么是爱呢？”

这是我一直想要从别人那里得到答案的问题。

他在昏黄的灯光里的沉默的侧面，轮廓漂亮得如同一帧剪影。他好像被这个突兀的提问给难住了，一下子想不到适当的语言回答我。

就在我要转身进去的时候，他拉住了我，力道不大却有着坚定的意味。

他说：“我说得可能很片面，别人未必会赞同。在我的想法中，我爱你，不仅仅意味着我想和你在一起，我爱你，是意味着我承诺永远不会伤害你。”

我深深凝视他，沉默不语之中感到了震动和战栗。

我没有想到他会这样说，我更没想到他是这样想的。这句话要换一个人说，我可能会认为太矫情太造作，可是他如此自若，如此云淡风轻，我只觉得感动。

他见我如此反应，连忙又补上一句：“我真是很不习惯说这样的话，你可以把主语换成任何人，我只是讲自己的想法而已。”

我笑了笑：“许至君，你还真配得起你的名字。”

许至君，你是至情至性的君子。

当晚，我收到他的信息：“今天的事，你不必想太多，顺其自然就好。”

那个讨人厌的程落薰又钻了出来，问：“难道你身边没别的女生？”

他也没有客气：“不是每个人都像你喜欢的那个人一样不甘寂寞的。”

很好，见血封喉的话术，气得我翻了好几个白眼。

坐在许至君家客厅里，我浑身都不自在，手脚也不知道要如何摆放。茶桌上虽然摆满了用来招待我的零食和水果，但我一个也不好意思碰。

我受不了这种窒息的感觉，悄悄起身走到他的书房门口——他正趴在书架上找什么东西似的，背对着我。

我嘘了两声才引得他回过头来看我，我几乎是在央求他：“我想走了……”

他手往厨房一指：“那你跟我妈妈说一下啊，她在做菜。”

好烦！我突然想到，应该提前看看星座运势或是皇历之类的东西，说不定会得到“不宜出行”的提示——事已至此，我走也走不了，只能慢慢耗了。

一切都是从许至君要我陪他去买衣服开始的。

我以前总以为逛街购物是我们女生的爱好，男生嘛，一件T恤、一件衬衣两条裤子就能打发三个季度了，到了冬天，再套上一件大衣或是羽绒服不就够了？但许至君让我知道了，虽然男生平时没我们爱买，但他们一旦买起来，就是批量地买。

在他试第五件衬衣时，我悄悄地翻看了一下其中一件的价签——妈呀，我心里暗叫一声，太贵了吧。一件衬衣，算上原料、人工、运输、广告费和税费，也不至于要卖到几千块吧？

这大概是我所无法理解的世界。

但许至君喜爱这个品牌，衣服、裤子一次拿了七八件，在导购小姐的推荐下，又拿了一顶帽子，我暗自咋舌，这得要多少钱啊？

到结账的时候，他出示信用卡，可 POS 机一直无法顺利出单，不知道哪里出了问题。店员担心耽误太久，影响客人的心情，又问我们："请问有现金吗？"

"我只带了这一张卡。"许至君一边说着，一边看向了我。

开什么玩笑，我怎么可能有这么多现金？再说我卡里的生活费也不够付他一件衬衣的账。他从我躲闪的眼神里知道指望不上我了，想了想，把手机拿出来打了一个电话。

"妈，我在 ××××……要现金……你快过来救救我。"

讲完电话，他转过头来对我笑："我妈在附近做美容，她有钱，让她来付。"

我一听，这还了得，我还不赶紧跑——却被他抓住："干吗啊，我妈又不凶，你怕什么啊。"

可我并不是因为这个才纠结呀，我真是服了他。我清清白白一个人，为什么要在这种情况下见你妈？

但我最终还是没能挣脱他。店员小姐不知道出于什么心思，也帮着一起挽留我，甚至还端出了喝的，让我们坐着慢慢等。

没有等多久，许至君的妈妈就出现了，她刚做完护理的脸上有一层金钱的光泽，拎一个价格不菲的手袋，进来直接走到收银处，朝我们招了招手："过来呀。"

那张足以把我妈吓昏过去的小票，她只是看了一眼，就从包里拿出刚取的现金，爽快地结了账。

事情完毕，阿姨仿佛才看到我："小君，这是女朋友吗？"

我满脸通红，心想就算你是长辈也不可以这样乱说话哦。

她稍微打量了我一番，说："那就和我们一起回去吃饭吧，我叫人送了新鲜的鱼来。"

准确地说，这是他父母的家。他大学毕业之后就搬出去自己住了，交换的条件是每周至少回来吃一顿饭。

但近来不知道为什么——也许就是为了让妈妈高兴，他回来的频率高了许多。

阿姨在厨房里的时候，我悄悄问他："你爸呢？"

他用一句"忙吧"就打发了我，我因此察觉到这幸福家庭的表象底下或许潜藏着一些隐秘的事，然而我还是识趣地没再继续追问。

关系再好的朋友，人家不愿意讲的事情，我也就不想知道。人和人之间始终存在着边界，若希望彼此之间的情谊能够长久，就不该有越界的言行。

我曾经因懵懂而跨过那条线去，后果是我所没有预想到，并且也不愿承受的。

"世界再广大丰盛，个人也不过只是一座孤岛"，这句话，是很久以前我在罗素然的节目中听她说的，我第一次真正理解这句话，是在我去找她的那天早上——而那一天，竟然已经过去了这么久。

她送给我的珍珠耳环，我一直小心仔细地收着，很少戴，某种意义上它影射着我对她的感觉——没有消失不见，只是被藏起来了。

我以前没有这么爱回忆过去，也许是因为那时人生很单薄，没有太多经得起反复咀嚼的事与人，而现在不一样了，如许至君所说，我变了一些。

我想我可能开始有点儿沧桑了。

一顿饭吃得很平静，阿姨没有问东问西，许至君也很少说话，我猜这也许就是他们的家教。但即使是这样，我的心理负担依然很重，只想吃完饭赶紧逃跑。

走的时候，阿姨倒也没有勉强留我，只是把我们一起送到门口，说了几句“有时间多来”。是我太敏感了吗？我觉得这只是她出于自身修养的客气话。

许至君执意要送我回去，我便同他一起去地库取车。在他的车子旁边，停着一辆香槟色的汽车。他皱了皱眉，表情有些让人不解。

“怎么了？”我问。

“没什么，”他说，“这是我爸的车，他今天没开，可能出差了吧。”

我们像往常一样坐上车，离开地库，我丝毫没有感到任何不对的地方——我是真的真的没有想起来，我其实曾经见过那辆车，就在之前某个清晨，某个便利店的门口。

凌晨一点多我被枕头底下的手机振动震醒，迷迷糊糊“嗯”了好几句才听出来是宋远。他的语气是我从未听到过的冷峻：“落薰，我这边出了很严重的事情，我现在没法跟你细说，总之就是我姐知道我和姗姗的事了，大发雷霆，我现在不敢回去……你能不能去陪陪她？

“我知道太突然了，很对不起你，但是我想不到别人了……落薰，求求你。”

过了大半天，我的脑子才恢复正常运转。

我忘记了，宋远一直不知道我跟罗素然已经许久不来往了，可我还是听见自己说：“好。”

我借着手机屏幕的小小光亮，摸着黑穿衣服裤子，但摸摸索索的声响还是惊动了谭思瑶，她伸过头来小声问：“这么晚，你去哪里？”

见我没回答，她又坏笑了一声：“许至君找你？”

我懒得跟这个八婆讲太多，蹑手蹑脚地下了床，轻轻打开门溜了出去。

门禁处的阿姨说什么也不让我走，没办法，我只好绕到女生公寓的后门，翻墙而出。当我摔到墙外的绿化带里，被树枝划了好几道伤时，我简直气得想吐血。

好事从来就轮不到我，这种事倒是一天天地找上门来。

等我上了出租车，借着微弱的光亮，我才发现手掌磨破了皮，血丝隐隐约约地沁了出来。

我从来也不是真正心意坚决的人，否则就不会和林逸舟拉拉扯扯那么久。纵然罗素然私德有所亏欠，可是我曾经最彷徨无助的时候，是她的温柔善良鼓励并支持了我。

这是我妈教过我的道理：人情债，就要用人情还。

所以当我终于可以跟保安说清楚她的门牌号，并顺利到达她家门口，敲开门看到哭肿了双眼的她时，我说的第一句话就是：“素然姐，我来了。”

与此同时，李姗姗也在直面一场狂风暴雨。

她的双手轻轻抚摸着小腹，这里面有一个小小的生命尚未成形，她却仿佛已经能够与之感应，与之对话。

“你会给我力量对吗？”她的声音轻轻柔柔，怕惊醒什么。

自从她擅自搬了家，并故意隐瞒新住址开始，风险就一直如影随形。和宋远在一起时还好，觉得尚有一层保护罩，但独自一人的时候，她总会陷入焦虑和担忧。

那人不是能够轻易应付和摆脱的傻子，她心里比谁都清楚，唯一能做的事情就是逃避和祈祷，希望撕破脸的那一天能够晚些到来。

终于到了不得不摊牌的时候。

他终于还是找到了这里，亲自上门。她毫无防备，措手不及——连宋远的衣服、鞋子都没来得及藏起来，洗面台上的两支牙刷清清楚楚地表明了一个事实：这是两个人共同生活的空间。

他看了看逼仄房间里的简易沙发，不动声色地皱了皱眉，既是不解又是鄙夷：这是什么生存条件，她跟着自己过了几年好日子，竟然还能回头来住这样寒酸简陋的屋子。

他在沙发上坐下，眯起眼睛看着她——她虽然面色镇定，但一直在抠手指甲的动作已经泄露了心底的惊慌。

“你到底在搞什么花样？”他问。

很长时间，她答不上话。有一套说辞日日夜夜在她心头盘踞，她为这一天做了很多准备，在内心无数次演练和修改，但原来事到临头，自己一个字也讲不出来。

思忖半天，她走到他身边蹲下，仰起脸来望着他——这是一个示弱的姿势，很明白，她知道自己无力对抗，只不过想求对方高抬贵手，放她生路。

“这几年你对我很好，照顾得我很好，我没有为钱发过愁……

衣食住行都没操过心，我知道这都是你给我的……”她的声音越来越低，“我现在不小了，想过自己的生活……”

她以为，自己就算不地道，但彼此之间总有几分旧情，不至于弄得太难看。

她还以为，他一定不懂爱，也不爱她，也许连喜欢都算不上，不过是贪恋年轻的躯体、紧致细滑的皮肤和娇艳的容颜——而这些，她感到也逐渐离自己远去了，他还有什么理由不放手呢？

直到他揪住她脑后的一把头发，咬牙切齿地逼视她，她才发觉自己弄错了。

他当然没有幼稚地想象过这种畸形的关系里有爱的成分，但他认为，至少应当有忠实。即便只是交易，甲乙双方也应该有基本的诚信。

可是她不声不响，背信弃义，以为搬了新地方就能甩开这一切，太愚蠢了。当他的第一个耳光扇过去时，有一个念头从他的脑中闪过——当初真该让你去念点书，也许你会多懂点儿道理。

“不要打——”她哭着去拉他的手，担心自己的身体因承受不了暴力而伤害到腹中的小生命，“不要打了，我怀孕了。”

空气遽然停滞，他不敢相信自己听到的话。

和他在一起的这些年，她一直非常小心地采取措施，哪怕最亲密的时候，他开玩笑说“你给我生个孩子”，她也不肯随便接话，而现在她竟然说，她怀孕了？

她被他震怒的面孔吓坏了，这才知道自己说错了话，原本想博来同情的理由成了点燃对方理智的火束。往日那温文尔雅的人此刻成了失控的野兽。

耳光如雨点般砸下，曾经有多少宠溺，如今就有多少愤恨。

没有任何挽回的余地，无论她如何痛哭着哀求，也起不了任何作用——这就是代价吗？她在血污之中忽然想到，初初相识，他问她“你喜欢什么，想读书吗”，后来的物质供养、锦衣玉食，一分一毫都不是白给的——这就是代价。

她放弃了挣扎，任由他发泄怒气。

就当这是某种偿还吧。

在推搡中，她正面撞向了角落里的一张小方桌，桌边的直角正正好扎在腰腹上。她发出惨叫，并不是因为剧烈的痛，而是因为心底翻涌上来的巨大惊恐。

他被惨叫声骇住，停止了动作，理智渐渐归位——这才看清她已经鼻青脸肿，头发凌乱纠结成一团，整个人蜷缩起来，像一只被凌虐的动物。

他从未见过她这样凶悍的眼神，心中不禁一震。

“姗姗……”他蹲下，想问她要不要去医院，可是到了医院又该怎么解释她满头满脸的明显伤痕？

她不愿接受这份虚情假意的伪善，艰难地抬起手，指了指门。

“你滚。”

她虚脱得想要好好睡一觉，可被一种下坠的疼痛揪住了，四肢没有力气，所有的感官都集中在小腹上。

铺天盖地的痛像山崩一样压来，她倒在地上，面朝天花板，眼前却是一片漆黑。

罗素然拿出一个长颈酒瓶，给自己和我都倒了一杯酒。淡金色的液体底层不断有微小的气泡炸开。

“落薰，陪我喝一点。”她说。

她的样子仍是美的，沉默不语也令人着迷。我象征性地喝了几口，这酒口感细腻，有丝丝甘甜，像气泡饮料，大概再喝几杯也不会醉。

但不醉有不醉的麻烦，不醉就得维持着体面啊尊严什么的，不能随心所欲地胡乱说话。

罗素然面孔上有潮湿的痕迹，她大力吸着鼻子，努力克制住自己不要再哭了。

她会哭，我觉得有点不可思议，我一直当她是那种遇到任何棘手的事情都能镇定自如的强悍女子。

可是这天晚上，她在竭力克制了之后，还是当着我的面流下了泪来。

她低声说：“一个才认识多久的女孩子，他竟然跟我闹翻，跑出去，电话也不接……这么多年我为他付出多少，从来没有大声骂过他一句……我这个亲姐姐，竟然比不上一个外人，落薰你知道我有多寒心？”

不，话不应该这样讲，我心里有声音说。

“素然姐，我想宋远不是不在乎你的付出，但他是一个独立的人，有自己独立的人生，他不可能一生都按照你的喜好去生活。”

她猛然抬起头，盯着我，我吓得一弹。

但她很快反应过来，长叹一口气：“我也真是没出息，糊涂得还让你来教训我。”

这不是教训，我程落薰何德何能敢教训她？我只是说了几句真心话。其实这么简单直白的道理她怎么会不明白？只是囿于面子与威严，她不能承认而已。

我们在沙发上说了许久的话，忘记了时间的流逝。恍惚中我有种错觉，好像之前不愉快的事情从来没有发生过，她依然是可以与我促膝谈心的姐姐。

失而复得，这种欢喜，令我心间满是酸涩。

我们刻意避开了宋远和李姗姗，也避开了那个不愉快的早晨。我跟她说康婕，说父亲的误诊有多好笑，说我和林逸舟，也说许至君。

大部分时间是我说，她听。

天快亮的时候，我们终于感觉困了，她拿出一条小毯子给我，让我就在沙发上睡一觉。在我躺得迷迷糊糊睁不开眼的时候，她忽然问我："落薰，你喜欢的那个人，和喜欢你的那个人，这两个男孩子，选一个，剩下的那个以后永远不再有任何联系，你选谁？"

我忽然清醒过来，瞪大双眼看着她，无法回答。

她拉上窗帘，关上灯，在黑暗中轻轻笑了："你看，你还是放不下。"

我生平最怕的事情就是做选择。一件喜欢的衣服如果有两个颜色，我纠结过来纠结过去最后可能就会都不要了。可她不是在问我衣服，是问我林逸舟和许至君，我更看重谁，或者说是问我，更能舍弃谁？

这好比问我"如果要斩你一只手，你选左手还是右手"？

心智正常的人大概都不会选林逸舟，想起他的自私、任性、不知自爱所给我造成的伤害我就很生气很难过。想从他那里得到一分甜就要吃十分苦，我想想实在不划算。

许至君当然不同，他很少刻意显露出什么，但你知道，在他身边永远是安全的。让你伤心的事，他一定不会做。

可是，如果你不会为一个人伤心，是不是也就说明情感还不够深？

我喜欢许至君，我相信没有人会不喜欢他，可是我只要想到林逸舟那天挡住我的时候，那个悲哀的眼神，我就感觉自己整个人好像被掏空了似的那么难受。

也许是我自视过高，但我毫无根据地以为，对于他来说，我仍然是和其他人不同的存在。

这个问题的答案，在我跌入睡眠洞穴前，浮出了水面——如果一定只能留一个，那么，就是林逸舟。

我当然不会不知道，命运做出的是另外一个选择。

我醒来的时候已经过了中午，手机上显示着一个未接来电，是许至君的名字。我睡得太沉了，竟然一点声音也没有听到。我想打过去，可还没打通就听见听筒里传来手机低电提示音，紧接着就黑屏关机了。

昨晚我出来得急，没带充电器，罗素然的充电器又不适配我的手机。我只好悄悄用她的手机回过去，顺畅地摁完号码我才猛然惊觉，我竟然记得住他的手机号码？

他也意识到了，大笑了几声："你居然能背下来我的号码啊？你还不承认对我有想法？"

我懒得跟他鬼扯，又怕吵醒罗素然，只好压低声音说："我今天没空，要去找姗姗和宋远。昨天宋远离家出走，叫我来看看他姐姐，我就不和你废话了，拜拜哦！"

他不肯："那我和你一起去嘛，我好无聊。"

“你无聊就要找我消遣吗？”我不自觉地提高了声音。

“可是林逸舟就是这样做的啊，我跟他学的。”

许至君这个王八蛋，果然人和人就是不能走得太近混得太熟，他比以前过分多了，噎得我半天说不出话来。

“好啦，你告诉我地址，我去接你。对了，这个号码是宋远他姐姐的？我存一下，哪天你要是又和林逸舟跑了，我至少多条线索找你。”

后来我问他：“为什么你在我面前毫不避讳地提起林逸舟——严格来说，那不是你的情敌吗？”

他回答道：“这个人有什么特别之处不能提吗？故意避讳才显得过分重视吧。”

虽然他话说得滴水不漏，但我并不信，我还是认为他其实是在吃醋。

我悄悄在罗素然的卧室门口张望了一会儿，她睡得很沉，像是精疲力竭之后急需自我修复，储存能量的样子。睡梦之中的她，和悄悄离去的我都没想到，在我拿她的手机打给许至君的那一刻起，有些安宁就已经不复存在了。

我的手机开机之后，才看到宋远早已经发来一个地址：“姗姗出了点事，你来这里找我们。”他没有说什么事，我也不敢瞎想，只能一路上心急火燎地催促着许至君快一点，再快一点。

医院门口的车队排得特别长，一次只能放行一两辆车进去，而我们还排在最末尾。我心急如焚，只好提前下车先跑去住院部——很久以前，我来过这里，对我来说，这里也不算陌生。

“我停好车打给你啊……”许至君的声音已经被我抛在脑后。

一间四人室的病房，我在最里面的床位上找到了姗姗。她闭着眼睛在吊水，脸上有好几块瘀青。宋远俯身趴在床尾，像是睡着了。

我轻轻地叫了一声她的名字，她迅速睁开眼睛，受惊了一般，看清楚是我之后才恢复神色。

这是怎么了？出了什么事？她病了？还是和宋远打架了？我满心疑问。

我在她身边坐下来，怔怔地看着她。她撇了撇嘴，拉住我的手，竟然小声地哭了起来。

被哭声惊醒的宋远立刻弹起，看见我，像是提着的一口气终于松了：“你一个人来的吗？”

“许至君……我的一个朋友，陪我一起来的，他还在停车。”我说，“到底是怎么回事？”

宋远看了我一眼，又看了看姗姗：“我出去抽根烟，你们慢慢说吧。”

她的手像冰块一样冷，我使劲给她搓也无济于事。她啜泣着，以最细最小的声音将事情的来龙去脉断断续续地讲给我听。我听得毛骨悚然，全身汗毛都竖起，几乎失语。

我不是没有猜测过她的秘密，但我实在无法想象会有这么严重的后果，人的占有欲和毁灭性竟然能完全泯灭理智和良知。那是多么凶狠的人，会对一个怀孕的女生下如此重手？

李姗姗连连摇头：“是我咎由自取，罪有应得，但是宝宝太可怜了……落薰，我会不会以后都生不了小孩……我很喜欢小孩你知道吗……”

我不知道该如何宽慰她，只能讲些“你还年轻，养好身体”之类枯燥无味的话，又陪她坐了许久，终于，她说要睡一会儿。

我帮她掖好被子。忽然之间，我也想出去抽一根烟。

穿过走廊，走到电梯口，我等了一会儿。电梯门开了，里面有两位坐在轮椅上的病人和推着他们的护工，把空间都占满了。我笑了笑，往后退一步，替他们摁了关闭按钮。

没办法，我只能走楼梯下去了。

刚下了半阶楼梯，我便看见他——他如同有感应一般抬起头来——相隔着几级楼梯，犹如相隔着前世今生，我们谁也没有开口。

他日相逢，我该如何贺你，以眼泪，以沉默？

许久不见，林逸舟。

我生硬地说：“你是来看姗姗吗，她精神不太好，已经睡了。”

“既然这样，那我改天再去看她。”他说。

在楼梯间，我们默契地假装失忆了似的闲聊了几句，我没有吐露姗姗住院的实情，于是很快我们也就无话可说了。

自始至终，我不敢和他有目光对视——自从上次在他家中分别之后，我们已经从对方的生活中彻底消失了。当初把话说得那么绝，现在还能说什么？

“我先走了。”他说。

“好。”我机械地应了一声。

我站在原地，正不知上下的时候，他突然又停下，回过头来叫我：“程落薰——”

我不明所以地望下去——这次我们的目光对上了，我发觉他的眼神里有种让我觉得寒冷的东西，是报复，是挑衅，是一种想要置我于死地的决绝。

他笑着说了一句话。

顿时，有只无形的手抽走我的整条脊柱，还将我的整副身心硬生生地折成两段，我霎时耳聋眼瞎，还失了声。

回去的路上，我疯疯癫癫，极度亢奋，一直不停地讲话，又把车里的广播声音调至最大，吵得人头脑发涨。但还是觉得不够啊，世界怎么如此安静，能不能有更大的噪声覆盖掉他留在我耳中的那句话?

许至君忍无可忍，在江堤边停下车。

“我都看见了，”他眉头紧锁，用了很大力气在说话，“电梯满员了，我走楼梯上去找你，不是我故意要听你们讲什么，是你们俩太旁若无人了。”

我别过脸去，想叫他闭嘴。

“他说的话你没有听清楚吗?”他故意问我。

我当然听清楚了，他说“我现在和封妙琴在一起，她是我的女朋友”。

我不是不想拉住他，质问他，为什么?你说你不知道自己爱不爱我，难道你知道自己爱不爱她?

但那只抽走我脊柱的手，也绑住了我的手脚，扼住了我的咽喉。

在那一刻，我用尽全身气力，也只能说出三个字：“随便你。”

不管我如何极力避免，封妙琴还是找上门来了。

她在宿舍楼下堵住我，一脸胜利者的示威笑容，语调却是阴阳怪气的："落薰，有件事我不知道该怎么和你讲……"

自从那次我撞破她与林逸舟……之后许久，我就算看见她，也只当作不认识，远远就走开。这是我们头一回近距离面对面，我躲无可躲，只能迎接。

"你不用说，我知道。"我速速讲完，只想从她旁边的缝隙溜过去。

她居然伸手挡住我。这分明就是直接挑衅了。我突然也不想躲了，又不是我做了亏心事，干吗要怕她？

"等下林逸舟会来接我，你要不要去打个招呼？"她挑起一边眉毛。

"他是什么了不起的人吗？"我回敬着说。

"哎，也是啦，我也觉得蛮不好意思的，那就算了吧。"她又露出了得意扬扬的笑容。

我不想再浪费时间和她纠缠："你知道吗，高中时候我只觉得你是个蠢货，而现在，我觉得你是个贱货。"

她完全没想到我会说这种话，当即愣住，趁她没反应过来，我已经走掉了。

管她怎么想，反正我终于把这句话说出来了，我太开心了。

回到宿舍，谭思瑶缠着我想问那晚的事情，我赶紧拿了内衣内裤冲去淋浴间。

她隔着门问了好几遍都没得到回应，只好悻悻地喊："对了，封妙琴刚来找过你，我说你还没回来。"

"没事，我在楼下碰到她了。"我扯着喉咙大声说。

热水兜头淋下来，冲走了我从医院带回来的那股气味，也冲走了林逸舟留给我的那句话。是否情感也有某种免疫系统，我真正感觉到，自己已经没有从前那么伤心了。

都说人越长大，心就会变得越硬越冷，可是当周末我坐公交车回家，路过百货商店，看到广场上有声势浩大的“米奇世界展览”时，我的心还是有轻微的刺痛。

米奇，米老鼠，是康婕最喜欢的卡通形象，她从小到大都用有米奇图案的文具，后来不念书了，就穿有米奇图案的 T 恤和卫衣。

她最大的心愿，就是能去一次迪士尼乐园，看米奇和米妮的花车表演。

对有钱人家的小孩来说，这能算得上什么心愿呢，不过是假期里的一次普通行程罢了。我曾经对她说“等我将来有钱了，我请你去”。

不过是几年前的事情了，如今我还没有变有钱，但我们已经生分了。

回到家里，我帮着妈妈一起洗菜、剥蒜，心里有种久违的宁和。只是在等饭的空隙里，我也会想，许至君现在在做什么？

我爱上他了吗？应该还没有。

可他的确已经是我生活里不能缺失的部分。

吃饭时，妈妈和我闲聊，说：“我前些天在超市碰到康婕了。”

我佯装无事，淡淡地应了一声，妈妈便也没有察觉到不自然，接着说：“以前她总来家里找你呀，怎么现在都没听你提过她了？我是年纪大了，不知道你们小女孩子闹什么别扭，不过我跟你讲呀，有句老话，衣不如新人不如故，你知道什么意思吧？”

我当然知道……但我总不能讲出真正的原因吧，只好搪塞着说："就是都长大了嘛，肯定不会像以前那样天天腻在一起了嘛。"

但我自己知道，用这样的借口抹杀我跟她之间那段友谊，是多么苍白。

不用任何人告诉我，我也知道，未来的人生里再也不会有一个女孩对我的意义超过康婕，甚至连相提并论都不可能。

十三岁时遇到的人，一定比二十三岁时遇到的人要单纯。十三岁时建立的友谊一定比二十三岁时建立的要更加纯粹。

很多次，我在手机上看到她的名字，都会想要不要主动联络她，打破冰冻。我想和她说，我已经不怪她了，那些事情都过去了。

但我无论如何也欠缺这点勇气。

一段时间之后，她发来一条信息给我，没头没尾："落薰，借我点钱。"

我在吃惊之余又犹豫了很久，不是因为"钱"，而是因为我知道，她一定遇上什么要紧事了，否则不会"厚着脸皮"来找我。我回过去："要多少？"

她回了一个完全超过我能力范围的数字，是我两三个月的生活费。

一种大难临头的不祥预感笼罩住我，我必须当面搞清楚到底是出什么事了。

她见到我，就说了一句话："我怀孕了。"

我一直记得，康婕十八岁生日的那天，她用自己打零工挣的钱请我吃牛排。那当然不是什么高级西餐店，但对于我们俩来说仍是很奢侈的一次消费。

我给她买了一个小小的草莓慕斯蛋糕，我说：“等以后有钱了，我再给你买更好的。”

“等我以后有钱了，我也会请你去真正的好餐厅。”她说。

以后，以后，我们曾经真的对对方说过许多“以后”，那时我们都是真心地认为对方一定会在自己往后的人生中占据最重要的一席之地。

她把蜡烛吹掉的时候，跟我讲，她希望能快点到二十岁，因为女性法定最低结婚年龄就是二十岁。

我记得自己当时笑得一直打嗝，觉得她太好笑了——怎么会这么向往结婚？那么早结婚有什么意思？

“你和我不同啊，你将来要成大器的吧，但我只想有自己的小家，过幸福温暖的日子。我想生女儿呢，起名叫‘好美’，这样别人就会叫我‘好美的妈妈’。”

我差点笑昏过去。

她说这些话的时候，脸上有憧憬的神情。

我想起，很多次我们原本在路上走着，一看到路人抱着小孩，她就会停下来去逗一逗，完全不管我耐不耐烦。

我从来都觉得，小孩子真的很麻烦，还喜欢大喊大叫，她却只觉得那是天真可爱。

必须承认的是，就算她曾经游离在我的生活之外，我们共同拥有的这些回忆也从未被时间冲刷得褪色过。

我相信她也如我一样珍惜这些过往。

正是因为珍惜，我才会在听到这个消息的时候，破口大骂“蠢货”。而她也没有和我争执，只是任由我骂，等我终于骂完了，她才笑了一下，问我："那你能借我多少？"

那个笑容比哭还让我难受。

在医院的收费处，我把自己的卡给她。看着卡里被划走的数字，我心里有点儿疼。

倒不是心疼这些钱，我只是觉得，如果它们用在别处——哪怕就是用来吃饭或者买东西，做些肤浅而无意义的事情，都比这个要值得一些。

建档之后，护士说："回去等通知吧。"

"今天不能做吗？"我什么也不懂，所以问出了这么蠢的问题。

"你想得倒好，知道妇产科一天有多少人吗？行了，排上了会给你们打电话的，回去吧。"

三天之后，康婕接到了医院的电话。

我们坐在手术室外的塑料椅子上等着叫号。护士姐姐说得对，这里确实每天都有很多人，但也没人多看我们一眼，似乎这种事情都见怪不怪了。

虽然只是门诊手术，医生说"随做随走"，但康婕还是很紧张，而我，我比她更紧张。

该和她说点什么才能让她轻松一点——我在脑子里搜寻着话题，李姗姗、罗素然、许至君……从哪一段讲起比较好？我们太久没有在一起玩了，难免有些疏离。

"落薰啊……"她忽然叫我。

"嗯？"

她看了看我，又转回去看着窗外，笑容像风中疾速凋谢的花朵："我觉得应该告诉你了，你爱着他的那个时候，其实我也一样爱着他。”

什么东西？我是不是听错了？

然而，很快，我回过神了。

她说的是周暮晨，她是在说——我曾经为了失恋呼天抢地的时候，她连“爱”字都要隐没于唇齿之间。她不敢告诉我，她和我喜欢的是同一个人。

原来在那段故事里，最辛苦的人并不是我，而是装作若无其事的她。

护士出来叫她的名字，她乖乖地站起来跟着护士进去，那背影让我想起初中的时候她被老师叫进办公室的情形，她也是这么怯生生的。

我皱了皱眉，想赶走萦绕在鼻尖的酸胀。

已经很久没有这样无助的感觉了，我不知道接下来该做什么……其实也不是不知道，就应该给她稍微补补，像我生病的时候，我妈老是说“给你炖只鸡就好了”，可问题是，我现在连买只鸡的钱都没有。

当你无助的时候第一个想起的人，在你心里多少有点儿特别的意义吧？

我叹了口气，此时也只能向他求助了。

在通话中，我磕磕绊绊地说：“许至君，我想，找你，借点钱。”

康婕从手术室出来，倒是看不出太多异样，只是脸色惨白。

我不知道该怎么扶她，生怕自己稍微用力一点儿就捏碎了她。我们走出电梯，在停车坪里，看见了端着一杯热巧克力的许至君。

康婕说了一个地址，喝完那杯巧克力就昏沉地睡了过去。我从后视镜里看着她的脸，一时难过得不知道该说什么。

或许是为了打破这凝重的气氛，许至君用轻快的语气问我："哎，你最喜欢的童话故事是哪个？"

我想了想："是《快乐王子》吧。"

我知道他一定会嘲笑我，果然，他一个人"嘿嘿"了好半天："你不如把和林逸舟在一起的时间用来多看点书呢。"

这可把我气坏了，我决定不再搭理这个刻薄鬼。

见我不说话，他倒也不在意，自顾自地讲起来："我小时候看过一个童话，一直很喜欢。说一个小孩，他爬不到花园里的树上去，后来巨人抱着他爬了上去，却发现小孩子的手上全是伤口。巨人问他'你不疼吗？'你知道那个小孩子说了什么吗？"

我被勾起兴趣，忍不住接话："说什么？"

他斜着看了我一眼："自己去看啊。"

康婕给出的地址是她妈妈家。家里没人，我扶她在房间里躺下了之后，这才出来扫视了一遍：原本的开间格局，硬生生隔成了一居室，难怪卧室里黑漆漆的。家具都很旧了，厨房灶台上结着厚厚的油腻，一只洗洁精的空瓶子滚落在地上。水槽似乎堵住了，一大堆碗筷泡在水里，散发出臭气。

我和许至君对视一眼，彼此的表情都有些黯然。

这样的生活环境，康婕也真是不容易。

从楼下的小超市买回新的洗洁精，我卷起袖子，把手伸进发臭的水槽里疏通下水口，然后开始洗碗。

我洗碗时，许至君就站在旁边陪着我。

为了掩饰尴尬，我故意和他聊天："你为什么会买热巧克力？

是不是有过经验啊，老实交代。”

他又露出了那种鄙夷的神情：“人体需要补充糖分不是常识吗？”

我又不知道要说什么了，看着一个个清洗过后恢复干净的碗盘，我忽然眼眶发热，情不自禁地流下泪来——而只有我自己知道，这眼泪已经延迟了许久，本该在三天前就流下来。

康婕，就算这个世界没有人爱你，至少你还可以自己爱自己。

这世界的冰天雪地不是你的错，在严寒中衣不蔽体也不是你的错，最起码你可以把自己抱紧一点，或者跑几圈让血液加速流动起来，那样你就不会感到如此寒冷。我们的身体里一定蕴含着某些自己都没有察觉的能量，它能清洁，洗涤，产生温暖，你怎么能这样消沉和无所顾忌？

我恨她从不懂得珍惜自己。

许至君走过来，轻轻抱住我。我埋在他的胸口，眼泪浸湿了他的外套，鼻尖闻到了淡淡的香。

他什么也没有讲，我却自这缄默中得到了慰藉和力量。这个瞬间，我原宥了林逸舟和他对我造成的所有折磨。

虽然我仍旧无法确定，这慰藉和力量是不是真的关联着爱，可我知道，我已经不能和他分开。

在这间老旧暗沉的屋子里，我们一直保持着这个姿势，他不时用手抚过我的背，像安慰着一个受了许多许多委屈的孩子。

从超市里买回来的鸡，已经切成小块，焯出血水。

再把生姜切片，青葱打成结，红枣冲洗掉灰尘，桂圆去壳，全部放入新买的砂锅，大火烧开再转至小火慢慢炖。

我做这些事情的时候完全没有过脑子，仿佛是一种本能。

许至君感到十分惊奇："你怎么会这个？"

我偏了偏头："这有什么稀奇，我家是单亲，妈妈要工作，我小学就会做饭了。"

他在旁边帮我收拾厨余垃圾，一边扎起垃圾袋，一边说："你不知道吧，你有事的时候选择找我而不是找林逸舟，我特别开心。"

我愣住，没想到他会这样说。

他还想要说话，但话音未出，我们同时听见——门开了。

那是一个青年男子，看模样不会比许至君大出十岁，但他衣不称身，形容猥琐，张开嘴来露出满口黄牙，叫人看了实在不舒服。

他看见屋里站着两个陌生人，大吃一惊："你们是谁？"

我们不知如何回答，已经听见康婕在里头喊："落薰，不用管，是我妈的朋友。"

这人脱下已经看不出本来颜色的外套，随手丢在饭桌上——许至君不易觉察地皱了皱眉，他刚把这张脏桌子擦干净——只见那人里头穿着一件紧身背心，右手手臂上有一条几乎变了形的黑色的龙文身，旁边还有奇怪的字体：富贵险中求。

我瞠目结舌，怎么会有人品位这么奇特？

巧的是，这人的名字也叫阿龙——好像也就不难理解为什么他要刺条龙在身上了。阿龙进去卧室，我怕他对康婕有什么不轨也就跟着进去，看见他在衣柜里翻了半天，从一只铁皮月饼盒子里拿了几张钱塞进裤袋。

我刚要作声，便看见康婕对我使眼色，那意思是让我不要管。

阿龙见康婕躺在床上，乐了："哎，你还没起床啊，你朋友都来了。"

康婕没有理他，他又转过来对我笑：“你们玩，我走了。”

阿龙走了之后，气氛有些尴尬。

康婕闭着眼睛，好长时间没有说话。我去盛了碗汤过来，送到她面前：“你手没断，自己喝吧？”

她笑了一声，终于睁开眼睛，难为情地说：“那是我妈的相好……唉，我都不知道怎么和你解释……”

我也笑了一声：“解释什么呀，解释个屁。”

那天还发生了一个小插曲：

许至君停在楼下的车，不知道被谁用钥匙划了好长几道口子，殃及两扇车门。

我内疚得不知道说什么好，他纵然脾气再好，看到这副状况，也忍不住骂了几句粗口。

我从前看印度电影，难以相信世界上真有影片中的贫民窟那种地方。而我现在环顾四周，看着这条破烂不堪，流着污水的老巷子，第一次感觉到了这座城市有某种我从未察觉过的结界。

仅一条街之隔，是大型商业集团新建的豪华酒店和综合性购物中心，那里每日流连的都是时髦新潮的年轻人。

命运从来没有真正的公平可言，否则你如何解释，有人生来含着金汤匙，一生的下限是另一些人拼得头破血流也达不到的上限？

我突然丧气，说：“看看康婕，再想想思瑶，你有没有觉得，投对了胎就做对了生命中全部的事情。”

许至君看着我，他知道我在说什么。

“落薰，世界上没有绝对公平，随机就是它能给予的最大公平。”

后来我花了一些时间去找他跟我提起过的那个故事，当我终于看到那个孩子说的话，我才真正理解了他想要让我明白的道理。

我坐在窗台上给他发信息。这晚风大，吹散了云彩，难得能看见几颗星星。

我说：“我知道那个孩子说了什么了。”

那个孩子说：“这些伤口并不痛苦，它们都是爱的烙痕。”

没错，是有点儿“鸡汤”，但人类的心灵总会需要一些这样的滋养。

我想，他是想和我说，这斑驳陆离的一生中，每一个经过的人都可能给你制造伤口，但是因为还有亲人、友谊，和赤诚的爱情，这些珍稀贵重的情感，所以无论经历多少荒唐、屈辱、失望和痛苦，都蒙蔽不了这些伤口的本质。

这本质，就是爱。

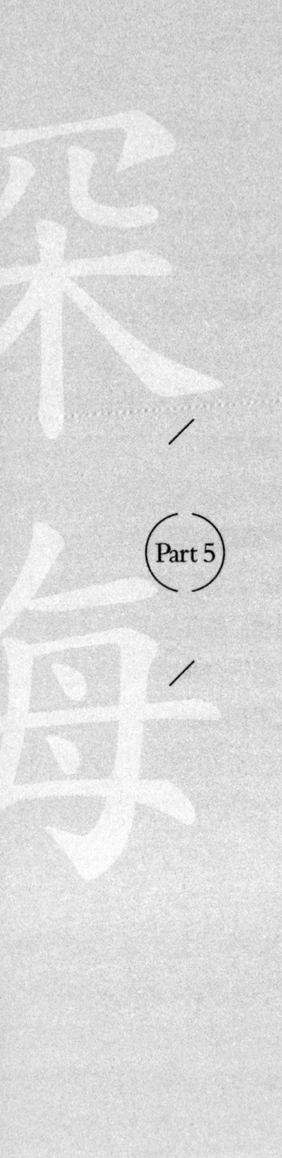

Part 5

自从罗素然知道宋远和李姗姗交往之后，就停掉了他所有的信用卡。她了解人生的真相——没有钱，什么事情也做不了。她想用经济封锁的办法迫使宋远和那个女生分开，老老实实回到家里来。

她跟我讲：“落薰，你说我还有什么别的法子？”

但她低估了他们的韧性和决心。

一直到宋远借钱的电话打到了我这里来，我才知道他们这段日子有多难过。想想，那两人往日里如何闭着眼睛花钱，竟然潦倒沦落到放低自尊向我求助，一定是真的走到山穷水尽了。

但我很犯难，康婕找我借的钱还没还上，我自己还欠着许至君的钱——虽然他说不用了，但我无论如何也是要攒钱还给他的。

没法子了，只能我出面去劝劝罗素然，请她宽容慈悲，原谅宋远。我近乎天真地认为，她也就是生一时的气，那可是亲弟弟啊，还真能狠下心来看他饿死吗？

我决定先见见宋远他们，看看什么情况。

许至君说：“我和你一起去，我也想和宋远聊聊。”

他说这话的时候，我还傻乎乎地以为他是想去帮我分忧，于是就笑嘻嘻地答应了。我没有预料到，那天晚上会捅出那么多的娄子。

姗姗打开门，看到我身边站着许至君，眼神里飞快地闪过一丝惊讶。她虽然已经从林逸舟那里知道了结果，但亲眼看见，还是会觉得有点儿不好接受。

站着四个人的屋子，一下子显得又小又逼仄，好像转个身就会撞到彼此。

“我们出去找个地方喝一杯吧。”许至君说，“或者吃点什么。”

我应和着说：“挺好的，我们走吧，他请客。”

在一家酒馆的外面坐下，服务员送来酒水单，我们要了一些喝的，姗姗点了没有酒精含量的气泡水。

许至君和宋远一起去旁边的小餐馆买烤串时，姗姗和我有一阵短暂的对话。

她凝视着我的眼睛，认真地问：“你真想好了？”

我也凝视着她，她清瘦了许多，瘀青和伤痕都已经痊愈，仿佛恢复了从前的神采，但我知道，人破碎过一次，总有些旁人瞧不见的暗伤。

“我想清楚了，而且，”我说，“我接受了一切。”

她往前倾了倾身子，好像要探测我说这话是认真的还是装腔作势，一分钟后，她叹了口气：“如果他问我，我就照实说？”

我点了点头。

我不想再做一个钟摆，在他们俩之间左摇右摆优柔寡断，那样既不尊重自己又不尊重爱情。许至君曾经说我有“一腔孤勇”，可我这点孤勇最多时候也就是用来爱林逸舟了。那条路上布满沼泽和荆棘，我走不下去了，只想走回一条安全、可以放松心情看看两边风景和鲜花的路。

走这条路的时候，我亦不想再被其他事情诱惑。

其他事情，也不过都是海市蜃楼。

我看见许至君和宋远一起提着吃的东西朝这边走过来，想起那晚我给他发信息说：“我知道那个孩子说什么了。”

过了一个多小时，他打电话给我，说：“你下来一下。”

我跑下去，看到他靠在车边望着我笑，眼睛和那晚的星星一样亮，问我说："程落薰，我们试试吧？"

很早以前，我担心以后一直遇不到自己真正喜欢的人，不知道他在世界上的哪个角落里。后来又担心，要是遇到了，而他不想和我在一起要怎么办？

每一次等车都怀揣着强烈的不安，怕自己错过了，怕车来了自己又挤不上去。

怕一直空等着，皮肤松了，眼尾起皱纹了，那个人还不出现。

这些没有来由的担心一直横亘在我心间，直到最差的那一种可能性被验证，我才知道罗素然没有骗人，她说："人生最好不要错过两样东西，回家的末班车和深爱你的人。"

他是我不可以错过的人。

那个晚上，我龇牙咧嘴地笑开时，还以为自己终于找回了正常的轨迹，虽然还不知道这条路能走多久，但眼前看起来它是如此平坦和安全。

个人意志能战胜命运吗？那一刻，我没有想过这个问题。

我们都喝了一点儿酒，之后姗姗拉着我进去酒馆里面听当晚的演出歌手唱歌。她唱了一首英文歌，我们以前都没有听过，但觉得很好听，我感到她的声音像一只手轻轻抚摸着我的头发。

也许是这样的煽情拨动了我的某根神经，我忽然流下眼泪来，被李姗姗看进了眼里。

"落薰……"她刚要说点什么，就被外面的争吵声打断了，我急急擦掉脸上的泪，和她一起跑出去看看是什么状况。

只见宋远站着，整个人都在发抖，指着许至君，而他坐着，神色苦恼。宋远说："你再乱讲，我翻脸了啊！"

什么事？我和姗姗快速对望一眼，互相都是震惊而不知所措的表情。

场面一时难堪得不行，许至君虽然没有说话，但我觉得，他好像一个引线就快要燃尽的炸弹，如果再不做点什么，也许他就要爆炸了。

还是李姗姗反应快，她一把拉住宋远，另一只手拖起许至君，回头对我吼了一句："拿包啊你！"

我们四个坐回许至君的车上，先前酒精造成的那点儿眩晕此时已经消失殆尽。每个人都板起面孔，很长时间都没有人开口说话。

许至君脸上有罕见的憔悴和苍白，但性格使然，他仍是我们之中最深沉稳重的，所以僵局由他打破。

"宋远，你再激动也于事无补，我的心情不会比你轻松。"

姗姗跟上："到底什么事？哎，我说，你们俩别把我和程落薰当傻子啊！"

我没吭声。

许至君把车窗降下，拿出烟来——他从来不抽烟，更不允许别人在他的车上抽烟，可是今晚他是第一个点烟的。在又一阵沉默过后，他缓缓地讲出了事情的始末。

在我们终于决定试试在一起的那天晚上，他来找我还有另一个原因——找这个"孤勇"的程落薰，借一点勇气。

那日他回到家里，发现妈妈呆坐在沙发上，脸上有哭过的痕迹，除了外婆去世的时候，他从未见妈妈哭过。

他从小家境就很好，只要是他喜欢的东西，都可以直接向妈妈提出来，但又并不是所有愿望都能得到满足。

妈妈说：“让你自己提要求，是为了教你诚实。我不能什么都给你，是要让你知道人生不能事事如愿。”所以，他成长至今，没有任何东西是通过撒谎和哄骗的方式而获得的。

这一晚，妈妈心平气和地叫他过来坐下，风轻云淡地对他讲了一个消息。

“我查出肿瘤了。”她说了一个病的名字，对许至君来说那几个字眼很陌生。他不敢相信自己听到的话，可是妈妈的神情和态度都告诉了他，这不是玩笑。

“妈，没关系的，家里又不是没钱。我们找最好的医院、最好的专家，去上海去北京，不行还可以出国看……我陪你一起，一定能治好。”他自己都不知道自己在说什么。

妈妈拍了拍他的肩，明显是累了，终于撑到家里回来了一个人，讲完这个消息，她要休息了。

独自在客厅里坐了很久，他才回过神来，应该赶快通知父亲。

这是家里从未发生过的大事，他打电话的手都有点儿抖，忙音响了很久，那端才接通——一个女声道：“喂。”

一秒也没有迟疑，他挂断了电话。

他已经很多年没有哭过了，但是那个瞬间，他觉得自己要是能哭一下也好。

“我一直以为父母的感情很稳固，只是我爸生意上的事情太多太忙，精力和时间不够用，而我妈又从来是温柔贤淑的性格，没有对我抱怨过任何事。我常年不在家里住，很多事情……是我疏忽了。”

他花了些钱和时间，誓死要揪出那日接通电话的人，这不单纯是为了妈妈，更大程度上是为了整个家庭。他拿到父亲的手机月账单，将上面的号码一个一个拨通核实、排查，大多是生意和业务上的来往，也有一些自己认识的长辈，只有一个号码令他生疑。

他打过去，点完最后一个数字，那串号码霎时变成了一个早已经存在手机里的姓名。

他以为自己打错了，连忙挂掉，又更加仔细地一个一个数字确认着，打过去。

还是那三个字，在手机上赫然闪着亮光：罗素然。

“我找人查过了，就是这么回事。我不知道怎么措辞能委婉一点……”他说，“宋远、落薰，我很抱歉。”

我尖叫出来：“不可能！”

许至君看着我，面上有平静的哀伤，他握住我的手：“我没有必要骗你们，那天晚上我去找你，心里也非常矛盾。我挣扎了很久，到底要不要告诉你……我知道你和她的关系，也知道她在你心里的分量。”

我看着他那个样子，看着他蹙起的眉头，好像看到原本烈日高照的天空突然阴沉，好像五彩斑斓的世界突然就失了色。

我用力忍着，我不想在这么艰难的时候还表现出一副很脆弱很经受不起打击的样子。

他帮过我那么多，我也应该帮他一次。

也许一切早就已经注定，在我懵懂未察之时，翻云覆雨的大手已经在我面前揭开了一些真相：

我想起那个茫然的清晨，我看见从香槟色汽车里下来的罗素然，她亲吻那人的侧脸，脸上有幸福的神情。还有之后我们的争执……

我想起那一次从许至君家里出来，在地库里看到的汽车……

原来早就有了端倪，原来我早就应该知道了。

…………

我转过头，对宋远说："我大概知道一点，但我不能和你讲，对不起。"

宋远靠在李姗姗的肩头，黑暗之中谁也看不到他的表情。李姗姗也一直沉默着，我知道她必然因为这件事而联想到了她自己。

有个故事是说：有一名妇人偷情时被人抓住，按例要被处以石刑。耶稣对围观的人说，你们之中谁是无罪的人，就可以先拿起石头砸她。他们听见这话，就一个个都出去了。

在李姗姗的故事中，罗素然却拿起了石头。

我完全能够理解许至君的为难、郁闷和悲哀，他查出来的时候内心一定经历了惊涛骇浪，是不能够用言语形容的失望和愤怒，还有之后要如何告诉宋远和我的矛盾挣扎。

我握着他的手，心里抽着疼。他最难受的时候都没有和我说，而是自己默默承受。

我当然也能够想象宋远和姗姗的心情，这该是多滑稽？罗素然那样大义凛然地叫他们分手，自己却也并不是无罪之人。

最后我们又都沉默了，这一次，再也没有谁想打破这令人窒息的寂静。

"宋远，无论如何，你还是要自己去和素然姐沟通，你明白我的意思吗？"

分开的时候，我悄声对宋远说。

他苦苦地对我笑："我能说什么……她最终都会说，是为了我。"

剩下我和许至君在江边的石阶上坐着，不知道接下来要往哪里去，但即便如此，我也想陪着他——在此之前，我以为我只能为林逸舟这样。

时间不算太晚，有许多人在风光带散步、骑单车，还有一些人在放风筝，长长的风筝线上串着许多彩色的小灯泡，远远看着，像一颗颗小小的星。

夜风吹乱了我的头发，在不知不觉的时间之中，我的头发已经长得很长了。

我收回目光，看着他的侧脸，像多数时刻一样，他没什么表情，我却没有来由地想到一句话：你问我爱你值不值得，你可知道，爱就是不问值不值得？

他大概是不知道这种句子，即便知道，或许也会觉得有些矫情，可是我觉得他就是这样做的。经过了林逸舟，我才体会能够安安稳稳喜欢一个人有多难得，而能让我一想起他就觉得安稳的人，是许至君。

至于林逸舟，那是另外一句我喜欢的诗了：愿你有情人终成眷属，愿你在尘世获得幸福。

他身上的锋芒、性格中的暴戾，伤害的不仅仅是爱他的人，更多的是他自己——我正是因为知道这一点，才曾经那么想要拯救他——说来的确也是自不量力。

往后他还会认识别的人，是赵钱孙李、甲乙丙丁，也许最后真的就是封妙琴……那也和我无关了。

希望他幸福快乐，即使我不是这幸福的一部分。

风水轮流转，我却永远不在那个轮子里了。

几乎在同一时间，林逸舟和封妙琴，还有一群酒肉朋友也在一家 bar 喝酒。

他喝一支捷克啤酒，浓烈的焙焦麦芽香气里还有一股令人惊异的水果清香，苦涩过后有丝丝清甜挂在喉头。

封妙琴戴着一只新腕表，是上周林逸舟送的礼物——她当然不会承认是自己死缠烂打要来的。

她伸手拿杯子时，旁边有识货的女生瞥到，发出了小小的惊叹声：“‘蓝气球’啊。”

封妙琴扬扬眉毛，心里十分得意，但还是努力用了不以为然的语气：“他送的。”

虽然灯光有些昏暗，但她还是清楚地看到了林逸舟投来的不满和不屑的目光，像是某种警示，让她不要这么轻浮地炫耀。

她立刻噤声。

另一桌爆发出一阵骚动，是酒吧的老板娘在给人算塔罗，也不知道是太准了还是太不准了，那些人都笑得很畅快。

“我们也过去试试吧，哎，林逸舟，你说怎么样？”先前那女生提议。

“我可没兴趣，什么江湖术士……”封妙琴哼了一声，还在为林逸舟瞪她的那一眼不高兴，起身扭着腰肢去了洗手间。

“我去试试。”林逸舟说。

老板娘是吉卜赛模样打扮，叼着烟，含笑问林逸舟：“想算什么？”

他还没有答话，旁边一圈女生齐齐怂恿着——算爱情，算爱情，他笑了笑，顺着大家的意思说：“那就算爱情吧。”

原本也只是抱着好玩的态度来试试看，并没有指望真的听到任何金玉良言，可为了尊重这规则，他在抽牌时还是表现得十分肃穆。

不知不觉间，封妙琴已经回来了，双手抱肘站在他旁边，面孔上挂着一抹讥诮。

老板娘沉吟了片刻，说出来的第一句话就令周围的气氛凝固住。朋友们看向封妙琴的眼神也都变得有些微妙和尴尬，而她自己的表情更像是结了冰一般。

“现在和你在一起的人，不是你真正爱的人。”

满室音乐声音仿佛突然停顿，鼓点像是敲在他们彼此的心脏上。封妙琴仇视着老板娘，而林逸舟就是在这样的情形下，漫不经心地说出了一句话。

“真的蛮准的嘛。”

这句话直接导致了他们之后的战争，封妙琴像疯了一样质问林逸舟：“你是有病吧，当着那么多人，你是什么意思？”

林逸舟浑身散发着寒冷的气息，专心致志地看着前方的交通信号灯，他已经连掩饰都觉得费神了，轻描淡写地说：“我又没说错什么，是很准啊。”

封妙琴呆住，好像这才明白，这段关系、这段感情，对于双方的意义完全不同。

他就是这样一个人，别的男生看到女朋友哭，要么会哄一哄，要么会不耐烦，但他是完全无视，并且发自内心地觉得这和自己没关系。

他是不会认错的——她明白了这一点之后，有些绝望。

她慢慢转过头去，盯着车窗外面，外面其实什么也没有。过了片刻，她轻轻笑了一声："谁才是你真正爱的人呢，程落薰吗？"

一个急刹车，就算系了安全带，她还是吓得魂飞魄散。她迅速反应过来，怒视着林逸舟，正要开口骂什么，已经被他打断："你闭嘴！"

那是凌晨一点三十四分，他们的车子停在一个路口，东往西方向。

我们的车子也停在同一个路口，西往东方向。

六十秒之后，绿灯亮起，我们在车流中交错而过，谁也没有看见对方，只有神看到了这一切。

封妙琴下车时，冷着脸说："我要上次试的那条宝格丽的项链。"

林逸舟闭上眼睛，点了点头："好，就当作送给你的分手礼物。"

谭思瑶打来电话，吞吞吐吐地试探我，问我在哪里，在做什么，有没有看到什么东西——实在让人怀疑她的动机。可我越问她，她就越慌，最后被逼急了，她只好大叫："你先回来再说吧！"

我急匆匆地赶回去，刚到宿舍门口，谭思瑶一见到我就哭了，恍惚之间我以为我们又回到了高中的时候，她刚从老师的办公室里出来。

"怎么了？"我问她。

宿舍里其他两个女生的表情也是欲言又止，奇奇怪怪的。

我打开学校论坛时，网速有点慢有点卡，谭思瑶双手箍住我，忽然又说：“落薰，要不还是别看了，我们几个都给管理员留言了，说不定已经被封了。”

不，我听见自己的声音在颤抖：“我要看。”

那是我的照片，虽然角度刁钻，还有水迹，但认识我的人一定能看出来那是我。最让我确定的是锁骨下面的刺青，那个小小的简笔地图，全世界应该只有两个，一个在他背上，一个在我的胸口。

只有五张照片，我全都看完了。过了两分钟，我再刷新，帖子已经被封了。

谭思瑶的手怎么会有这么大力气，箍得我喘不上气来。

我木然地看着她，其实有好多好多话想问，可是我的喉咙里好像堵着一团棉，让我发不出一丁点儿声音来。脑袋里是一阵接一阵的巨大轰鸣声，世界在一刹那炸裂，眼前好像有血色大团弥漫，自天边聚集，劈头盖脸而来。

我瑟瑟发抖如风中树叶，牙齿上下咯咯战栗，身体深处裂出尖叫，一声一声，像一只独自哀号的兽，耳膜中血液砰砰撞击，却发现自己听不到任何的声响。

又过了很久，我转头看了看窗外，终于说了一句话：“思瑶，天黑了。”

好像不会再亮了。

可能再过几十年，我还是不能回忆那短短的一周中发生的一切。无论什么时候想起来，都如同当时一样痛彻心扉。

很多个夜晚，我闭上眼睛，始终都能清晰地想起那种悲哀和绝望，甚至连愤怒都有些欠缺，只是纯粹为我从前不了解的人的坏和恶感到悲哀。

我旷了很多课，谭思瑶帮我和自己都请了假，她说什么也不放心让我一个人待着，好像怕我会想不开。

她买回来的任何食物我都不吃，一个礼拜下来，我下巴都尖了。她每天坚持不懈地哀求我“多少吃点嘛”，我也只是笑着对她说：“你一直觉得自己欠我吧，这次你还干净了。”

她看着我，眼泪流了下来：“落薰，之前许至君说他喜欢你，我还有点不服气，可现在我真的想通了。你受这么多苦，如果他能对你好，让你幸福快乐，我觉得怎么样都值得的。”

我拿纸巾给她，转头自己却也流泪了。

许至君吗，好像很长时间没有见面了，他妈妈现在怎么样了呢？

在这件事发生之前，我们一起在一家私房菜馆吃饭，师傅做的粤菜，味道很好。

在饭桌上，许至君很严肃，甚至可以说有点儿沉重。他对我说：“我妈妈下周手术，她还是有点担心害怕的，所以这段时间我会一直在家陪她。等她的情况都稳定了，我再去找你，好吗？”

我当然说好。

分开的时候，他还想塞张卡给我——我惊呆了，这算什么，包养吗？他连忙解释：“你不是把钱都借给康婕了吗，我想你也不好意思催她，自己总有要花钱的时候吧。

“平时有我在，这段时间你要自己一个人了，想吃什么、买什么，就用这张卡吧。”

虽然最终我并没有收下他的卡，但心里还是非常感动。我看着他窘迫的样子，感觉自己以前经历的那些事情根本也不算什么了，眼前这个人，未来他完全会把我所缺失的全部补给我。

可是一转眼，繁星闪耀的天空，就全乱了。

我的手机一直关机，许至君把电话打到谭思瑶的手机上，她也一样不敢讲实话，只推托说我回家去了，家里有事。若是平常，他也许能听出这个谎扯得多么漏洞百出，但因为是特殊的时段，他也就没有心情追究下去。

而我突然多了个毛病：怕光。即使是黄昏时那种温柔的光线，也让我感觉自己好似赤身裸体地站在众人面前一样。没有人跟我提起过那件事，可这就证明大家其实心里都知道。

虽然那些照片上最关键的地方都打了马赛克，但是夏天我穿吊带裙子时，大家都看到过我的刺青。那个小小的标记，足以证明照片中的人是我。

夜里我听见谭思瑶轻轻的鼻息声，我依然睡不着，只觉得人生如果就此画上句号倒也没什么不好。

我悄悄开了手机，累积了这么久的信息一齐涌进来，在手中振了好久。

宋远说："我觉得好难面对我姐，我现在跟她说话都觉得别扭。"

康婕说："'乡霸儿'，你在干什么啊，我以后叫你'乡霸儿'好吧？哈哈，儿化音，像不像首都来的？"

许至君说："我在医院陪我妈妈，她麻醉还没醒。你自己要好好吃饭啊。"

还是许至君说："程落薰啊，我有点想你。你一直关机，我蛮担心的。"

依然是许至君说："你！该！不！是！又！去！找！林！逸！

舟！了！吧！”

…………

我一路看下来，就是这么几个人，而林逸舟做到了他当初承诺的——从我的生活里彻底消失了。

我站在顶楼天台，白色睡裙被风吹得鼓胀翻飞。

我给许至君发了一条信息：“过去那些年你在哪里，为什么我这个时候才遇到你？”

之后，我静静地坐下来，水泥地板很冰很凉。角落里有一个不知道谁留下的空酒瓶，我顺手捡来，对着墙壁奋力一敲，瞬间玻璃四溅。

我捡起一块，划向手腕——鲜红的血马上迸发出来，与此同时，心却安宁了。

这个时候，也懒得去想地上脏不脏，我索性躺下，月亮仿佛就在伸手可及的地方……所有的事情，很快就要结束了吧，我想。

谭思瑶的尖叫声在我耳边响起，我做梦也没想到她竟然跟了上来。我已经没有一点儿力气了，她脱下自己的衣服，不顾我的挣扎和推搡，死死地包住我还在流血的那只手。

“程落薰！你就这么蠢吗？”她哭着骂我。

“你少管我……”我也在哭。

在拉锯中，我们一起从台阶上滚了下去，我出于本能地护住了她的头，自己的头却狠狠地撞上了铁栏杆。

我昏昏沉沉，最后的意识是她拨通了电话，哭着喊了那个人的名字。

费了好大劲，我才睁开眼睛，首先看到谭思瑶。她紧紧地握着我包裹着纱布的手，见我醒了，神情一下子放松了许多。

我想问她，这是什么情况？可我喉咙发涩，头很痛，那一撞撞得还真不轻。

她俯下身来对我说："我打给他，他还在他妈妈那边。"

我使出浑身力气拉住她："先别去，先跟我说说发生了什么事。"

在谭思瑶混乱的叙述之中，我搞清楚了这一天一夜当中的来龙去脉。

我打开宿舍门时，她也迷迷糊糊地醒过来，在月光下看到我的床是空的，心里一惊，感觉怕是要出事。她想起我们高中的时候，谁不开心就会跑到天台上很矫情地哭一哭，于是她就上天台来找我。

等她看到我的时候，血已经流了一地，她吓得魂不附体，自己一个人又拖不动我，而且我当时歇斯底里地还跟她扭打起来，滚下去的时候，我护住了她，却没护住自己。她原本想找男朋友过来帮忙，但又觉得他可能帮不上什么忙……

最终她打电话把许至君叫来了。

刚开始宿舍的保安说什么也不肯放行，他只好押了自己的身份证，又偷偷给了些钱，这才进来，把我带走。

在医院挂了急诊，做了大致检查，医生说头部撞击没什么事，手上的伤口也不深，我主要是长时间没有进食和严重缺乏睡眠，才导致体力不支，血糖低，昏厥。

"医生说，先给你吊点生理盐水和葡萄糖，再看看情况。"

我怔怔的，接不上她的话。

谭思瑶看着我，撇了撇嘴，很郑重地说："我觉得他是真的挺爱你的。”

许至君过来的时候，我已经吃了小半碗饭，恢复了些力气。

看到面容憔悴的他，我忽然想起许久以前，周暮晨在医院照顾孔颜的情形，和现在有些相似不是吗？

真的要很爱对方，才能这样付出吧。

他坐下来，看着我，一时无话。

许久，我说：“对不起，给你添麻烦了，你这么焦头烂额的时候，我还跟着添乱……”

他伸出手，拍拍我的脸，轻声说：“程落薰，你这个王八蛋，吓死我了。”

我笑了笑，顺势捧住他的手，脸埋进他宽厚的手掌里，眼泪顺着指缝流淌。我哭得那么安静，却又那么剧烈，他没有再说什么。

可是我知道他在我身边。

等我情况稳定了之后，我去看了一次他妈妈。那是午睡时间，穿着病号服的阿姨在单人病房里休息，我也就没有进去打扰。

离开医院，我们路过了巨大的摩天轮——这座摩天轮，建立在巨型的屋顶上，许多年里，我每次想去坐最终都没有坐成。

他把车停下，说，坐一次好了。

我摇了摇头：“我怕高。”

我表达不出内心真正所想——经过这次事情，那个横冲直撞的我好像真的死在了那晚的月光下，被一些无形的莫名力量，以一种无以复加的残酷杀死了。

现在，我只有双脚站在踏实的土地上，才能获得一点安全感。

事情已经过去一段日子了，我仍然不知道那些照片是从哪里来的，也不知道这个人的目的是什么，是恨我？还是无聊的恶作剧？我是有很多缺点，性格也不讨人喜欢，但是我从来没有伤害过谁、与谁结怨，为什么我会遭受这样的无妄之灾？

谭思瑶说，过段时间，没有人再会记得这些。我的指甲狠狠地掐入掌心：“不，我永远记得。”

我到底还是没有拗过许至君，坐上了摩天轮，靠在他的肩头，就觉得这是世上最安稳的地方。

可我知道，这种安稳的感觉或许还和以前一样，可是此时的程落薰已经不是彼时的程落薰了。

我内心深处有些什么东西，已经被彻底改变。

夜景真美，也许每座城市的夜景都差不多，高楼耸立，霓虹满目，车水马龙的大街，渺小如蝼蚁的路人。

许至君说：“如果这世界上的某些人、某些事让你成了病人，你要知道，你就是自己的医生。”

我没有说话，只觉得原来摩天轮并没有我以前以为的那么可怕呀。这个由铁皮和玻璃制成的大匣子看起来非常稳固安全，没有什么好担心的。

他说：“那晚，思瑶带我上去找到你，看见你一动不动地躺在楼梯间，手腕一直在流血，我真的以为你就要死掉了……”

他的声音越来越轻，我的呼吸也是。

就算他不说出来，我也能够想象到当时的情形一定吓得他半死——将心比心，如果换成我是他，也许我处理得还不如他好。

他稳定了一下语气，接着说："那个时候我就在想，其实有什么事比你本人还重要呢……坦白说，我心里一直是很介意也很警惕林逸舟的，我总担心你们之间的缘分还没有了结，说不定哪天你就会来跟我讲'对不起，我还是更爱他'……你不要笑啦，我是说真的。

"但那天晚上看见你苍白脆弱的样子，我就想，只要你好好的就行了，和谁在一起，或是更爱谁，也不是那么要紧的。"

他把自己的玉解下来，不顾我的抗拒，坚持系到我的脖子上，打了一个结。

"这是我从小戴到大的东西，你就当是迷信吧，希望它能守护你平安健康。"

我好像要一直沉默到宇宙终结的时候，原来语言所能够讲出的意义是如此有限，人生中这样的时刻，唯有静默这一种表达。

此时此刻，我才看清楚我的自私，此时此刻，我才明白世上还有这么一个人，设身处地地为我着想，任何时候都以我为重，有多珍贵。

"我爱你，意味着我承诺永远不会伤害你"——他是这样说过吧，更是这样证明着。

我紧紧地抱住他，我真的很怕我一松手，这个人就从这个世界上消失了。

我决意不再追究到底是谁在黑暗之中伸出手来捅了我一刀，即使这个伤口在我余生之中会每日每夜暗自汩汩冒血，我都不想再多提起一句。

无论是谁要伤害我，他的目的已经达到，我因此受到的影响也许要花十倍、百倍的时间来治愈，我可能会在很长很长的日子里，不敢再相信任何人。如果有人想亲近我，我的第一反应就是要跳开，躲得越远越好。

就像一只原本温和的兔子，在时间的推移之中接受了四面八方射来的利箭，这些利箭扎根在我的身体里，就成了我本身的一部分。

于是这只兔子，就成了刺猬，或者，豪猪。

即使是这样，还是有人懂得我的辛苦和寂寞吧？

许至君，你懂得一只刺猬的辛苦吗？你懂得一头豪猪的寂寞吗？

即使不懂，但你知道为什么会这样，也足够了吧。

他妈妈出院之后，我去他家看望过两次。

毕竟是大病初愈，阿姨的精神也不是很好，不知道是不是药物作用，她似乎比从前变得要容易激动。保姆在厨房里做饭时，不知道什么东西掉在了地上，发出声音，阿姨的脸色瞬间变得铁青。

“没有一件顺心的事。”她毫不避讳地当着我抱怨起来，“这种时候也三天两头不见他的人影，他是不是就希望我死了算了？”

我吓得不敢出声，许至君也是一脸难堪。

虽然没有指名道姓，但我们都知道她说的是谁，更让我们难受的是——我们甚至连他三天两头不见人影的原因都知道。

我们偷偷交换了一下眼神，确认没有什么露馅的地方。我学着大人们的那套说辞试着劝解阿姨：“别生气，对身体的恢复也不好……”

她的表情稍微柔和了一些，但看得出来还是很不高兴。

“我去躺一会儿，你们玩吧。”她一边说一边起身往卧室走。

“妈，饭还没好……”许至君十分无奈。

回应他的是关门的声音。

我感觉非常糟糕，虽然完全和我没关系，但就是……非常糟糕。

在情感上，我当然偏向罗素然，可是除了情感之外的任何方面，我都不偏向她。不管怎么说，爱不是让一切伤害变得合理的理由……

我已经不怎么想起他了——我是说，林逸舟。

像身体上一块神经坏死的部分，不管怎么戳都没有任何感觉，也许这比疼痛更糟，但我也实在不想重温疼痛了。

后来，我读《麦田里的守望者》，读到那段话：

有那么一群小孩子在一大块麦田里做游戏。几千几万个小孩子，附近没有一个人——没有一个大人，我是说——除了我。我呢，就在那混账的悬崖边。我的职务是在那儿守望，要是有哪个孩子往悬崖边奔来，我就把他捉住——我是说孩子们都在狂奔，也不知道自己是在往哪儿跑。我得从什么地方出来，把他们捉住。我整天就干这样的事。我只想当个麦田里的守望者。

我觉得他就是一个在青春里横冲直撞的孩子，而我在他的生命当中的意义就是做一个麦田的守望者。

我觉得，林逸舟就像是一个始终在横冲直撞的孩子，我不知道他内心究竟在为一些什么事情痛苦，但我知道那痛苦是一直存在着的，那是一场他和自己的战争。我什么忙也帮不上，如果非要做点什么——也就是守望而已。

这或许就是某种神秘力量能够给我们做出的唯一安排。

而要等到再久一些的时间，我才会知道，遇到他，爱上他，这也不是我的选择，而是我的命运。

林逸舟和封妙琴分手的时候，挨了她干脆利落的一耳光。

“我恨你。”她咬着牙说，脖子上戴着那条心心念念的项链——她当时还以为他说的“分手礼物”是气话，没想到他竟然来真的。

到底是哪里错了？她死也想不明白，自问本身条件也不错，对他也算是千依百顺，还有些不知内情的女生羡慕她能和林逸舟谈恋爱，只有她自己知道这人私下里性格有多差，有多难相处。

“恨就恨吧，我无所谓啦。”

他居然连分手都这么吊儿郎当，不当回事。封妙琴气得都要吐血了。

“我再也不想看到你这个人！”她说。

“行啊，我无所谓的。”他又说了一遍。

另一处地方，李姗姗也在和人谈判，她的问题比林逸舟要棘手得多。

经过上次的虐打，她已经看穿这个男子的真正面目，往昔那些宠爱和慷慨不过是一种居高临下的施舍，像对待某种低等动物一样——给你点好吃的好喝的，什么，你竟然敢咬我？

话要说清楚，该还的都尽量还，她已经是完全无畏的样子。

“我想过自己的生活，”她想了想，又说，“我要过自己的生活。”

那人嗤笑一声，连口都懒得开。

她定了定神，慢慢地讲：“我最好的那几年都给你了，也很谢谢你的照顾，现在我想过点正常的日子，像别的女孩子一样，谈那种将来能结婚的恋爱，穷点苦点都没什么……希望你看在过去的这几年，能成全我。”

她还没有反应过来，已经被重掴在地，顿时眼冒金星。

“像别的女孩子一样？你以前怎么没想像别的女孩子一样？你开跑车、背名牌包的时候，有没有想过别的女孩子没这样？”那人浮起轻蔑又不屑的表情。

她瘫坐在地上，干脆连起身都懒得起——比起上次那顿毒打，这一巴掌又算得了什么？

一滴眼泪也没有流，她只是坐在地上，一遍一遍坚定地重复着同一句话。

“希望你成全。”

到了暑假，烈日当头，窗外是没日没夜的蝉鸣。我无所事事，每天的生活只剩下上网、看书和吃饭，心情好的时候还会挑剔一下我妈的厨艺。

有时候，我会在这样的宁静中产生一种幻觉，好像时光真的倒退回了从前。

康婕和我恢复了友谊，又往我家来得勤了，这让我妈妈觉得很欣慰。

她一来就会霸占我的电脑，打游戏、看剧、刷八卦，一看到我还在用那床多啦 A 梦的被子，就忍不住同情我：“换一个吧，你就那么穷？”

这和穷没关系，我就是这种用惯了一样东西就不会换的懒人，连出去吃饭点菜都是这样。

说起来还有点不好意思，直到初中，我看多啦 A 梦的漫画还是会哭。

某一卷最后一个故事，像过去每次被胖虎欺负过之后一样，野比去找多啦 A 梦帮他报仇，可是多啦 A 梦很生气地告诉他要自己解决问题。他不知道为什么一直好脾气的多啦 A 梦会拒绝他，其实原因也很简单，因为哆啦 A 梦要回未来世界了。

野比为了证明自己以后能够照顾好自己，让多啦 A 梦回到未来世界之后不用为他担心，半夜三更把胖虎约出来在平时玩儿的空地上大打了一架。

那个深夜的野比有一股亡命之徒的狠劲，最后胖虎被打得落荒而逃，伤痕累累的野比被多啦 A 梦背了回去，他在精疲力竭之中还对多啦 A 梦说："现在你可以放心了吧。"

那个晚上野比睡得很熟，多啦 A 梦坐在月光满地的房间里流着安慰而幸福的眼泪。

第二天清早野比起床，窗外阳光灿烂，一切如常，除了多啦 A 梦不在了。

我好清楚地记得，看到最后一画时，我哭得多么剧烈，但比起多年后我为了别的事情、别的人哭，当时的眼泪是如此清澈——那是为野比和哆啦 A 梦而哭，为童真而哭。

如果后来藤子先生没有应广大漫画迷的要求继续画下去，我觉得，那其实也是个很美好的结局。

就像野比一样，我们每个人都要长大。未来也许没有任何人的搀扶和帮助，在人生道路上走得跌跌撞撞，甚至摔得头破血流，但这就是真正的成长吧。

伤痛也许是成长的代价，但是我宁愿把它们看作是一种成长的积累。

我希望受的苦没有白费，自己能成为豁达乐观的大人。命运也无所谓好坏，它给我的一切，我都应该接受。

灾难，我承担；福分，我笑纳。

接到罗素然的电话时，我和许至君正在看电影，手机一振，我悄悄看了一眼屏幕就赶紧溜出了放映厅。

她已经很长时间没有联络我了，我预感到这次应该不是什么好事情。

罗素然的口气是从来没有过的严厉："落薰，你方便吗？方便的话就马上到我家来一趟。"

许至君一看见我接的是她的电话，脸色一变。我想了一秒钟，行吧，那就一起去吧，终究是有这一天的，我在场还能稍微帮衬着点。

管他呢，随机应变吧。

走出电影院，我仰起头看着商场外墙上巨大的广告牌，某彩妆品牌这一季又换了新的代言人，是更年轻更当红的女明星。她的笑靥充满活力，令人迷醉，可谁又知道这样凌绝顶的时间能够维持多久？世事无常。

世间每分每秒都在高速运转，城市每分每秒都在发生一些人们未曾察觉的巨变，而我们的生命也是如此吗？

车开到半路，忽然开始下起暴雨。

我看着刮雨器在玻璃上一来一去，轻声说："夏天快到头了吧。"

许至君一声不吭，他的表情比这个下着大雨的黄昏还要阴沉。

罗素然的家中仿佛也经历了一场狂风暴雨，地上还有摔碎的瓷杯碎片。罗素然坐在沙发上一直发抖，宋远坐在地上，抽着烟，房子里已经有很重的烟味。

我和许至君默默地走进去，一时间也不知道具体情况，都不敢讲话。

许至君用一种诡异的眼神悄悄地打量着罗素然——这个女人可以算得上是他的家庭的敌人。我注意到他的异常，便轻轻抓住他的手，示意他不要在这个特殊时刻有任何举动。

宋远看向许至君，又收回目光，他的眼神既悲且沉，只有我知道那是为什么。

冷场了很久，罗素然强打起精神，起身去拿来两瓶冰的矿泉水给我和许至君——她并不知道我身边的这个男生是谁，也没有注意到他周身散发出来的强烈敌意。

这种良好的家教在这样的时刻发挥了它最好的效应，许至君接过罗素然递来的水，轻轻说了声“谢谢”。

我紧张地目睹着这一幕，心揪得像一团乱麻。直到听见那声“谢谢”，我才终于慢慢地吐出了一口气。

我走到罗素然身边坐下，想劝劝她平心静气，有什么事慢慢说。可是我还没开口，她忽然转过身来瞪着我问：“你怎么帮着他一起瞒我？”

好好好，我是造了什么孽，落得这么个里外不是人？

明知道她是迁怒于我，可我还不能反驳什么——好险，我嘴里有句话差点脱口而出：我不也帮着你瞒着他？

理智告诉我这句话万万说不得，眼下是什么情况，我只要说错一个字就是火上浇油，事情就会没完没了，在场的人谁也别想好过。

可我有理智，宋远却没了理智，也许他真是压抑得快要窒息了，竟然将我心里这句台词抢了过去，像投掷一杆标枪一样直中红心："你对她凶什么？她不是一样帮着你瞒着我吗？"

空气遽然凝结，我看到罗素然的脸在一瞬间变得极其狰狞而恍惚，她微张着嘴，却没有发出声音。

宋远说完这句话之后也陷入了失语状态，傻子都能看得出来他其实也后悔了，太冲动了，可已经覆水难收。

许至君深深地皱着眉，冷冷看着眼前的荒诞，原本轻轻握着我的手，也在突然之间加重了力道。

勉强还剩下一个清醒的人，也就是我。

事已至此，只能我来收拾这个烂摊子。

我就对宋远劈头盖脸一阵骂："你发什么神经啊，你吃错药把脑子吃坏了是不是？胡说八道些什么鬼东西啊。快点给姐姐道歉！"转过来我还得安抚罗素然，"他肯定是受什么刺激了，你别理他，他有病。"

连我自己都听不下去——什么叫欲盖弥彰，这就是了。

我明显底气不足，胡诌的每一个字每一句话都透着心虚。我只希望罗素然能够稍微保持一点她平时的聪明冷静，在此时此刻，不要再让这原本已经混乱的情境继续雪上加霜。

可她在极度慌乱之下，已经完全丢失了平日里的风度，她的淡然和超脱此刻遁于无形。她哆嗦着嘴唇问宋远："你说什么，你是什么意思，你跟那个被人包养了好几年的小贱人搞在一起，还流掉个孩子……你胆大妄为到这个程度，不但不认错，还反过来吼我？"

"小贱人"这三个字，像飞舞在斗牛士手中的红布，彻底激怒了已经接近疯癫的宋远。我相信如果有人在许至君面前这样羞辱我，他也一样会把从小接受的良好教养抛诸脑后，狠狠地问候对方祖宗十八代。

就像此刻的宋远，为了维护他喜欢的那个人，因为不允许别人如此轻贱和羞辱他心里最珍视的那个人，他愤怒地对罗素然吼出了无法撤回的一句话："你不是一样给别人当情人，你有什么资格说姗姗？"

我感到自己好像中了一道魔咒，彻底石化了。

我想，到了我年老的时候，也许会像很多老太太一样坐着摇椅听京剧，喝着毛尖读"红楼"吧。那个时候，我闭上眼睛回忆一遍自己这一生的光阴，一定会觉得有一些片段是我不愿意想起的。

比如我去哀求周暮晨跟我和好……

比如林逸舟和封妙琴在客厅的床垫上……

比如学校论坛里的那些照片……

比如康婕做完手术之后，那张惨白的脸……

比如许至君说只要我好好活着，他不介意我回到林逸舟的身边……

比如这个晚上，罗素然像疯子一样甩我一耳光，然后声泪俱下地骂我"白眼狼"。

太突然了，以至于连许至君都没有反应过来，那一声清脆的巴掌就已经落在我的面孔上，我半张脸都麻了，耳朵里有短暂的耳鸣。

我捂着脸，这耳光有多重——其实也并不重，可是我觉得太疼了，为什么会这么疼？好像被锋利的刀割开了心脏一样。

眼泪不受控制地砸了下来。

我呆呆地看着歇斯底里的罗素然，想说点什么来为自己辩解，可是就连这个想法好像也都没有任何意义。

许至君将我拉到他身后，看了看我，又看了看宋远，忍无可忍地说道：“罗小姐，你弄错了，是我说的。”

很变态地，我心中有种坍塌的快感，终于到这一天了，我不需要再夹在他们任意组合的空隙中左右为难了。

我再也不需要为任何人保守任何秘密了。所有的事情从这一刻开始便真的与我无关了，我终于从这些人手中赎回了自由。

罗素然转过身来望着许至君——一瞬间，她没有搞清楚他是谁。但紧接着，她的瞳孔急速缩小，面如冰霜。

许至君不动声色，过了一小会儿，他说：“那人是我父亲，我是许至君。”

他很笃定地相信，罗素然一定已经知道了他的身份，所以他不说“我叫许至君”，而是说“我是许至君”。

我默默地转过脸去，不知道该以什么样的反应来应对这一切。我甚至觉得，现在的情形比当初撞破林逸舟和封妙琴还要难堪。

罗素然懵着脸，先是盯着许至君看了许久，又换到宋远看了许久，最后她跌坐在沙发上，整个人看上去比先前要冷静——但我知道，那不过是一种静态的崩溃。

宋远呆若木鸡，他也没有想到事情的走向会是这样。

许至君没再说什么，先拍了拍宋远的肩膀，再拉住我的手。

“程落薰，我们走吧。”

下过雨的城市里有一种潮湿的泥土气味，天空也比平时更蓝更洁净。

他揉了揉我的脸，带着一种疼惜和抱歉的意味问：“疼吧？真是对不起，我没想到……”

我打断了他，摇摇头：“还好的。”

他直直地看着我，看了很久很久，忽然重重地叹了一口气：“有时候看着你，我都替你觉得累，这么多破事……你是怎么扛过来的？”

我眼眶有些发热，不，不是因为那个耳光，而是因为他说的这句话。

他说得很对，这些破事，桩桩件件都不是生死攸关的大事，不足以颠覆我的生活，可是细小的琐碎累积起来，就足以让人堕入一种无法挣脱的困境。

我是从什么时候起被拖进泥潭的呢？没有一点儿启示，稀里糊涂的就掉了进来，把自己弄得这么狼狈这么错乱。

“我觉得是我自己的问题，”我说，“我还是太软弱了，不够坚强吧。”

我的确好累，非常累。

有些夜里，我会从一些很荒谬的梦里醒来，梦见自己穿着一身盔甲，周围全是硝烟和战火，可是一个并肩作战的人都没有。

活在这个世界上，总要经历无数战争，跟外部的，跟自己的——可是一个战友也没有。

许至君看见过我这么多的挫败和懦弱，这当然不是我想要展示给他知道的那个“自我”，我甚至觉得，一个人如果看过这样的你，大概很难继续喜欢你、尊重你和爱护你。

久违的不安全感，我又开始患得患失了，担心快要失去这个人。

我努力克服羞愧，将真实的想法告诉了他，而他只是低下头笑了笑。

“我觉得，你应该对人的善意多点信心，对我多点信心。”他说。

我不是很明白他的意思。

另一边，我和许至君离开之后，罗素然还没有从惊诧和震动中苏醒。

宋远便以迅雷不及掩耳之势冲回房间，换掉了自己的一身名牌衣服，翻出了几件旧衣服裤子穿上，其他的都塞进双肩包里，再回到客厅，把车钥匙扔在玻璃茶几上。

换掉了衣服的宋远，看上去和高中时候没有太多差别，还是干干净净的少年模样。

响声惊动了罗素然，她错愕地看着宋远——他的表情很难形容，有许多揉碎了的情绪覆盖在脸上——她无意识地问：“你要做什么？”

宋远看着这个在顷刻间变得憔悴苍老的女人，差一点他就哭出来了。

这是他的姐姐，是这世界上他唯一的亲人。在他小的时候，父母因意外去世，之后全仰赖她一个人承担起生活。而生活，并不是简单的两个字、几顿饭，而是十数年具体而沉重的负担。

他从来都没忘记过，彼时，她也不过是个刚刚成年不久的年轻女孩。

是她供他上学，其实以他的成绩，任何人都看得出来，他不是块读书的料。纵然如此，她也很少苛责他。

在他长大之后，她仍然尽自己所能，买一切他喜欢的东西，在他考取驾照之后，甚至不吝啬地把自己的车送给他。

姐姐不是没有说过伤人的话——我都是为了你，又或者是你的一切都是我给的，但他能够否定这些事实吗？正因为这都是实话，所以才显得更伤人。

他欠她的太多了——千万不要以为亲人之间就没有亏欠这回事，事实上，夹杂着血缘的亏欠才是最深的羁绊。如果有更好的办法，他绝对不愿意做任何让她伤心失望的事情。

可惜没有另一条出路了。

他们是亲姐弟，基因里有着一样的偏执和倔强，对待爱情的态度也如出一辙：我爱那个人，所以我有理由背叛全世界。

他离开之前，只说了一句："姐，你给我的，我将来会通通还给你。"

罗素然抬起脸，冷笑一声："你还得清吗？"

又是一句因无法辩驳而格外有杀伤力的话——宋远无言以对，只能默然地走出这扇门。

没花太长时间，他就来到了李姗姗的住处。他打开门，当时她正在刷牙。她看到宋远，有些惊讶，但她还没来得及问，他就咧开嘴笑了。

那笑容有些酸涩，他说："我彻底离家出走了，无处可去了。"

下一秒，姗姗叼着牙刷也笑了："以后我收留你。"

他走过去抱住她，用尽全身力气，头埋在她的颈窝里，大力吸进她身上的椰子奶香味，那气味好似带有迷醉的功效。

"以后我只有你了，姗姗。"他说。

她心头有巨石还未放下，但她感应到，此时此刻他已经不能再承受多一点的重量。

于是她轻声说："我也是。"

许至君的父亲和罗素然分开了——这个重磅消息，是许至君亲口告诉我的。在他和父亲开诚布公地深谈过后。

我握着手机陷入了愁思。罗素然怎么办？她可是对我说过她爱那个人的呀。

许至君的低落随着"嗞嗞"电流传导给我，他的声音有些疲惫："落薰，我现在担忧的是，我妈怎么办……我既不能问她，又不能告诉她，她到底知不知道，自己有什么打算，我只能靠猜……"

在我的记忆中，好像还没有见他这样过，于是我便有些懊恼自己现在怎么没在他身边。

谁能责怪他呢？这件事情自始至终他都是最无辜的那个角色，那是他的母亲，他现在要考虑的当然是自己的家庭，而罗素然，说到底，对他来说只是个陌生人。

但她对于我来说，总是有些特别意义的。

那一耳光，我当然很生气也很寒心，但冷静过后，亦觉得不是丝毫不能理解她当时的极端情绪和羞耻感。

我们之间，有种不能为外人道的亲厚，甚至超越了她和宋远的血缘亲情。我现在还不能够准确地说出那究竟是什么，要弄懂这个，也许还要等我再长大一些，阅历与智慧再多些，才能搞明白。

而此刻，我只想去看看她。

其实才过去短短的半个多月，我再见到罗素然时，忽然觉得她怎么好像……老了一些？原来人的心情、状态会直接映照在面容上。

她穿着一身黑裙子，没有化妆，更显得脸色苍白。和她说话的时候，她要过两三秒钟才会给出回应，完全没有了往日才思敏捷的神采。

我们在小酒馆碰头，地方是她选的。坐在最外侧的位子，可以看到行人往来如织，街边霓虹渐次点亮，这样闹哄哄、热腾腾的夜晚，却更衬得她寂寥落寞。

我落座许久。服务员把酒送过来，她才如梦初醒，从边上的椅子上拎起一个印着化妆品 logo 的黑色纸袋，推到我面前。

她喉咙沙哑："那天我太失态了，我真是该死……想了很久，不知道该怎么向你道歉……"

我见她说话都费劲，便打断了她："我不要。"

我虽然贫穷匮乏，可也不至于这么轻贱卑微。让人欺负了，转背收下人家的礼物就当作什么事也没发生过？一码归一码，不是这么个道理。

我在心里叹了口气，冰雪聪明如罗素然也露出了她庸俗浅薄的面目，我逐渐感觉到自己曾经投射在她头上的光环已经暗淡至即将幻灭。

见我执意拒绝，她悻悻地笑了："我真是越来越蠢，你一定还在生我的气吧。"

"素然姐，你最近怎么样？"我不想在无谓的事情上和她纠缠。

她好像听不见我说话，又自顾自地说："我当时是失控了，后来我一直想向你道歉……但我觉得无地自容，别说不是你告诉小远的，就算是，又怎么样？我不是一直很理直气壮的吗，那为什么要害怕他知道呢……"

有泪水在她眼中聚集，她故意仰起脸来，用力呼吸，努力稳定住情绪。

我只好说："我真的没怪你，我又不是小孩儿了，分得清楚的。"

她终于笑了一下。

她笑的时候还是很好看，眼睛弯弯的像月牙。她说："有段时间我看小远老给你打电话，还误以为你们俩在谈恋爱，不敢问，又担心他性格脾气差，配不上你。"

有句话没过脑子就从我嘴里吐了出来："错啦，我是和许至君在一起呢。"

"许至君"这个名字一出口——我差点咬断舌头。程落薰，你的情商是不是被狗吃了？怎么哪壶不开非提哪壶，好不容易缓和了点儿，这下又僵住了吧。

果然，她停顿了很久，才从嗓子里挤出话来："那男孩儿，对你怎么样？"

我也只好实话实话："他对我非常好。"

她又笑了一下，但这次笑得十分凄厉，像九十年代港产片里女鬼还魂的神情，笑得我心底发凉。

我死也没有想到，有天会从罗素然嘴里听到这样的话。

"落薰啊，我和你说……你可以图一个人长得帅，也可以图一个人有钱，甚至可以图一个人能给你什么资源，但是你千万千万不要图一个人对你好。长得帅、有钱、有社会地位和人脉，这些条件都很客观，有标准，是实实在在的。但是如果你图一个人对你好，那真是太傻了，他一旦不想对你好了，你就什么都没了。"

她说得这样伧俗，字字句句却都是肺腑之言。

她不是没有过一点儿奢想，以为只要耗得起就能一直耗下去，总会耗出个柳暗花明的结果。对方的确多次承诺过她，会想办法和妻子摊牌，但现在回想起来，这不过是一场旷日持久的敷衍。

在长久的损耗中，她的美丽、活力甚至精神上的能量都日渐枯萎。终于，在他妻子大病一场之后，他做出了选择，摊牌的对象变成了她——这何尝不是另一种意义上的柳暗花明。

她真心恋慕的男人，与其他男人也并没有什么区别。

哪有什么真正的赢家，只有壮烈的失败与惨淡的胜利——她，与他的妻子，或许都得到过一些他的真诚的情感，但归根结底，他最爱的人还是自己。

她忽然伏在桌上，小声地哭了起来。

我连忙起身坐过去，轻轻地拍着她的背，感觉到这具单薄的身体里藏着一只瑟缩的灵魂，我轻声开解她："没事的，素然姐，都会过去的……"

这是许久之前，她对我说过的话，我从来没想过有一天我会原封不动地还给她。

除此之外，我还能说什么——这几乎是都市里司空见惯的故事，再长时间的恩爱厮磨也只是一段短暂风流，故事总要结束，男人要回家去。

她抬起脸来，双目如寒星，说："我怀孕了。"

仿佛有一瓢冰水从我的头上淋下，我的手停在半空中，不知道该落在哪里。

她说："落薰，我现在不是一无所有了。"

千万种情绪在我心头交织，我结结巴巴地说："素然姐，你想清楚了吗，怀孕可能也挽不回什么了……你确定要这个孩子吗？"

她点点头，声音轻不可闻："我不想挽回什么，我只是想要这个孩子。"

世间尘爱，千篇一律，爱情、承诺、婚姻、谎言、背叛，这是一个完整的系列，而这个孩子，在这个系列之外。

这是她可以独自决定的事情。

秋天很快到了，四季之中最短暂且最美丽的季节。或许这两者原本就是相辅相成的关系，因为短暂才如此美丽，因为美丽，而显得格外迅疾。

许至君的生日也到了。

其实提前很久我就在为送什么礼物而发愁。

这种人生日最难搞——他什么都不缺，最叫人为难，总不能直接封一封红包给他吧？显得我既不用心又没品位，再说，我不久之前才刚把欠他的钱攒齐还了，现在手头紧张得要命，哪还有多余的钱封红包？

我能感觉出来，他其实对我也没抱什么期待。

他的原话是这样说的："算了吧你，我还不知道，你？"

话是没有错，我的确是没钱没品位也没创意——但气势上，我不想输。我故意呛他："这样吧，你有没有什么特殊嗜好，就是你们很多男生都喜欢的那种，我可以陪你去，帮你望风。"

他斜着眼睛看了我一会儿，悠悠然然地问："是林逸舟喜欢的那种？"

我尖叫着扑上去："你再提一次林逸舟！信不信我杀了你？"

他躲都懒得躲，两手一摊："杀了我，你还要坐牢。强暴我吧，我不告你。"

我去向康婕求助——我也是脑子进了水，怎么会想到找最不靠谱的人提供建议？她绞尽脑汁想了半天，迟疑着开口：“要不你学学那个谁，封什么？你也献个身！王菲有首歌不就是这么唱的吗？我把心给了你，身体给了他……”

我几乎气昏过去，这是什么损友，出的什么馊主意！

可是她的话，的确引起了我的感伤。

像另一首老歌唱的——有多久没见你，以为你在哪里。

我还记得多少呢？那些暴雨的午后，空旷的客厅，他睡着的样子。还有我们各自的刺青，它始终在那里。

过去这么久，我竟然还能细数这些点点滴滴。五年后、十年后、二十年后，回忆还会如此清晰吗？终有一天，我会失去这些敏感，心被磨得又冷又硬，不再轻易为任何事流泪。那个时候我还会记得我曾经那样奋不顾身地爱过一个人吗？

直到许至君生日的前两天，我还是想不出什么好主意，只好俗套地去买了一瓶他用惯了的香水。虽然很老套俗气，但应该也不会出错。

日子已经平静得太久了，所以当我看到公寓门口的林逸舟时，才会在顷刻之间产生一种错觉——这才是我人生的常态，而之前的安稳平静不过是风暴将至的序曲。

再见林逸舟，我的身体有种本能的反应：呼吸急促，心跳加快，手心发凉，而这一切都不由我的意识所控制。

我一直以为，我们的缘分已经完结了。这城市说大不大，说小不小，毕竟也生活着几百万人口，既然不是命中注定要在一起的人，就算居住在同一条街道，也可以终生不相遇。

可他再次出现在我眼前，那熟悉的站姿、落拓的神情都让我感觉不到一点儿陌生——好像就在上个礼拜，他去了一趟别的地方，今天回来了。

想了想，也许他是来找他女朋友的，根本和我没关系——悬在喉咙口的心顿时回到了它原本的位置。

我打算绕过他，他却叫了我一声。

“程落薰，我是来找你的。”

我浑身一抖，心再次悬起——完了！

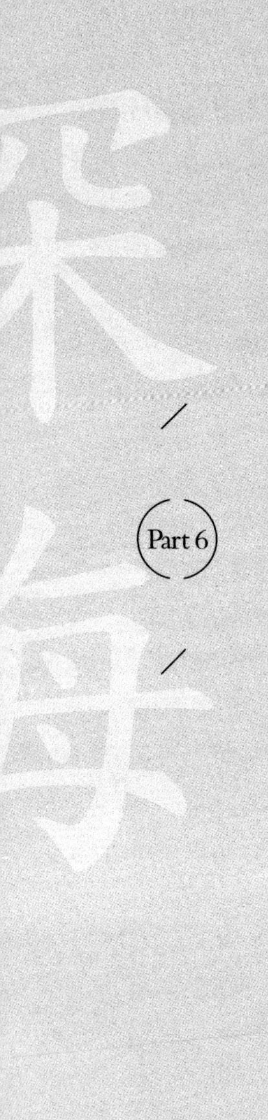

Part 6

多日不见，他的外表没什么变化，皮肤依然有种常年不见日光的苍白，低着头的样子很落寞，像放学路上家最远的小孩。

很多年后，我看过了星辰和大海，看过了几千米海拔的高原上的星空，再想起他的脸，我才会知道为什么我会爱他爱得如此深沉。

他不是没有灵魂，虽然有些骄奢的习惯，但性情纯真——这种评价，除了我自己，也许没人会相信。我见过他在路灯下喂流浪动物的样子，见过他在地下通道和卖唱歌手闲聊的样子，但人是复杂而多面的，我同样也见过他纵情声色的样子。

凡此种种，都不是我真正爱他的缘由，更不是我放不下的缘由。

对周暮晨，是少女的懵懂心动；对许至君，是深深的感激和某种无法言明的贪婪；唯有对林逸舟，是爱中还有怜悯——面对这个真实而复杂的世界，他和我一样是都还没有做好准备的人。

“你瘦了啊。”他说。

我强忍着情绪，故作轻松地说：“你也是啊。”

他一直看着我，那眼神能击碎我。他又说：“你一直没把我从黑名单里放出来吧，我始终打不通你的手机。”

在我还没有回过神来的时候，他已经抓住了我的手，把我拉向车里。我大惊失色，连忙用力挣脱，却死也挣不开。给许至君的礼物还在我的另一只手上拎着。

情急之下，我脱口而出：“我有男朋友了。”

这话好像更加激怒了他：“那又怎么样？”

“程落薰，我告诉你，我不在乎你有男朋友！我不在乎！”

他开车比从前更嚣张，见车就超，见黄灯就冲，我一路绷紧身体，反手死死地抓住椅背。车窗外的风景在高速倒退，我因为极度害怕而闭上了眼睛——没有看见许至君的车在后头紧紧地跟着。

“你迟早要死在这辆车上的。”我说。

如果说，今生今世有什么事情使我真正感觉铭心刻骨地后悔，就是我口不择言地说了这句话。

当时，我的大脑一片空白，没有想到“一语成谶”这个成语。

要我付出什么样的代价去赎回这句诅咒我都愿意，哪怕这代价是我的生命，我愿意。

我们之间只能这样激烈、冲突、互相毁坏吗？在电梯上升的时间里，我流下了绝望的眼泪，真希望这一刻如果有陨石砸向地球，我们就这样一齐死在这个铁盒子里，也没什么不好。

再次踏入这个房子，我闻到了陌生和暗黑的气息。曾经多少次，我感到痛苦无望，只想来到这里，呼吸一下这个房子里的空气，我才不会活得那样窒息。

曾经空荡荡的房间里，散落着一堆让人起疑的东西：造型奇怪的容器、锡纸和火机。这些东西单看似乎都没什么问题，但摆在一起，就让我感到毛骨悚然。

片刻后，一个答案浮现在我眼前。

没有丝毫犹豫，我扬起手对着他的脸就是一耳光。

我浑身抖得像是患有某种特殊疾病，大脑极度缺氧以至于双眼什么都看不清楚，血腥味自胸口涌起，身体被洞穿，五脏六腑七零八落掉了一地。

“你是不是想死？你是不是想死？”我揪住他的衣服，对他狂喊，眼泪鼻涕糊了满脸。

“我和她分手了。”他抱住我。

“你是不是想死——”这样凄厉的声音还在从我嘴里迸出。

“程落薰，我们重新开始。”

后来的事情在我的记忆中是颠倒错乱的——我不知道是我们先抱着哭了很久，才开始打架，还是先打了一架，又抱着哭了很久。

是谁先动手的，谁先出口伤人，我们为什么会抢夺那个装着许至君生日礼物的纸袋，是他故意摔碎的还是我不小心失手了……我从来不知道，我和林逸舟之间竟然累积了这么多对对方的仇恨，像火山喷发，岩浆滚滚而出，带着吞天灭地的气势，我们都想杀死对方。

我的指甲在他身上划出了血痕，他也把我的衣服揪得变了形。

我开始骂他：“你这个变态——”

他把我恨恨地推到墙上，我痛得说不出话来，他骂我：“反正你也是别人的女朋友了……”

曾经在冰天雪地里互相取暖的两只野兽，露出了各自凶残的面目。我们好似被囚禁在密室中的绝望困兽，彼此伤害是我们唯一的出口。

不知道打了多久，那声破碎和紧接着铺天盖地的浓烈香味唤醒了我作为人的理性——我这是在干什么？

我不是给许至君买了生日礼物，然后回宿舍吗？再过两天就是他的生日了，这是我们在一起之后他第一个生日——可是，我怎么会在这里，还和这个人大打出手，弄得一团狼藉?

我瞬间清醒过来，只觉得内心冰凉。

“够了，停下吧。”我说。用手指胡乱地拢了拢乱糟糟的头发，稍稍整理了一下衣服，用衣袖擦了擦满脸的污糟，全身弥漫着迟钝的痛楚。

破裂的香水瓶把纸袋都浸透了……也许这就是对我没有用心准备礼物的惩罚吧。

“以后随便你怎么糟践自己吧，别再找我了。”

他坐在地上，我抬起脚从他腿上跨过去。我从来没有这么清醒过——如果我还想好好地活下去，那么，我和这个人，是必须彻底斩断才行了。

可是，他说了一句话。

“你不想知道我和封妙琴是怎么回事吗？”

我不想——这是我内心的声音，可是身体不受控制地停了下来。

时间回到那个貌似平常的下午。

他前一晚通宵打游戏，天亮时才睡着。下午被敲门声吵醒，原本以为是快递，懒得起来，但那敲门声一直持续着，有种不达目的不肯罢休的执着。

他只得迷迷糊糊地起来，睡眠不足引发的头疼让他几乎睁不开眼睛。

门外站着封妙琴，见他开门，便不由分说地挤了进来。

她知道林逸舟和程落薰很亲密，但她也知道，这两人并没有真正在一起。所以她觉得，这也算不上什么横刀夺爱，每个人都有为自己争取爱情的权利。

她化了淡妆，身上散发着馨香，黑色的修身短裙恰到好处地展示着天生的长腿。而真正的秘密武器，是经过精心挑选的黑色蕾丝内衣。

“你怎么来了？”他托着头，对她的突然造访很不满，只想把她赶走，继续睡觉。

“我想你呀。”封妙琴笑嘻嘻地说。

其实手段并不复杂，她利用的只是人类最原始的欲望而已。

林逸舟见她说什么也不走，只好先去浴室洗漱。她趁这个机会，拿到了他的手机，故意问：“我的手机好像停机了，能不能借你的手机打一下看看？”

林逸舟毫无防备，说出了解锁的密码。她顺利地解开锁屏，迅速找到那个名字，发出了一条信息。

当林逸舟从浴室里出来，看到的就是脱得只剩内衣的她。

他完全还不知道这是什么情况，她已经走到他面前，声音轻而低：“我喜欢你”，然后跪下身去……

“那种情况下，没有一个正常男人会推开她。”他说。

我颤抖得无法自控，近乎抽搐，同时心里有一座冰山崩裂。

“放屁，是你自己贱而已！”我笑着说，为何笑的时候也会流泪我不明白，我接着说，“如果你只是想要一个人和你做，我也可以啊。”

我开始脱衣服，不想要脸了，也不想要尊严了，好像只能用羞辱自己的方法才能羞辱他。这是杀敌一千自损八百的做法，但我感到一阵畅快，很开心。

不过是色相利诱，如此低级卑劣的方法就轻而易举地战胜了我视如珍宝的爱情——我错在哪里，不就是太克制，太自重了吗？在我以为这一切事关灵魂并为此自我感动的时候，别人只需要脱掉衣服就可以了。

脱衣服有多难？和你睡又有多难？我一边哭一边笑，理智已经荡然无存。

他钳住了我的手，看向我的眼神令我心碎。

我们维持着这个姿势，不知道过了多久，我终于松开了手："你确定不要和我睡是吗？那你记住，以后不要再出现了，算我求你好吗？"

我甩开他，走到门边，用力吸了一口气，打开了门。

我看到了许至君面无表情的脸。

他的目光像烈日一样灼伤了我，语气却是从未有过的寒冷："你有没有受伤？"

我如遭雷击，不能够动弹也不能够言语，脸上还有未干的泪痕——太难堪了，这耻辱感像是被剥光了游街。

我回头看了看林逸舟，他脖子上的血痕清晰可见。我又转过来看了看许至君，他的眼神已经说明了一切。

忽然之间，我想到，如果那晚在天台上，我真的死了，或许也比现在要好一百倍。

许至君拉住我的手臂："没受伤就走吧。"

我踉跄了一下，正要抬脚，又听见林逸舟的声音："程落薰，你今天走了，我们就再没有以后了。"

这种话，我以前不知道对他说过多少次，每一次不是我心软就是他心软，然后周而复始地重复拉锯。我们都是既天真又愚蠢地把这种话当成玩笑说，也当成玩笑听。

但那的确是以前了。

我曾经最爱他的一点，终于也成了我最恨他的一点。这个男生，优柔寡断、不见棺材不掉泪的个性，令他从来不懂得如何专心对待一个人，更不懂得许多东西如果你不珍惜，它就一定会消失。

我回过身去，望着他——也许是我的笑让他感到了害怕——我第一次从他的面容上看到慌张。

“那就如你所愿吧。”我说。

“你自己说的话，你自己要做到。”许至君忽然说——过了一秒钟，我才反应过来——他不是对我说的。

我不忍再回头看一眼，暗暗用劲拉了拉他，走吧走吧。

一直到电梯口，我都没有听见关门的声音，但我听见了自己内心世界崩陷和粉碎的声音。一切都结束了，林逸舟，我终于从你的掌心里逃出生天。

许至君并没有要和我一起走的意思。

到了楼下，他忽然定住。我从前不知道有些人的怒气是没有动静的，他只是一脸阴沉地看着你，你就情不自禁地感到害怕。

“我去找你，看见他拖着你上车，你是不情愿，但你要是真不想来总是有办法的。”

我哑口无言。

他一点儿也没有说错，我当时鬼迷心窍，还怀有某种不能见光的侥幸。林逸舟对我到底有什么魔力，为什么他只要一出现，我就不能自控地要跟他走？我明明早就知道这段关系的底线了不是吗？

“我看车子开得那么快，他的情绪很不稳定的样子，担心你们会出事，就一路跟来了……”许至君叹了口气，充满了深深的挫败感，“听到你们在屋里乒乒乓乓地弄出很大动静，又怕你会受伤，我走也不是，不走也不是。”

我因极度的羞愧而流下泪来。

“程落薰，你这样反复无常不是一次两次了，我想你自己都没有搞清楚你到底想要什么。”

他没有掩饰自己的失望，这是头一次，我感觉到他和我之间充满了距离感，而且，他还在往更远处退。

“你这次和我走，下次也许又会和他走，我的耐心已经到了尽头。”他说。

我看着他独自离去，久久无法回神。

他一句粗口都没说，语气也是风轻云淡的，可是决绝的意味渗透在每个字里。我令他如此失望，就连我都无法原谅自己。

那晚我独自游荡，魂不守舍，不知道要去哪里，甚至不知道为什么自己要这样一直走着，只能任由一股不明的意志操纵。

到我终于停下来的时候，才发现我走到了高中的校门前——为什么会来到这里，是不是在潜意识中，我想要重置这一段人生？而这里，是我生命中一个清白的坐标，我在这里的时候，还不认识他们，我的心还干净而完整。

可是现在，一切都被摧枯拉朽地破坏了。

在校门对面的水泥台阶前，我慢慢地坐下，抱住膝盖，望着对面我的往昔岁月。

一个声音，带着试探的口吻叫我的名字，我茫然地抬起头来，在影影绰绰的树影之间，看不清楚他的面孔。

他蹲下来，又叫了我一句："程落薰？"

这个人的名字仿佛穿破了光阴，我竟然有点儿惊喜："怎么会是你？"

高中门口的奶茶店里，我们面对面坐着。老板是个年轻人，过来和我们打招呼："喝什么？"

他帮我点了招牌水果奶茶，自己要了冰可乐。我一直蒙着，没想通他怎么会在这里。

我们对面坐着，他端详了我一会儿，才说："这家店原来的老板不做了，我高中同学接过手来做，我正好过来看看。"

他的语气和笑容都如此自在，仿佛真的只是在和一个久别重逢的学妹叙旧，聊聊各自最近的生活。

我静静地凝视他，他是不是真的全忘了——

我们曾经喜欢过对方，虽然他的喜欢极为短暂。我们吵过，我哭过，他说过非常伤害我的话——"你要真想为我做什么，就是再也别来骚扰我。"

其实我们并没有血海深仇吧，他对我的厌烦，只是出于对孔颜的爱护吧。

我那时太年轻了，对所有的事情都很较真，接受不了无疾而终的结局，听不出别人的弦外之音，我一定要逼对方给出一个清清楚楚的答案，让他认领自己的罪名。

可现在我已经不一样了，我知道，一生中许多事情既没有答案，也没有意义，就算是坏人自己也不想承认自己坏，这虽然很伤感却又偏偏就是真相。

我们聊了很多，他说就快要毕业了，也在考虑之后就业方向的事情，最近因为快中秋了才回来，没想到会遇到我。

我没有告诉他，我在那年暑假曾经跑去他所在的学校看过他。

那不仅是一个形式上的告别，同时也是情感上的彻底割舍。当时我以为只要放下他，往后人生就会翻开新的篇章，未来全是美好。

没错，的确是新的篇章，只是更悲怆。

我本来想问他，你还和孔颜在一起吗？可是我觉得这个问题一旦问出口就会牵扯出很多很多已经掩埋的回忆，于是我还是硬生生地吞了下去。

我没问他，他却开玩笑一般问我："你谈恋爱没有？"

我没想好该怎么回答——如果早一天相遇，我大概还能坦坦荡荡地说，我现在有很好的男朋友，可是一天之内，所有的事情都被改变了。连我自己都不知道许至君现在还算不算是我的男朋友。

他见我不说话，便插科打诨："怎么？这么多年还没有见过比我帅的？"

我终于笑出声来。

是真的放下了吧，爱已时过境迁，恨也沧海桑田，我们终于有这一天像真正的老友一样，坐下来闲话家常，说说天气。

我们都默契地不提当年，不提那些胆战心惊的从前。

晚些时候，我看了看时间，该走了。

他起身送我，忽然说："落薰，我一直很后悔，当初我做得太过分了。我应该和你说对不起的。"

我笑了笑，现在才说，是不是太晚了？

我爱你和对不起，表白和道歉这些话在该说的时候必须说出来，晚一分钟晚一天都失去了它原本的价值。

有些惆怅自我心头涌起，当初我有多么想听到这三个字，现在我就有多不需要这三个字。

我说："那我走啦。"

他好像突然想起了什么，表情有点儿欲言又止，我站定，不解地望着他："有什么事情吗？"

他皱着眉，有些愧色："前两天和几个朋友去酒吧玩，好像看见康婕了。"

这有什么好奇怪的？我解释道："我知道，她有时候在酒吧做兼职服务员。"

他的眉头皱得更深了，很惊讶的样子："服务员？不是啊，她在陪酒啊。"

我找到康婕的时候，她已经醉得口齿不清了。我忍不住嫌恶，叫她去洗手间里呕完再出来。她摆摆手："已经吐过几次了，不能再吐了，胃疼。"

"胃疼你还喝？你这条命到底还要不要？"

我扳正她的脸，像是要把这一天所有的苦楚和怨气都发泄在她身上。她的睫毛膏全晕了，嘴里呼出浓重的酒臭味儿，熏得我也想吐了。

"为什么？你怎么这么爱糟蹋自己？"我对着她吼，心里满是怒其不争。

她突然之间有短暂的清醒，大力推开我，竟然也对我吼："我糟蹋自己？我爱糟蹋自己怎么了？我需要钱，程落薰，你以为每个人都跟你一样运气好，总能找到有钱的男朋友？"

不知道是她的话，还是她醉醺醺的模样，深深地刺痛了我。

我难以置信，为什么会这样？我以为我们之间已经修复好了不是吗，当初我陪她去医院，又去她妈妈家照顾她，那时候我们不是已经没有任何问题了吗？

她扶住一棵树，捂着嘴，努力不让自己吐出来。

我走过去，平静地问她："是，我总能找到有钱的男朋友，那你告诉我，你需要多少钱？"

她没有看我，声音从指缝里漏出来："你别管我了行不行？"

不行，我也疯了，偏偏就是要管这个闲事。我固执地问了一遍又一遍："你要多少钱你要多少钱你要多少钱你他妈的说到底要多少钱！"

她终于抬起脸来，眼泪顺着黑黢黢的眼圈流下来："叫你别管了你听不懂是不是？不是我要钱，是我妈，没有钱她每天都要被那个男人打你懂不懂？"

我愣住了。

我从来没见过康婕这个样子，她吼完之后，一边哭一边吐。路过的行人躲我们远远的，生怕挨上一点儿，却又毫不掩饰目光里的鄙夷。

我仰起头看了看夜空，有浅浅的云彩。

我说："吐完了吗？吐完了就走。"

我带她去了酒吧附近的一家粥店，已经是晚上十二点多，店里生意还是很好。墙上的牌子写着营业时间"早上8点到凌晨3点"。

城市永远这么喧闹，尤其是中心商圈，总是充满了害怕寂寞的孤单灵魂。这种热闹有时让人摸不着头脑，只有身在其中才能看到这热闹的底色其实是悲凉。

在粥端上来之前，她开始一个人长时间说话，语速非常快，似乎这些话在她心里已经憋了太久。

“你看周围这些人，穿得都挺光鲜时髦吧，你看那一桌，三个香奈儿的包。但你要是去问他们，你觉得你现在的生活是你想象中最好的吗？他们肯定说不是。因为人都有超出自己现在生活水准之上的欲望。

“我们，在这座城市里的绝大多数人，其实都已经知道自己这辈子大概能活成什么样了，比上不足比下有余吧，每个人都这么想，日子就还能过下去。

“当年文夕大火把这里烧成废墟，但它还是活下来了。我们在这里出生，长大，挣钱，没觉得有什么过不下去的，我们就和这座城市一样。

“落薰，这座城市的命运，就是我们的命运。”

虽然我完全不知道她在说什么，可我莫名其妙地觉得她的话里有点儿独特的意味。我想起那次在她妈妈家，那个男人从衣柜里拿钱时，脸上毫无羞耻的模样，难道这也是她的命运吗？这原本和她毫无关系，她为什么要承受？

“那是我妈啊，落薰。”她点了根烟，深深地吸进去一口再吐出来，又说了一遍，“有什么办法呢？那是我亲妈啊。”

她不是要说服我，她是要说服她自己。

夜深如墨，我辗转反侧不得安眠，想了许多事，都觉得无解。

天蒙蒙亮时，我终于拿起手机，给许至君发了一条信息：“对不起，可能我也不知道怎么爱一个人才是好的。”

我的手指在“发送”的小键上迟疑了很久，最后心一横，还是点了。

如果明天醒来他没有回复我，我就知道该怎么做了。和他在一起以来，我们有过一些风雨，但平心而论，他从来没有做错过任何事情。

失去他，是我的错，不是他的。

很快，他就回复了：“程落薰，你啊，程，落，薰。”

我盯着那行字，在模模糊糊不明就里之中，又想要流泪。

我从小就听过一个民间传说：人死之后要走黄泉路，经过奈何桥，桥头有位姓孟的老婆婆，不停地煮着一锅以“遗忘”为调料的汤。凡是要投胎转世的人必须喝下孟婆汤，把前尘往事忘得一干二净，才能重新投胎。

如果死后真有这回事，我一定把那碗汤喝个精光。

这一生所遭遇的所有痛苦要是真能在一碗汤里清算，也未尝不是福气。

我想要忘记那个让我爱恨交织的人，我想要忘记我们那些沉默的对峙和崩溃的厮打，想忘记我们是如何用力地伤害对方而又因对方的痛苦自己更加痛苦，我想要忘记我眼睁睁地看着别人摁掉他一生中最后一次打给我的那通电话。

林逸舟，我想要忘记你。

可是，上穷碧落下黄泉，我有怎么可能忘记你。

许至君生日的下午。

谭思瑶找到我，面色凝重："落薰，有件事情，我不知道该不该说。"

我停下手边的事情，望着她："你怎么跟我来这套？"

她神色为难，欲语还休，可是当她一开口我就蒙了。她说："我本来不想提让你难过的事情，但是我又觉得，还是要弄清楚吧。"

我的表情也严肃起来，我和她认识太久了，彼此也有默契了，我已经感知到她说的会让我难过的事情是什么。

她紧抿着嘴唇，眼神中有强烈的不忍，可是，终于，她还是说了："我怀疑那些照片，是封妙琴拍的。"

她伸出手，拿出一枚小小的玩意儿，我不知道是什么。

"落薰，这是针孔摄像机，到处都能买到。"

仿佛好端端的晴空突然一个炸雷，我原本已经平静的内心世界，顷刻之间又乱了。

"你为什么觉得是她？"我努力克制自己尽量语气平和。

她坐下来，握住我的手："那段时间，只有她借用过我们的淋浴间，我本来也不觉得有什么奇怪，但发现这个之后，我把事情从头到尾想了一遍。"

"那也不能证明这就是她装的。"

谭思瑶点了点头："对，所以我们直接去问她吧。"

封妙琴毫不掩饰对我的憎恨，从她的眼神里我可以知道，即使这不是她弄的，她也一定很高兴看到这种事发生在我身上。

谭思瑶质问她："前几天我整理手机自拍，无意中看到有一张自拍的背景里有你，太蹊跷了，那次你在我们的淋浴间待了好长时间，当时我就觉得奇怪，无缘无故的你待那么久做什么？"

封妙琴一脸的讥诮："借用一下淋浴间就要给我扣罪名吗？你是柯南附体啦？"

谭思瑶没想到会被这样挤对，一时词穷，说不出话来。

我叹了口气，是我害得谭思瑶被这样挖苦，那就由我来结束这个尴尬的局面吧。

我们太笨了，这事实在没有必再要追究，看封妙琴的样子就知道即便是她，她也不会老实地承认。就算她承认，难道我还能杀了她？退一万步讲，杀了她，我又能挽回什么？

我们高中就已经相识，表面上来说也算得上是做过朋友。我一直都知道她虚荣、轻浮，有时候确实有点儿可笑，可我没想过她会这么歹毒。

我说："思瑶，算了，我们走吧。"

没想到封妙琴竟然伸手拦住我："这就要走？什么都没搞清楚就算了？程落薰，你也太没用了，当初你和林逸舟上床的时候，我还以为你真有点胆色呢。"

我以为我听错了。

她好像被我的表情激怒了："明明是我先认识他的，是我带你认识他的！可你竟然用那么贱的招抢走他。我告诉你，你能做的事，我也能做！"

我的脑袋好像被炸开了。

原来是这样——我给他看我的刺青的那天，她闯进来，看见衣不蔽体的我，所以她以为是这么回事。所以，她觉得她也能这样做。

我几乎要笑出眼泪来，忽然之间，什么真相都不重要了。

她应该是真的很喜欢林逸舟吧，喜欢他的外表，或许还喜欢他的钱，可她并不了解他……但凡她有一点点懂得他，就该知道，发生肌肤之亲的那一刻开始，他们之间所有的可能性就已经结束了。

但是爱的表达，往往就是这么不得章法，这么拙劣。

还记得罗素然听过我和林逸舟的事之后说“你好像只会用最笨的方式去爱一个人”，她没有说错，但我后来才知道：情爱里无智者。

我挽着谭思瑶的手臂，说：“我们走吧，迟到了不好。”

去餐厅的路上，谭思瑶一直鼓着脸。我知道她心里还有气，气我这么息事宁人，但我也懒得解释更多。

良久，她发出一声长叹：“早知道你是这种性格啦，你不记仇的。”

我捏了捏她的脸。

是，她说得很对，我不记仇，我的性格中有种愚笨的乐观，好像就是因为如此，才会遭遇麻烦。我喜欢的女作家曾经说“一个民族有怎样的承受力，就会有怎样的苦难”，而这句话用在个人身上也是一样恰当。

但我总是觉得，人有相信的东西，总比什么也不信要好。

我还是相信爱情的，我见过它，我知道它真的存在。

我和谭思瑶是最后到餐厅的，李姗姗和宋远竟然比我们先到。

说是许至君生日，其实也就是大家想找个理由聚一聚，吃吃喝喝开心一下，毕竟之前很长一段时间我们都被各种乱七八糟的事情弄得很丧气，现在勉强也算是都缓过来了，当然要趁机高兴高兴。

姗姗问：“晚上干吗？还有活动吗？”

许至君说：“喝一杯？还是你们想唱歌？”

我翻了个白眼——这群人怎么到现在还是一点进步都没有，每年都是这些老套的事情。许至君用眼神指了指我送给他的礼物——是的，我又买了一瓶同样的香水。

“这里最没创意的人就是你了吧，程落薰。”

许至君去停车的时候，趁其他人不备，姗姗拉住了我。

她轻声说：“我以前认识的朋友给我发信息说林逸舟这几天很不对头，今晚又‘嗨’了。我刚给他打电话，他好像也听不进去我说的话。”

我冷冷地看着她，所以呢？

“你要不要？”她怯怯地问。

不，不行，我往后退了一步，惊恐地看着李姗姗。你是来引诱我的魔鬼，我已经想清楚了，做出选择了，我不能一而再、再而三地出尔反尔。

但事情并没有就此结束。大家刚刚坐下，我的手机就不合时宜地响起来，那个名字在屏幕上持续亮着，我和许至君的脸同时变了。

所有人看着我们。

我盯着他，他也盯着我，彼此心里雪亮。只是一个瞬间，但我们交会的眼神已经交换了无数的信息。

也许眼神出卖了我的心，我也许没有自己以为的那么坚定。在情感的天平上，林逸舟那头始终要重1g。

许至君第一次那么不讲道理地对我做了一件事——他将手机拿过去，挂断了这通电话。

我又气又急，想要质问他——你凭什么？可同时心里还有一个声音——你不是已经选好了吗？

紧接着，李姗姗的手机也响了，她接起来，只听了三秒钟，就像疯了一样叫我：“落薰，落薰，出事了——”她握着手机，声音凄厉得让我发抖。

她说：“林逸舟，飙车……出事了。”

有什么东西重重地砸在我的头部，眼里只有一片鲜红，巨大的轰鸣在颅内循环着。有某种尖锐的利器在凿我全身的骨头。每一个毛孔里都渗出寒意，所有的眼泪都要在今晚流干。

我吞咽了一下。

所有人都被这突如其来的噩耗惊呆了，在寂静中，我看见李姗姗已经哭了起来。

许至君抓起车钥匙：“还发什么呆啊，一起去！”

除了姗姗的哭声，我听不见任何响动——到现在为止，我还没有说过一句话。

我不敢问，心里有极度不祥的预感，我怕我一问就会成真。

我木然地眨着眼睛，思绪飞去了很远的地方。

我第一次见到他的小花园，他坐在秋千上的背影，听到有人靠近，他回过头来。那个时候，我怎么会知道我们将会有这样持久残酷暴烈的纠葛？

“我见过你”——我说。

几十亿人的星球上，几百万人的城市里，每天与无数人擦肩而过，但我记得，我见过你。

我想起那些赴汤蹈火的勇气，不是天生的，是因为深深地爱着他才萌生的。因为我深深地爱着他，才心甘情愿地接受了他馈赠给我的所有——美好，温暖，以及不堪。

我想起，大雨滂沱的黄昏，他撑着伞，他的左边耳垂上有一颗耳钉。我在伞下，听见他说“生不对，死不起”。

我们躺在空荡的客厅的床垫上，月光从窗口洒下来，他的眼神里有无限的哀愁。窗外万家灯火通明都化为虚有。

他说：“你是我在这个世界上最重要的人了，但是我不知道这是不是爱。”

在这场爱情里，我像个拾荒者，事无巨细地收藏着与他的点点滴滴。我把他供放于心中一个小小的角落里，满怀虔诚和真挚，这是连他都不知道的我的隐秘。

现在，这个小小的角落被轰炸得翻天覆地，我隔着衣服，按住心口那个刺青的位置，终于泪如雨下。

每个人的生命中都有一个刺青爱人，大火不能熄灭，众水不能淹没。

几个小时之前，他和李姗姗有过一次很短的通话。

她在电话中说：“今天是那个男生的生日啊，你让她怎么走得开？哎，不是我说，你们不是都讲清楚了吗？”

他挂掉了电话，在震颤中想起了一些回忆。

童年时亲眼看见父母在家中大打出手，言语极尽恶毒。某天妈妈带他去一家高级酒店，敲开一间房门，开门的是一个年轻美丽的女子，而房间里的另外一个人就是父亲。

母亲以这个理由，离婚时分走了一半资产——当然，她是被伤害的那一方，这做法没什么不合理，但好像没有人考虑过小小的他。

从那个时候起，他就不太相信感情这个鬼东西了。

长大之后他交往过好几个女生，她们也都是爱他的，但他始终觉得有哪里不对劲，不能够契合。她们都说他是怪胎，他也不愿意解释。

就这样一直孤独下去好像也没什么问题，朋友是不缺的，真心假意他也不在乎。直到他遇见那个叫程落薰的家伙。

她不是特别美，脑子好像也不是很聪明，否则她怎么会去刺一个和她自己其实并没有任何关系的刺青？

她到底是太不会爱，还是太懂得爱的精髓。？

之后，手机响起，是之前就约好的人叫他集合，晚上飙车。

某种药物的作用令他兴奋并跃跃欲试，他从来没有像今晚感觉这样志在必得过。油门已经踩到底，太快了，越来越快，他在极度的快感中冲向了自己的终点。

那条流浪狗出现得太突然了，他看见时已经来不及减速，万分之一秒中他的身体做出了选择，方向盘往左四十五度，车子失控地撞上了高架的护栏——没有系安全带，他整个人直接飞了出去，在空中迅疾而过的刹那，他看见了她的面孔。

他全部的意识，只够摸出手机，打一个电话。

血已经淌了满地，周围的车辆都停下来，人们站得远远地用惊恐的眼神望着他，有人在打 120，有人在尖叫——

他只听到，两声“嘟”之后，电子女声响起：“对不起，您拨打的用户正在通话中，请稍后再拨……”

不会有稍后了，也不会有以后了。

他笑了笑，到这个时候，他终于确定了，自己是爱她的，而且爱得比原以为的要更深更热烈。

但一切都已经来不及了。

我们赶到医院，看见林逸舟的几个朋友在门口站着。李姗姗先过去向他们打听情况。他们说话的声音那么小，我一句也听不见。

当李姗姗转过身来，颤颤巍巍地朝我走来时——我只有出的气，没有进的气，整个人一直往下坠。我摆摆手，示意她不要说话。

我不能容许任何人对他用那个阴森残忍的字眼。

我不能容许任何人对我宣判他的生命消逝这个事实。

李姗姗每走一步，我就往后退一步，直到退到墙角，我再也无处可退。姗姗扶住我，她哭得很凶，很凶，几乎没法说话。

过了很久，我听见她断断续续地说："落薰……我们来晚了……他到医院之前就不行了……"

"×——"我骂了一句，推开她，不知道这怒气该往哪里出，"再晚也要见一面吧！"

他们都来拉我——我从来不知道自己有这么大的气力，需要这么多人来阻止我。可我只不过想见见他，我哭着哀求他们放开我，让我见一见。

李姗姗紧紧地抱住我，我感到了天大的委屈。林逸舟，这些人是什么人，为什么不准我见你？

林逸舟，我只是想见见你，为什么不可以？

有一个声音远远地传来："让她去吧。"

姗姗迟疑着缩回了手，我一得到自由，立刻拔足狂奔去太平间，没有回头看许至君一眼。

我永远也不能明白他当时的心情了——就像他同样也不能明白

我这一刻是如何被摧毁。

当工作人员问我是以什么身份进来的时候，我说：“未婚妻。”

我毫无理性，也毫无自尊，其实连他一天的女朋友都没有做过，可我竟然说我是他的未婚妻。旁边没有人纠正我，包括许至君，他站在一个角落里，面孔隐没在黑暗中，没人看见他此时是什么样的表情。

我独自走进阴冷中，完全不害怕，我和自己说，不要哭，不要惊动他。

在一排冷冻抽屉柜前，工作人员找到其中一个，大力拉出来。

我捂住了嘴，眼泪堵住了喉咙。

他看上去更加苍白，神情安宁像睡着了，就像以前无数个夜晚一样。我想，等到天亮了，他就会醒来吧，继续跟我纠缠不休，或许也会和其他女孩子纠缠不休。

我逼自己盯着他看，逼自己记住他的一切，他的眉眼睫毛、鼻梁、嘴唇，他的手指，他的刺青，所有所有，一点一滴都不能遗漏。

世界在我身后轰然倒塌，一切来得太突然而不可逆转。

林逸舟，没有了你，这个世界对我又有什么意义？

从前的城市，是一张彩色照片。

以后的城市，是一张黑白照片。

你带走了我生命中全部的鲜艳色彩，从此我要如何存活下去？

我不是没有劝诫你，爱惜自己，远离所有会伤害你的东西——

那些短暂的快感，只是生命的幻觉。我也苦口婆心地说过许多次，你开车要小心，你总是笑我胆小，对我说的话不以为然。你以为年轻应该等同于张扬不羁和随心所欲，哪怕明知道是错，也要错下去。

现在你满意了，你永远都不会老了，你将永远这样年轻下去。

直到最后你还是一样自私，没有一丝一毫考虑过我。

我伸手去把他左耳上的那颗耳钉取了下来，插进我的耳洞里。

林逸舟，你从来没有说过你爱我，你能不能够看着我的眼睛，哪怕就说一次。

只要你说一次，多久的等候，我都可以承受。

只要你说一次，再孤独痛苦，我也可以忍住不流泪。

只要你说一次。

接下来的事情我全然不知，他父母接到消息，分别从不同的地方飞来。那是他真正的亲人，只有他们有权力处理之后的事情。

我已经耗尽了元神。

在许至君的公寓里，我昏睡了很久，大脑停止运转。像是有人往我脑中灌了又稠又烈的岩浆。我偶尔会醒来，哭一会儿，喝很多酒，接着昏天暗地地呕吐。

过去我太克制了，许多事情不敢做，许多话也不敢说，但现在我不再有任何顾忌。

他一直守着我，偶尔康婕会来看我，这种时候，他会出去走一走，透口气。

“许至君好累好憔悴啊。”康婕说。

我也不搭理，他憔悴就憔悴吧，我连命都不想要了。

半夜，我爬上窗台往下看，有一瞬间，我确实想跳下去一了百了。

他冲过来，野蛮而粗鲁地把我拽下来。在这样剧烈的拉扯中，我们始终沉默着——直到，我再一次崩溃地哭出来。

他抓住我用力敲打自己脑袋的手，声音里充满了痛心："人死不能复生，你这样也没有用。"

我怔怔地看着他。

这人是冷血的吗，他怎么能平淡地讲出这么残酷的话？

回到房间，我又哭了一会儿。

曾经听人说，遇到重大的挫折，能哭出来是逐渐痊愈的第一步，但我一个字也不信。或许是我太懦弱，从那一天开始，我的心一直在滴着血，呼吸也牵扯着剧痛。

往后白昼长夜轮转，春去秋来，而我永远都不可能痊愈了。

不要对我说生命很长，世界很大，不要告诉我未来还有许多可能，不要骗我说，同一个类型的男生还有无数个，不是这样的，有些事情、有些人，永远不可替代。

我再也找不到第二个林逸舟了。

我曾经以为自己很无私伟大，会长久守候他，可是我都做了些什么？

在他想挽回的时候，我放开了手。

在他最后想起我的时候，我居然让不相干的人摁掉了他的电话。

这算是什么守望？

我想起我曾经那么恶毒地诅咒他"你迟早会死在这辆车上"……

往后的很多年里，我都不敢再去任何和他有关的地方，不敢路过他从前居住的地方，不敢再踏入那个承载着记忆的公寓，重温我们自始至终的过程。

他曾经说，我是这个世界上对他来说最重要的人——当时我只有不满和失望——可他对于我来说何尝又不是这个世上最重要的人？

我们到底是为什么要这样伤害彼此，到体无完肤的地步？

我恨我自己的狭隘和执着，也恨他的漫不经心，我们不该奢望对方以自己所期许的方式去爱，我们也不该妄想向对方索要同等的情感。

我恨他，也恨许至君，但对他们所有的恨加起来也不如我恨自己的程度。

当恨到了极限，沉重至不可承受时，我悄悄地离开了许至君的住所。

在楼下的便利店，我买了一把美工刀，刀很锋利。我想这样就很好，越快越好。

走了许久，我走到了江边。此时暮色四合，晚霞是一种令人沉醉的红，我在石阶上坐下，抽了根烟。

我脱下了帆布鞋，拾级而下，走下堤岸，走入泥地——光着脚去天堂的话会比较轻松一点吧？

我一步一步往越来越冷的水里去。

江水渐渐没过我的膝盖、腰和胸口，许多杂音充斥在我的脑中——不过，没关系，很快我就再也不会想起这一切了。

头顶的最后一丝光线也即将消失，那一刻，我在心里说了一声再见。

再见，再也回不去的岁月和不可预知的未来。

再见，那些从我生命中疾驰而过的人。

在幽暗的水中，我缓缓下沉，呛了很多水，心中却为了某种不确定的重逢而感到欣慰。

我还有机会再遇到他吧……

当我再醒来，看见的却是许至君临窗而立的寂寞背影。

追思会结束之后，我冷静了很多，不，与其说冷静，倒不如说是心里死掉了一部分。无须任何人再提醒我，我已经明白，这是一场死别。

他真的再也不会回来了。

许至君为我做了许多，虽然在内心深处，我认为他这是在做某种没有意义的赎罪。

他在公寓里装了新的音箱，订了很多碟，和我说如果睡不着就自己放来听。我看过封套，都是大师的作品，纯音乐，应该真的能起到安神定心的作用。

但我一张也没有拆开过。

曾经年少春衫薄，我永远记得和林逸舟背躺在一起，一人一只耳机听 Linkin Park 的日子，这些回忆就是我活下去的一口氧气。

夜晚，我们会试着谈谈心，好几次我感觉我们就快要碰到那个核心了，却又都退缩了回去。

如果没有那通电话，他不必有这层负罪感。理智上，我知道，即便当时我接通了，也不能做出任何补救，但情感上，我终究难以释怀。

他是无辜的，我比任何人都了解他的良善之心，但我们之间已经障碍重重，我跨不过去，他跨不过来。

“落薰，如果你继续这么痛苦，我可以带你去看心理医生，也许会有用。”他说。

我握住他的手，轻声说：“谢谢，但不需要。”

他是这么好的一个人，他应该得到安宁，他值得更好的爱和被爱。

我已经自私得太久了，从这一点上说，我和林逸舟也没有区别。一想到林逸舟，他用死亡在我的生命中制造了这样巨大而不可弥补的空白，我就明白了我该如何对待许至君。

我说：“再给我一点时间，我需要好好想一想。”

然而，我还没有想清楚该怎么和他解释我要和他分开这件事时，另一件意外又发生了。

“姗姗出事了。”宋远在电话里说。

我没有想到，孔颜也在。

看到她的第一秒钟，我和康婕便双双怔住，她的反应也和我们差不多，一时场面和很多年前那次有些相似。

她是最先说话的：“一起进去吧。”

打开门，宋远的样子吓了我一跳，他两只眼睛底下有浓重的黑色阴影，头发全贴着头皮，看样子已经好几天没洗了。

他看见我，面孔有些扭曲，像是在强忍着什么。

我哑然地望着他，什么话都说不出来，过了好久，我听见康婕轻声问他："出了什么事？"

那日晚上，他们回来，走到楼梯口，宋远忽然想去买点水果，于是姗姗先独自上楼。

年久的老房子，没有物业，门廊里的感应灯时时不灵，灯泡炸了也没人修，好在她也已经习惯了。

她摸着黑，把钥匙插进锁眼，忽然听到黑暗中有人在背后叫她，她下意识地应了一声，同时全身汗毛竖起——

回身的那一刻，本能的直觉令她用手里的包包挡住了头，但仍然有一部分不明液体泼到了她的手上和脸上。

火烧一般疼，她不由自主地发出了尖叫声——

那条黑影仓皇逃窜，将正在上楼的宋远撞翻。借着楼梯间微弱的光，宋远看到那人撸起的袖子下面的半截文身，形状像龙尾。

他顾不上去追那人，急忙跑回家门口，听见姗姗在哭，他想报警却被她制止住。

她哭着说："我知道是怎么回事，我们惹不起。"

我们全体噤声，没有人敢乱说话，事件严重得完全超出了我们的认知范围。

这个时候，我才明白为什么孔颜会在这里，无论如何，她是姗姗的亲姐姐。

她忽然说："她为什么不让报警？还不是因为她自己知道自己做过什么。"我难以置信，这种时候，她竟然说得出这种话？

“你有没有人性啊？”康婕抢在我前面斥责了她。

孔颜笑了笑，十分不屑地看了看康婕，那眼神充满了轻贱和鄙夷。我心里忽然一动，有些事情迟早是要解决的。

“前段时间，我遇到周暮晨，他告诉了我一件事。”我说。

许多年前那一出荒唐的闹剧，居然要等到今天才偶然揭开真相。

周暮晨不是傻子，感觉到了康婕对他的好感，在被程落薰和孔颜弄得焦头烂额时，他想和那个温顺的女生聊聊天，诉诉苦。

他叫她出来喝酒，她因为某种一直压抑着的情感而脸颊泛红，湿漉漉的眼睛像一只小鹿。

或许是太紧张了，她很快就喝晕了，迷迷糊糊地躺在他的床上睡了过去。他什么真心话都还没来得及说，只能帮她盖上被子，把空调打到二十五度，自己就着剩下的酒，在沙发上看了一整晚球赛。

电视很吵，他心里却很平静。

在那个晚上，他想明白了，对自己来说，孔颜始终是最重要的。

我们重逢的那个晚上，在奶茶店里，周暮晨面有愧色地说：“孔颜最介意的是你，我也不知道为什么会脑子发昏，骗她说我和康婕有点什么。”

“为什么？”我还是想不明白，“为什么你和康婕有点什么，她就不介意？”

“不知道，她说只要不是你就行。”

我原本应该早点和康婕说清楚，但林逸舟的事让我失去了对所有事情的兴趣和关心，直到今天，我终于有机会讲出来，还康婕一个清白。

“为什么只要不是我就行？”我问孔颜，“你就那么恨我？”

她发出了一阵令人害怕的笑声：“不光是你，还有她呀——”她指了指卧室的方向，“你们都一样。她抢走我的人生，而你想抢走我的感情。哪有这么便宜的事，我可不会让你们如愿。”

她走到卧室门口，对着里面的姗姗说：“你猜是谁告诉宋远的姐姐，你跟了一个老男人好几年？我实在看不惯你得了便宜还卖乖的样子，凭什么我就要被送人？我从小勤奋学习，就为了让养父母对我好一点，而你呢，在亲生父母身边长大，却长成这么个贱人……”

她又回过头来，看着我，一字一顿地说：“我就是恨你们，我就是希望你们都去死！”

宋远几乎要冲上去掐死她，幸好被我和许至君同时拦住。

卧室里传来姗姗的声音：“让她走吧，算了，算了……”

孔颜像看傻子一样看了我们一眼，拎起她的包，扬长而去。

她走了之后许久，康婕才靠近我，怯怯地问道：“真的吗？”

我不忍心与她对视，只能侧过头去，轻轻点了点头。她走回沙发坐下，面朝着墙壁，肩膀小幅度地颤抖着。

我进去看姗姗，她脸上和手上都贴着纱布，看到我，她努力地笑了笑。

“没事的，会好的。”我说。

她也对我说同样的话：“没事的，我们都会好的。”

“你相信吗，虽然我付出了这么惨重的代价，但是我觉得值得，用这个代价来交换自由，我心甘情愿。”她说着，看向我身后的宋远。

他的脸上没有一点哀愁，全是坚定和坚毅。我曾经觉得他就是个生活在罗素然的庇护下的孩子，可是现在，我看见这个孩子已经长成了一个男人——一个有责任、有担当的男人。

昔日的小树苗，已经长成了参天大树，只有它自己才知道经历了什么。

他们的手上都戴着一枚平价的戒指，我见过这个款式。两只圈无论怎么转都能契合在一起，叫作“永不分离”。

过了一阵子，我陪姗姗和宋远去了一趟罗素然的住处。

她的小腹已经突起，请了一个阿姨在家照顾，看着我们的时候，她完全惊呆了。

我只待了一会儿就离开了，他们应该有很多很多的话要说。虽然也没有什么事需要避讳我，但我还是想把空间留给他们自己。

又是一年的深秋，小区外梧桐叶子落了满地，脚踩上去，有轻微的“咯吱咯吱”的声音。我深深呼吸，又闻到了南方特有的潮湿气味。

四季变换，却再不会有一个人在雨天和我相见了。

我有点儿想家想我妈了，这些日子以来，我情绪大起大落，只能待在许至君的公寓里，用各种各样的理由骗我妈说有事情，暂时不能回去——其实我是害怕她会看出什么来。

我给妈妈打了个电话，她一听到我的声音就开始骂：“你是不是以后都不打算回来了？”

我望着车水马龙的十字路口，眼睛有些湿润，但语调是欢快的。

我说：“我今天就回家。”

我住的时间不长，东西也不多，三两下也就收拾好了。许至君一直没有说话，我也是，我们似乎已经到了无话可说的地步。

当我把背包拉链拉上，看向他时，他走过来，抱住了我。

不是不难过的，但我实在不想哭了。

他很轻声很轻声地问我："落薰，不走好不好？"

我捧住他的脸，很想告诉他，这不是生离死别，我只是要回家。

可是在四目相对之中，这次离别的意义已经显现出来了，我们都无法再欺骗自己。

我记得他说过，爱一个人，不仅是要和那个人在一起，而是意味着永远不会伤害那个人。

他确实一直善待我、宽容我，从未食言过一天。我何尝不希望我最先遇到的人就是他，我何尝不希望我还是一个孩子，还是一张白纸，一切笔画都未来得及落下——可是有一个人，他用死亡横亘在我们之间，成了永远无法逾越的鸿沟。

我要善待爱情，我不要连累爱情。

最不能说出来的原因，是我只要一看见他，就不能自控地想起他生日的那个夜晚，是他挂断了林逸舟打给我的最后一通电话。

我可能一生也没有办法原谅——不是不能原谅他，而是只要看见他，我就无法原谅我自己。

如何让他理解，这并不是怨恨，而是我的软弱？

我挣脱他，想去提我的背包，可他一把抢了过去，说什么也不松开，我们的手被背带绞成一团。

他看着我，眼神带着一种孩童般的无辜。

我按捺不住脾气了："你到底想怎么样？"

我说："我只是回家而已啊，我总要回家的吧！"

"程落薰，你在骗我。"他说。

我感到内心有一块陷落，在这样的对峙中仿佛度过了一生的时光。终于，我狠下心来，说出了我早就应该说的那句话。

“许至君，我们分手吧。”

他如释重负地笑了起来，笑了许久，眼睛有些发红。

他说：“我知道这句话你迟早要说出来的，只是没想到一切来得这么快。”

他松开了我的背包，像一块石头一样坐下来。

他说：“程落薰，我已经尽我所能去爱你了，还是不够对吗？因为我不是那个人……我没有什么遗憾和后悔的，唯一抱歉的是，那晚我不应该挂掉你的电话。

“你想清楚了吗，这是你最后的决定了吗？你知道吧，我们将来再也没有机会了。”

我提出分手，使他再没有顾忌地说出了在心里蕴藏了许久的话，而这些话都像是在凌迟我的灵魂，一片一片再一片。

我流了一点儿泪，沉默地解下了他系在我脖子上的玉。我蹲下去，仰起头看着他，将他的手掌摊开，把玉放入其中。我轻轻说：“原谅我的退缩和懦弱，以后每一年，你的生日都是他的忌日，我想笑，不能笑，想哭，却也不能哭，我承受不了这样巨大的折磨。”

你值得遇到更健康的情感，更可爱的女孩子，我心里这样想，却没有说出来。

走出那扇门的瞬间，我脑中不停地反刍着一句话：全世界至此剧终。

停顿了一会儿，我感觉到体内的能量已经耗尽。

身体无力，我不受控制地顺着门一直下滑，跌坐在冰凉的地上。我抱住双膝，把脸埋进去，眼泪无声地涌了出来。

与此同时，在门的另一边，许至君也呆坐着，许久没有动弹。

我们隔着一扇门，却像是隔着无数的大江大河。

如果在冥冥之中有一架胶片相机，只剩下为数不多的几张底片能够用来记录生命中几个重要的画面，一定会有这张：那日我缓缓走下堤岸，走入水中，听到有人在身后叫我的名字，我回过头去……

夕阳的瑰丽布满整个天空，他神情哀伤地望着我。

那一刻，镜头碎了，画面却永恒定格。

许至君，如你所言，你将最好的爱送到了我的面前，你的确竭尽所能不遗余力地爱护我。

你希望我快乐，却极少想过你爱我爱得快不快乐。

我告诉过你，我或许和你从前认识的女孩们都不一样，我阴郁而执拗，不是在富足和温暖的环境中长大。我的情感至沉至重，无论交付给谁，都显得我无知而自私。

你说你能够担负，但是我问自己凭什么叫你担负？

和我分开，你的身边和内心才能够去接受更好的爱。只是终究有些遗憾——你为我做过那么多，我唯一能够为你做的却是离开你。

人的生命一定会比痛苦更长久，如果我不相信这一点，我就无法继续生活。而你也要相信，程落薰只是一段插曲，你会有真正美好的人生，会有妻如花，有女如玉。

我们从未真正属于过对方，也就没有所谓失去。

一生的光阴如此漫长，我希望你拥有一个没有任何悲伤和痛楚的未来。那通没能够接起的电话，是我和他的结局，而你绝不应该也被困在其中。

我永远不会让你知道，在我决意终结自己的生命的那一天，脑海里最后一个想起的人是你。

时间若能够重置，人生如果可以按照自己的意愿进行，我们就早一些相遇吧。

在幽深暗蓝的水底，我屏住呼吸。

如果说记忆会像繁星璀璨，最明亮的那颗一定是你。

我闭上眼睛，回想起所有和你共同的记忆。

你是寂寞永夜里的唯一光明。

你是无垠深海上空，唯一的星星。

我会记得你跟我说的那个童话，也会记得你想让我明白的事情——这些伤口并不痛苦，因为它们都是爱的痕迹啊。

我们隔着门，长久地沉默着，这世上再也没有比沉默更动听的声音。

番外篇

你是一抹少年蓝

你出事的那个黄昏，我终于办好了所有留学需要的材料。

我独自去等公交车，在站台前的报刊亭里，我随手拿了一份那一周的城市周刊。等我坐上车，打开周刊，我才看到这期的主题下边有一行醒目的字：消失的宴洲岛。

我心中一动。

几个小时之后，我接到李姗姗的电话，她说："苏瑾，他出了很严重的车祸，在送到医院之前就已经不行了……"

她的声音伴随着哭泣低了下去，顷刻之间，却有电闪雷鸣在我脑中奏起。风雨交加，记忆中你的眼睛那么明亮，泛着幽蓝的光。

我几乎站立不稳，眼泪汹涌而出，目光落在那个触目惊心的头条上：宴洲岛，剧终。

我永远不会忘记那晚的夜空，永远不会忘记你的笑容。

那次短途旅行之前的一个礼拜，所有人都以为那日会是一个风和日丽万里无云的好天气，接下来一周的天气都如我们所料，直到出发前的一天，忽然变了。

我们一大群人约在学校旁边的冷饮店商量怎么办。我无论做什么事都习惯早到，觉得时间充裕一些会更从容，可是当我收起那把大黑伞推开门，却发现有人比我到得还要早。

你坐在我的对面，正在吃杨枝甘露。你抬头看到我，便朝我微笑，叫我："苏瑾，过来坐。"

那是我第一次和你那么近距离地单独相处。

虽然之前我们互相知道对方，但也仅限于知道一个名字而已。我从心底里认为你对我这么平凡的女生不会有任何印象，而我对你的了解也不过停留在那些道听途说的情感故事里。

近距离看你，忽然有那么一点明白为什么会有那么多女孩子喜欢你，一个个前赴后继，视死如归，爱得完全不在乎明天。

你的嘴角总是带着一点点邪气的笑，轮廓漂亮得像一帧剪影。最神奇的是你的眼睛，原本普通的眼白不知何故竟然泛着一点瓷器般的蓝。

你看上去那么美好而澄净，我实在无法将你同很多人口中那个“没有一点真心”一样的林逸舟联系起来。

当时年少春衫薄，骑马倚斜桥，满楼红袖招——这几句话，大概就是形容你这样的少年吧。

在我沉默地审视你的时候，你帮我也要了一份杨枝甘露。你挑了挑眉毛说：“没想到这么不起眼的小店，东西做得还真不错。”

我不以为然地也挑了挑眉毛：“这有多难？给我准备好原材料，我也能做出来。”

这是我第一次跟你说话，也不太懂得含蓄和矜持，甚至连假装一下谦逊都懒得。你看了我一眼，笑了笑，没有说什么。

其他人陆陆续续都来了，一个个对着这骤变的鬼天气骂骂咧咧。在一群聒噪的人当中，沉默的你显得那么与众不同，甚至格格不入。

有女孩畏畏缩缩地提出建议，说干脆取消这次短途旅行。其他人纷纷表示赞同，天气恶劣算是不可抗力吧，就算取消也不用赔偿啊……

在我那声“不”脱口而出之前，你再次抢了先。你懒洋洋地环视了一周，轻声说：“要是你们都不去，我就一个人去吧。”

过了很长时间，一直没有人说话，尴尬的气氛蔓延开来。

你起身，从门口的水桶里抽出自己的伞，回头不知道是对着谁说：“愿意去的人，还是按照约定明早八点在学校东门碰头吧。”

看着你瘦削挺拔的背影，我心里有种奇怪的感觉，像是一块冰在慢慢融化。

你走了之后，大家开始陷入了无聊的议论中，有人摇着头说道："这脾气性格，到底是富家子……"

我不知道他们之后还会说什么，也不想明白这些人是如何看待你。我默默地把面前那份杨枝甘露吃光，如你所说，很好吃，确实不是我这种业余人士能做出来的味道。

大家要散去的时候，我听见自己的声音很轻但是很坚定："明天我会去。"

我背着双肩包，跟你一起坐上前往宴洲岛的巴士。你一直闭着眼睛，耳朵里塞着耳机，似乎是睡着了。我手里翻着一本临上车前买的杂志，上面的内容乏善可陈。

车开了半个多小时之后，你忽然睁开眼，没头没脑地说了一句："真没意思。"

不知道为什么，我竟然听懂了你的意思，头都没抬地回了你一句："何必管那些人怎么想。"

窗外的天空是阴沉的，你的笑容却那么明亮。你拔下一只耳机塞进我的耳朵里，里面传来陈奕迅很早以前的一首歌。

"在有生的瞬间能遇到你，竟花光所有运气。"

我笑了笑，继续听完。许多年后的我想起那一幕，还是感到非常难过，原来一切早就有暗示了，所有的歌都是唱给能被击中的人。

我们抵达宴洲岛，天却意外地放晴了，岛上的空气很清新，与我们平时在城市里所呼吸的混浊空气有着天壤之别。

我深深地吐出身体里的废气，有点儿贪婪地吸了又吸。你伸了个懒腰，漫不经心地开始观察起周遭的环境。

岛上人烟稀少，民风淳朴，带着上个世纪的朴素美感，每个人的脸上都挂着笑容。岛民们皮肤黝黑，看得出是常年日晒的结果，眼神中蕴含着长期在城市生活的人所不具备的活力和简单。

宴洲岛是一座长三公里，最宽处四百米左右的小岛。我背着大大的背包跟在你身后漫无目的地走着，你一路沉默，如果不是在偶尔我跟不上你的时候你会停下来等我，我可能会以为你都忘记了我这个人的存在。

路过一片很大的西瓜田，彼时正是西瓜成熟的季节，有几个小孩在田里跑着。我停下来，望着他们，这是我第一次与自然这么亲近。这个场景好像是童年时做过的梦，但直至我长这么大，也从未在瓜田里奔跑过。

你走到我的身边停下来，轻声说："这些小孩子是来偷西瓜的，其实也不叫偷，因为都是自己家种的。不过大人们想把大的、好的运到岸上去卖，把小的、歪的、被水泡过了的留下来自己家吃，这座岛上的地是沙地，种出来的瓜特别甜。"

我惊讶地看着你，有点儿诧异，你怎么会晓得这些事情？

你侧着头看着我，眼睛里仍然泛着那层瓷器般的微蓝光芒，你微微一笑，再也不肯说下去。

那个时候的我，脑子里没有"爱情"这个概念。

我的成长经历就是一个好学生一路的范本——从小到大我都是班长，各科的老师都喜欢我。我没有娱乐，也不爱打扮，到了大学才知道每天要涂防晒霜。最常穿的衣服是白色衬衣和深色裤子，戴一只中性手表，这就是我全部的配饰了。

但我并不在乎那些，和许多人浑浑噩噩的青春不同，我从很早就有自己明确的人生目标，我知道自己未来要去哪里，要做什么。

你的出现，是一个模范生人生中的意外——我从此知道了一些知识之外的东西，而那些东西，不是我刻苦和努力就能得到答案的。

我们住在一家小小的旅店。晚上，我洗完头发出来吹风，看到你在走廊上抽着一根烟，神情十分寂寥。

我不想打扰你，正准备安静地离开时，你发现了我，伸手招呼我过去。

我们坐在旅店的藤椅上，聊了很多，最后你对我说："我每年都会来一次宴洲岛，所以对这里的一切都很熟悉。"

"每年都来吗？这么小的地方，看起来也没什么变化，每年都来不是很无聊吗？"我问。

你的目光投向了虚无的远方："我小时候的儿童节，父母会带我来这里过一天，因为他们年轻时就是在这里认识的……"

你侧过脸来对我笑："不过，他们后来很少一起出现了。"

我们在岛上待了三天，这三天里，你表现得就像个带着妹妹过暑假的哥哥。

你教我摘西瓜，告诉我要保留 T 字瓜蒂，这样西瓜的保存时间能长一些，品相也更好。

岛上的甲鱼很多，你又带我捉甲鱼，看到当地人都一晚上捉一桶，我们俩却死活只捉到一两只。你真是个很奇怪的人啊，好不容易捉来的甲鱼，最后你又全部都放掉了。

你说的，有这个过程就很开心了。

岛上的芦苇很多，你用单反相机给我拍照。不知道为什么，我一想到镜头后面那双眼睛是你，就会手足无措，姿势僵硬，笑容扭曲，拍出来的照片没有一张好看的。

虽然不是个合格的模特，我却是个天生的摄影师，我给你拍的每一张你都很喜欢——你的小小的善意化解了我的尴尬和局促，更满足了我的一点点虚荣心。

给你拍的所有照片中，我最喜欢的是那张抓拍——我跟在你后面走，你回头看我之前，“咔嚓”一声，我摁下了快门。

照片中，只看见你的白色 T 恤，身材单薄，看不清楚你的脸。

这张照片后来被我冲洗出来一直放在我的钱包里，不是没有人问我这个背影是谁，我总是笑而不语。

我们临走前的那个晚上，在水边散步，我很意外地看到了萤火虫。

那是我第一次看到萤火虫，在黑暗之中明明灭灭，我像个无知的孩子一直兴奋地小声叫，黑暗之中，你拍拍我的头，笑着说了一声“白痴”。

你的手掌揉在我的发丛里的那一瞬间，我真希望我有那一把神奇的剪刀，能将这个片刻从我们的人生中剪辑出来，放到一个小盒子里珍藏起来。

也算是良辰美景，吉光片羽吧。

后半夜下起雨，我睡得很沉，懒得起来关空调，第二天果然很不争气地感冒了。

到了出发时，我昏昏沉沉地一脚从楼梯上踏空，若不是你眼明手快地抓住我，只怕我就要摔个半身不遂了。

你探了探我的额头，蹙着眉说：“好像发低烧了啊。”

我全身酸软无力，一直出冷汗，嘴里有些苦涩，连面包都吃不下一口。我靠着你，你索性把车座的扶手推上去，抱住我，小心翼翼地喂我喝水。

我是什么时候知道自己爱上你的，大概就是在那个迷糊而清醒的时候吧。你的呼吸深深浅浅地扑在我的睫毛上，我听见自己血管里慌乱流窜的血液倒灌进心脏，继而又澎湃而出的声音，就像在岛上的夜晚，我听见的那些起起落落的浪潮。

我心存天真，以为那个美好的瞬间，可以保留到天荒地老。

三天的相处，完全颠覆了我最初在流言蜚语中所知晓的你。我近乎偏执地认为你是一个被误解的人，甚至觉得我保留了那么久的爱情就是为了等待你的出现。

你把我送到家门口，忽然叫我等一下，等你气喘吁吁地再跑到我面前时，手中多了一袋退烧药和感冒药。

那些红的绿的白的药丸，在我的抽屉里，一直安放了很多年。

分开的时候我情不自禁地拥抱了你一下，你没有脸红，也没有露出丝毫羞涩——我当然不知道，这种程度的亲密对你来说算得了什么？

我把头埋在你的胸口，轻声地说："林逸舟，谢谢你。"

你拍拍我的背，说："都是朋友了，客气什么。"

一个平常的下午，你发来信息约我晚上一起吃饭，我开心得不得了，还特意回宿舍换了一身衣服。虽然还是白衬衣，但我配了一条新买的卡其色裙子。

我没有想到，你是要介绍你新交的女朋友给我认识。刚一见面，我心中失望的感觉就像被当头淋下一盆冷水。

虽然我极力掩饰失落和不自然，但我毕竟不是表演系出身，表情动作举止神态全要拿捏得恰到好处，我实在是做不到。

但我更加没有想到，你新交的女朋友——那个叫安宁的女孩子——目光如炬，明察秋毫。我那些泄露的细小情绪被她尽收眼底。

你们因为我吵架，安宁以女性天生敏锐的第六感指证我喜欢你。

你觉得她说的话既愚蠢又荒诞，一遍遍解释："苏瑾是我的好朋友、好哥们儿，难道你没有异性朋友吗？"

这些我当时都不知道。

更要命的是，我还经常傻乎乎地和你们一起玩。逛街的时候。我知道你喜欢的衣服牌子；吃饭的时候，我知道你喜欢的食物。即便什么也不做，光是聊天我们也能很开心地聊很久彼此喜欢的书和电影。

我并没有意识到，在我们一次次的嬉笑中，安宁的脸色已经越来越难看。

这个世界上不会有毫无根据的爆发，只是在安宁的愤怒爆发之前，我还不懂得收敛，或许在潜意识之中我是心存炫耀的。炫耀什么？无非我比她要了解你。

我才是这个世界上离你最近的那个人。

我更是这个世界上将你看得最重要的那个人，没有之一。

安宁爆发在你生日的那天。

原本是你们两个人的约会，你却又不识趣地叫上了我。比你更不识相的我，抱着给你买的生日礼物飞速赶到了餐厅。

我跟安宁送你的生日礼物都是乐高，她买的是一盒常规款，而我送你的是提前很久就拜托在国外的朋友抢到寄回的星战系列。

你刚一撕掉我的礼物的包装纸，就情不自禁地发出了“哇”的声音，但你很快意识到了什么，连忙对安宁说：“你这个也很好，我也喜欢。”

这话和骂她有什么区别？

安宁沉着脸，这个时候的她已经毫不掩饰对我的憎恶了。在洗手间里，我自作多情地跟她说：“他是星战迷，你下次可以再送他其他的星战周边……”

她抬起头从镜子中安安静静地端详我，那种目光让我不寒而栗。

最后，她一句话都没有说，甩了甩手上的水，拉开门出去了。

在餐桌上，你第一筷子就把虾夹给了我，笑笑说：“你最喜欢吃的。”回头你又夹了一只虾，放到安宁面前的盘子里。

谁也没想到，安宁用筷子把虾拨了出去，动作之快、意味之决绝，溢于言表。

你愣住，眼睛里闪过一丝不愉快，又夹出了一只虾给她——她将先前的动作又重复了一遍——这样你来我往了三次之后，你忍无可忍地把筷子一摔：“你怎么了？”

安宁看看我，再看看你，过了很久，她吐出一句话：“我不要你给别人夹过菜的筷子来给我夹菜。”

场面太难堪了，空气冻住，我的呼吸也慢下来。

几秒钟之后，安宁提起她送给你的那盒乐高，眼泪顺着脸颊滚落。她说：“我受够了每次三个人一起，我受够了她比我更了解我男朋友的喜好，我受够了你们把我当白痴。”

她最后丢了一句话：“林逸舟，你知道苏瑾喜欢吃虾，那你知不知道我从来不吃海鲜，因为我会过敏？”

她走了之后，我和你四目相对许久，我感到某个真相今天不能不被捅穿了——

你无奈地笑着说："她想多了，非要说你喜欢我。"

"这样啊……"我低下头，看着盘子里的虾，"没错啊，我是喜欢你。"

过了很久我都不愿意去回想起那一天，你听完我的表白之后，轻轻地叹了一口气。

你说："可是每个人都有自己喜欢的类型。"

你喜欢什么类型——这可能是我唯一不了解的盲区。我看见过好几个和你谈恋爱的女孩子，她们像盛放的花朵，都很美丽，但各自的美丽又并不相同。

是我不够美吧，你不好意思直接说出来，或许你还不喜欢的是我的坚硬，安宁眼底的仓皇和无助永远也不会出现在我的眼睛里。

你握住我的手，用前所未有的诚恳态度说："苏瑾，做朋友长久得多。"

我不动声色地抽回手，笑一笑："那就做朋友好了。"

说得是这样云淡风轻，心也是真的坚毅刚毅，可回去之后我还是哭了许久——很难说清楚我到底为什么哭——是为了骄傲的自尊心，是为了我跟你之间名不副实的友谊，还是为了刚刚说出口就被判了死刑的爱情？

那天凌晨，我接到安宁的电话，她的声音冷如冰霜，她说："你必须出来跟我见一面。"

凌晨两点，整条街空无一人，我却并不感觉害怕。

安宁哭得歇斯底里，一遍一遍地问我：“你到底想怎么样？”

我看了一眼路灯，这么滑稽的场面它或许经常看见，但对我来说这还是第一次。我的心里有许多无奈和哀愁。

我没有崩溃，她先崩溃了。

我拿她没有办法，只好打通你的电话，你睡意蒙眬的声音传到我的耳中，令我感觉疲惫而尊严扫地——如果我不曾喜欢你，不曾爱上你，我原本不需要面对这种事情。

深夜的你，穿着白衬衣赶来，把车停在我和安宁的身边。

你一把抱起安宁，她象征性地挣扎了一下就妥协了。她靠在你的怀抱里，双手环住你的脖子，半闭着眼睛，其实她不用看也知道自己已经赢了。

我咬着嘴唇，不知道自己的目光中是失望多一点还是绝望多一点，我只知道，你转过头去没有看我。

你离开之后，我独自走夜路回了公寓。在树影与月影之间，我感到有那么一点点冷，心里空荡荡的，能听见寂寞的回声。

过了半小时，安宁的电话又来了。这次她仍然在哭，但她说：“苏瑾，对不起。”

我一言不发地挂断了电话，知道一定是你逼她来向我道歉。

她是如此柔弱而没有坚守，什么都听你的。在寂静的黑暗里，我问自己，如果和你在一起的人是我，而你要我去向另外一个女生道歉，我做不做得到？

过了一会儿，答案清晰地浮了出来——不可能。

安宁在最后还和我说：“苏瑾，我是个小气鬼，我舍不得把林逸舟让给你。”

我落下了几滴眼泪。

原来我也可以哭得这么含蓄，这么斯文柔弱，只是你那双微蓝的眼睛没有看到。

即便解决了我这个隐患，安宁和你到底还是没有维持太久。

你是注定难以停留的人——后来我在程落薰的日志中读到，她用传说中没有脚的鸟形容你，我第一次觉得，也许她是比我更明白你的本质的人。

你大概是吸取了教训，从不让我见程落薰。

最开始我不知道你是在保护我还是保护她，渐渐地，你同我说起她的时候，总会不自觉地笑起来。从前我从未在你的脸上看到过那么柔软的表情，好像掐一下就会流出水来。

自从认识她，你便有诸多避讳。你从不当着我的面接她的电话，每当她的名字在你的手机上亮起时，你总会避开所有人去找一个安静的角落。事实已经很明白了，你那双澄净的眼睛骗不了人。

这次，你是真的在爱了。

我站在墙角看着你的影子，黑暗之中你手中的烟明明灭灭，一瞬间时光倒流，回到宴洲岛的那个晚上，那个有风穿堂而过的走廊，你看向我的那双眼睛，泛着淡淡的蓝色光芒。

你多么像我在苍白青春里一抹清新的蓝色，这抹蓝色，我称它为少年蓝。

我的心慢慢碎裂却发不出呼救声，你挂掉电话，回头看见了我，一时之间我觉得自己不能再面对你，只能转身就走。

你追上来，抓住我的手，皱着眉头问我："苏瑾，你怎么了？"

我仰起面孔看着你，像濒临溺水的人看着最后一根救命稻草，我说："我不知道我要怎么办。"

那个晚上我并没有喝很多，但是我借着那一点点酒意发了疯，死死地抓着你的手不肯放开，最后你只好带我回你家。

算是家吗？那个小小的公寓，没有一点人间烟火的痕迹，你把我放在客厅里的床垫上，自己下楼去给我买水。

我的脸深深地埋在你的枕头里，这个夜晚，我失去了所有的自尊。

你坐在地板上，沉默地看了我许久。

你说："我不知道怎么跟你说，苏瑾，我一直把你当成我最好的朋友，什么话都可以对你说，我不想破坏这种关系。"

我与你对视，沙哑着嗓子问："那程落薰呢？"

你顿了顿，沉默了很久之后，轻声说："她不一样。"

只是这四个字足以彻底击溃我，我好像到这个时候才意识到自己的愚蠢——我原本可以处理得体面一点儿，追回好朋友的关系，可是我非要把这一切都弄得无法弥补。

那天晚上我睡床垫，你拖出一床被子对折，做成一个临时的布团给自己。半夜，你的手机响起，你拿去卧室接，我听到你说："你居然知道我身边睡了人……"紧接着你又说，"是男生。"

我的手握成了一只拳头，露出了不自知的苦笑。

那扇门彻底隔开了我和你——什么友谊、朋友和爱情，全部都结束了。等你熟睡之后，我悄悄地起来，离开了你家，只留了一张字条贴在你的冰箱上。

字条上是我写的四句话：

问我何所有，山中唯白云，只堪自愉悦，不堪持赠君。

我无声地离开了你的生活，也没有正式地道别过——不知道是不是那四句话的原因，你也很默契地不再联系我。

难免还是有些失落，但虚伪地讲一句，我多少还是为你高兴的——不管怎么样，你终于遇到你的同类，名字那么好听的程落薰。

我希望你们好好相爱，这样我才可以放心。

只要你肯停下来，不管是为谁停下来，幸福快乐地过日子，我就觉得欣慰。

又是西瓜成熟的季节，我独自去宴洲岛。这次我自己备好了晕车药、感冒药，一路上没有人跟我说话，也没有人再往我的耳朵里塞一只耳机。

我闭着眼睛，往事像黑白默片一样在回放。

林逸舟，此时此刻的你，快乐吗?

我到岛上的时候明显地感觉到岛小了许多。旅店的老板娘还记得我，问我：“你男朋友呢？”

我笑一笑，说：“分手了呢。”

如果你知道我这样回答会不会笑我呢?

夜晚闲聊中，老板娘告诉我，宴洲岛总有一天会消失的，它的命运从上个世纪七十年代末就开始转折了，那时听说有人在宴洲岛附近挖沙的时候挖到了一块金砖。

其实没有人见过这块金砖，但是在传说中，它是存在的。正是因为有它，这座小岛虽然屡次受到洪水冲击，但从未遭遇灭顶之灾。

但金砖被挖走之后，宴洲岛失去了冥冥中的庇佑。

挖沙船越来越多，越来越靠近这座小小的岛，它正一点点被蚕食着。

我打开钱包，静静地凝视着那张照片，过了很久我给你打了一个电话，你那头很吵很吵，我根本听不见你说什么，索性就挂掉了。

后来你发了一条短信给我，你在短信里说："我们还是像以前那样好不好？"

我想了一下，回了你一句答非所问的话："岛上方一日，世上已千年。"

然而你那么聪明，应该明白了我的意思是，我们真的回不去了。

我已经拿到了想去的那所学校的 offer，其实你一早就知道，我一直是活得很清醒的人，我的人生一步一步都井井有条。

这样理性的我，唯一冲动过一次，就是跟着你一起来到了宴洲岛。我唯一没能克制住情绪，就是那个夜晚紧紧地抓着你的手不肯放。在我的青春中，你是绝无仅有的意外。

两天之后我离开了宴洲岛，坐在大巴上，看着它在我的视野中一点一点变小，忽然忍不住泪如雨下。旁边的乘客都看向我，没人明白我在哭什么。

我曾看过这个世界上最美的一双眼睛，干净，清澈，是我生命中最洁净的一抹少年蓝。

再见，宴洲岛。

再见，林逸舟。

庆幸是在它消失之前，我总算去看过它。在你离开之前，我终究深深地爱过你。

十 年 挚 爱

文字 / 独木舟
摄影 / 俞诗恒

就算世界再荒芜，总有一个人，他会是你的信徒。

世界上根本没有感同身受这回事，针不刺到别人身上，他们不知道有多痛。

年轻吗?

不要紧，听过几首歌，爱过几个人，就老了。

我爱你，不仅仅意味着我想和你在一起，
我爱你，是意味着我承诺永远不会伤害你。

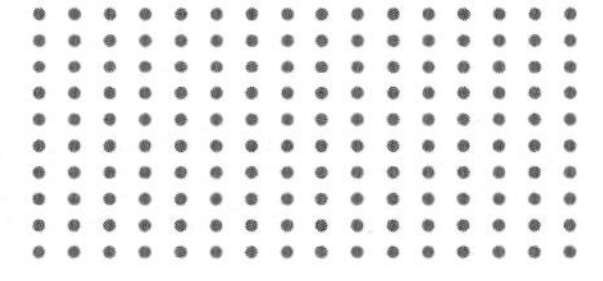

十年珍藏版·人物问答

程落薰

落薰，你还在漂泊吗？

程落薰：即便生活已经大致安定下来了，对于我来说，内心应该还有一些和自己的战争没有平息吧，从这个层面上来说，我的精神世界依然处于漂泊中。

如果同时遇见林逸舟和许至君，你会爱上谁？

程落薰：对于我，这一直是没有答案的问题，就像人无法两次踏入同一条河流。
即使是同时遇见，也总会有早一秒和晚一秒的差异，爱情是天时地利的迷信，而人生好像也是一场无论如何选择都会有遗憾的大梦。

落薰于你而言，到底意味着什么？

林逸舟：是让我理解了“爱”是怎样一回事的人。

如果没有那场意外，你会和她在一起吗？

林逸舟：或许最终还是会因为性格、价值观、人生观种种不合而分开，但没有那场意外的话，一定会试一试的。我也很好奇，我们真正在一起之后会是什么样子。

许至君

形容一下你对落薰的第一眼印象。

许至君：像一个打着赤脚往悬崖边跑去的小孩，明明处于某种危险之中，却拥有一种莫名的勇气。

如果落薰一直在漂泊，你会一直等她吗？

许至君：我不等你了，落薰。

独木舟

如果遇到十年前的自己，想对她说……

独木舟：想叫她一定要好好学外语呀，趁年轻、精力和记忆力都好，专注力也比较强的时候，好好学习一门外语吧。因为你是如此地向外广阔的天地，无垠的世界，语言是了解外部世界的一枚钥匙，要好好学哦。

另外就是，要好好写作哦，不要太懒散啦！

长沙美爵酒店

还记得十年前的自己吗？

mgs

我还是相信爱情的，我见过它，
我知道它真的存在。

生不对，死不起。

伤痛也许是成长的代价，但我宁愿把它们看做是一种成长的积累。

几十亿人的星球上，几百万人的城市里，
每天与无数人擦肩而过，但我记得，我见过你。

每个人的生命中都有一个刺青爱人，
大火不能熄灭，众水不能淹没。

每个人的生命中都有一个刺青爱人，
大火不能熄灭，众水不能淹没。